当 代 学 术 名 家 精 品 典 藏

诗国花开

吴怀东/著

——唐诗美感的流变

APGTIME
时代出版

时代出版传媒股份有限公司
安徽文艺出版社

　　吴怀东，1966年6月出生，安徽广德人。先后毕业于安徽师范大学（1987年）、北京大学（1993年）、山东大学（2000年）并获学士、硕士、博士学位，安徽师范大学博士后（2007年），现为安徽大学文学院教授、博士生导师。出版著作《唐诗流派通论》《杜甫与六朝诗歌关系研究》《唐诗与传奇的生成》《三曹与魏晋文学研究》以及《杜甫大辞典》《中国新时期唐诗研究述评》等。

当代学术名家精品典藏

诗国花开

——唐诗美感的流变

吴怀东 著

时代出版传媒股份有限公司

安徽文艺出版社

图书在版编目(CIP)数据

诗国花开:唐诗美感的流变/吴怀东著. —合肥:安徽文艺出版社,2017.1
ISBN 978 – 7 – 5396 – 5688 – 5

Ⅰ. ①诗…　Ⅱ. ①吴…　Ⅲ. ①唐诗 – 文学流派研究
Ⅳ. ①I207. 22

中国版本图书馆 CIP 数据核字(2016)第 045887 号

出　版　人:朱寒冬　　　　　　　　总　策　划:朱寒冬
责任编辑:刘姗姗　周　丽　　　　　装帧设计:张诚鑫
- -
出版发行:时代出版传媒股份有限公司　www.press-mart.com
　　　　　安徽文艺出版社　www. awpub. com
地　　　址:合肥市翡翠路 1118 号　邮政编码:230071
营　销　部:(0551) 63533889
印　　　制:安徽联众印刷有限公司　(0551)65661327
- -
开本:710×1010　1/16　印张:16　字数:300 千字
版次:2017 年 1 月第 1 版　2017 年 1 月第 1 次印刷
定价:39.80 元
- -

目 录

　　唐代,中国历史上一个具有独特风采和魅力的时代。在那个伟大的时代,不仅出现了政治、经济、军事之盛世,而且出现了诗歌之繁荣,形成了独特的美感世界,二者互相激发,相得益彰。唐人爱花,孟浩然春夜听雨,情不自禁,关心着庭前落花:"夜来风雨声,花落知多少?"(《春晓》)杜甫流落成都,一夜春雨,他就想象着、期待着"晓看红湿处,花重锦官城"(《春夜喜雨》)的美轮美奂;他还说自己喜欢在江畔独步寻花:"不是爱花即欲死,只恐花尽老相催。繁枝容易纷纷落,嫩蕊商量细细开。"(《江畔独步寻花》)那位书生崔护,如果不是在桃花盛开的环境里,那位桃花一样的姑娘也不会引起他的注意,更不会留下如此浪漫的故事和美丽的诗:"去年今日此门中,人面桃花相映红。人面不知何处去?桃花依旧笑春风。"(《题城南庄》)当然,唐人尤其痴迷"一枝红艳露凝香"(李白《清平调》之二)的牡丹,牡丹花盛开在唐朝的春天里,刘禹锡写道:"庭前芍药妖无格,池上芙蕖净少情。唯有牡丹真国色,开花时节动京城。"(《赏牡丹》)那位应考多年终于在四十六岁成功的孟郊,在进士及第后所做的第一件美事就是"春风得意马蹄疾,一日看尽长安花"(《登科后》)。大红大紫的牡丹最受开朗外向、热情奔放的唐人青睐。然而,唐人更爱诗,闻一多先生说:"一般人爱说唐诗,我却要讲诗唐。诗唐者,诗的唐朝也。懂得了诗的唐朝,才能欣赏唐朝的诗。"(《闻一多先生说唐诗》)孟郊《教坊歌儿》诗说:"十岁小小儿,能歌得朝天。六十孤老人,能诗独临川。"唐人以诗选官,以诗逞才,以诗争胜,以诗自负。李白高歌"长风破浪会有时,直挂云帆济沧海"(《宣州谢朓楼饯别校书叔云》),原因就是他对自己诗歌才华的深深自信。杜甫说自己"为人性僻耽佳句,语不惊人死不休"(《江上值水如海势聊短述》),在唐朝,岂止杜甫如此?花是自然界之诗,诗是人生之花。诗是唐人的生命,诗是唐人生命的美化和升华。诗不仅记录了唐人对花的迷恋和美感,也记录了唐人生命中一切喜怒哀乐的感动。

鲜花盛开,世界才美丽而充满生机,因为花是生命力的象征。文学艺术是人类的心灵之花,因为文学艺术的存在,人类社会才不是"动物世界"。在所有的艺术门类中,最有艺术性、文学性的就是诗歌。中国自古号称诗的国度,诗歌的历史源远流长,如果说《诗经》《楚辞》的出现只是花开两朵,那么,从汉乐府到魏晋南北朝的五言诗才是迎春花开,而唐代的诗坛,真如百花齐放,万紫千红,云蒸霞蔚,异彩纷呈——诗国花开!唐诗之繁荣,具体表现就是唐诗数量丰富,内容广博,特色鲜明,名家辈出,佳作如云。唐诗之美,是空前的,似乎也是绝后的,鲁迅先生就发出中国古代的"好诗"在唐代已经"做完"的感叹。唐诗之美,美在时代,美在文化,美在创造,美在生命,美在个性,美在流变。

一、唐诗的丰富性与个性美

唐诗经历近三百年的演进与发展,其中最受肯定和欣赏的是云蒸霞蔚的盛唐之诗。从宋代严羽以来,初唐、盛唐诗就一直是被众口称赞的对象,明代诗论家谢榛在《四溟诗话》中就由衷地赞叹道:

熟读初唐、盛唐诸家所作,有雄浑如大海奔涛,秀拔如孤峰峭壁,壮

丽如层楼叠阁,古雅如瑶瑟朱弦,老健如朔漠横雕,清逸如九皋鸣鹤,明净如乱山积雪,高远如长空片云,芳润如露蕙春兰,奇绝如鲸波蜃气,此见诸家所养之不同也。

谢榛是明代"后七子"的重要人物,他们以复古为旗号,推崇汉魏、盛唐之诗,故其对初唐、盛唐诗歌的丰富多样、精美绝伦叹为观止。现代著名学者郑振铎,在20世纪30年代出版的《插图本中国文学史》中,生动地描述了盛唐诗坛千帆竞发、百舸争流的壮观景象:

开元、天宝年代,乃是所谓"唐诗"的黄金时代;虽只有短短的四十三年(713—755),却展布了种种的诗坛的波涛壮阔的伟观,呈现了种种不同的独特的风格。这不单纯的变幻百出的风格,便代表了开元、天宝的这个诗的黄金的时代。在这里,有着飘逸若仙的诗篇,有着风致淡远的韵文,又有着壮健悲凉的作风;有着醉人的谵语,有着壮士的浩歌,有着隐逸的闲咏,也有着寒士的苦吟;有着田园的闲逸,有着异国的情调,有着浓艳的闺情,也有着豪放的意绪。总之,这个时代是囊括了种种的诗的变幻的。①

其实,如果我们抛弃重初盛唐、轻中晚唐的门户之见和审美偏好,全面、客观地审视唐代诗歌,可以发现,初唐、盛唐、中唐、晚唐的诗各具特色,皆具风采。明代诗论家陆时雍《诗镜总论》充分肯定中唐诗歌大变盛唐气象所展现的独特风采:

中唐诗近收敛,境敛而实,语敛而精。势大将收,物华反素。盛唐铺张已极,无复可加,中唐所以一反而之敛也……中唐反盛之风,攒意

① 郑振铎:《插图本中国文学史》,人民文学出版社,1957年,第310—311页。

而取精,选言而取胜,所谓绮绣非珍,冰纨是贵,其致迥然异矣。

即使历来被人所轻视的晚唐诗,清代诗论家叶燮在《原诗·外篇》中也有这么一段精彩的议论:

> 论者谓晚唐之诗,其音衰飒。然衰飒之论,晚唐不辞;若以衰飒为贬,晚唐不受也。夫天有四时,四时有春秋。春气滋生,秋气肃杀。滋生则敷荣,肃杀则衰飒,气之候不同,非气有优劣也。使气有优劣,春与秋亦有优劣乎?故衰飒以为气,秋气也;衰飒以为声,商声也。俱天地之出于自然者,不可以为贬也。又盛唐之诗,春花也。桃、李之秾华,牡丹、芍药之妍艳,其品华美贵重,略无寒瘦俭薄之态,固足美也。晚唐之诗,秋花也。江上之芙蓉,篱边之丛菊,极幽艳晚香之韵,可不为美乎?

由上所论可见,唐诗的时代风格差异,如同人间的四季风景,各不相同。唐诗发展如三峡风光,山重水复,移步换形,引人入胜。

其实,唐诗之美,不仅体现为时代风格的丰富变化,进一步看,作者队伍空前丰富,诗歌体裁、题材、风格亦各臻极致。明人胡应麟《诗薮》(外编卷三)说:

> 甚矣,诗之盛于唐也!其体,则三、四、五言,六、七、杂言,乐府、歌行,近体、绝句,靡弗备矣。其格,则高卑、远近、浓淡、浅深、巨细、精粗、巧拙、强弱,靡弗具矣。其调,则飘逸、浑雄、沉深、博大、绮丽、幽闲、新奇、猥琐,靡弗诣矣。其人,则帝王、将相、朝士、布衣、童子、妇人、淄流、羽客,靡弗预矣。

唐诗群星璀璨、百花齐放的丰富性,不仅是数量、题材、体裁以及作者队伍的丰富,从另外一个角度看,也正是作家性情以及创作个性的充分展开,唐诗之美,美在性灵,美在创造!

诗歌是人类的心灵之花,心灵追求自由,最具个性特征。康德说:"诗使人的心灵感到自己的功能是自由的。"[1]黑格尔说:"审美带有令人解放的性质。"[2]从汉末建安文学开始,随着人的解放和"文学自觉"的发展、文学经验的积累,作家主体生命体验与创作个性就得到日渐丰富的展示[3],而唐代政治的开明、思想的活跃、国力的强盛、生活的富足、诗艺的崇尚,为诗人们

文会图(宋·赵佶)

① 张世英:《哲学导论》,北京大学出版社,2002年,第130—131页。
② 黑格尔:《美学》,朱光潜译,商务印书馆,1979年,第1卷,第147页。
③ 袁行霈:《中国文学史》第2卷,高等教育出版社,1999年,第22页。

绪论

提供了广阔的生活与心灵空间,良好的社会外部条件通过诗人心灵个性的大力张扬和创造才能的充分施展,最终酿造出唐诗不可重现、具有鲜明时代与文化特质的感性美、个性化①和丰富性。唐诗的个性化和丰富性是相辅相成的,其个性化特征存在各种不同的表现,最基本的表现就是独具特色的

---

① 这里没有使用"风格"这个概念,是有意回避一些复杂的理论命题。关于"风格"与"个性"之异同有不同认识,文艺理论界所谓"风格"有时也被表述为"作风"(见朱光潜给黑格尔:《美学》第1卷《作风、风格和独创性》一节译注,见《美学》第1卷,商务印书馆,1979年第2版,第369页),"个性"主要侧重指作家主观精神、心灵层面内容,而"创作个性"内涵则基本同于"风格"(见钱锺书:《谈艺录》,中华书局,1984年修订,第163页)。所以,一般认为,"风格是用来表明艺术已经达到和能够达到的最高境界"(歌德:《自然的单纯模仿·作风·风格》,见王元化译《文学风格论》,上海译文出版社,1984年,第4页),不过流行意见则强调其艺术表现层面的综合特点,"是个别艺术家在表现方式和笔调曲折等方面完全见出他的个性的一些特点"(黑格尔:《美学》第1卷,朱光潜译,人民文学出版社,1958年,第360页),是体现在作品中的一个作家创作艺术成熟和创作个性形成的最重要标志,有所谓个人性、时代性、地域性、民族性和流派性诸种类以及简约与繁缛、平淡与绚烂等各种对称形态(参见童庆炳主编:《文学理论教程》第13章,高等教育出版社,1999年第2版)。在此顺便一说,法国文学家布封提出"风格即人",并不是如时下流行的理解是强调风格的个性化,亦"并非意味着人品全面体现于风格之中。毋宁说,在布封看来,风格是一个纯粹智力上的优点,它指的是条理性、连贯性、入情入理地步步展开;它指的是人的因素,组织和传达的头脑。布封的理想是一种伟大的崇高风格"(雷纳·韦勒克:《近代文学批评史》,杨岂深、杨自伍译,上海译文出版社,1987年,第89页)。可是,在实际的文学欣赏活动中,人们并不在意作家是否形成风格,只要求感受、体会、欣赏具体作品感性的、具有个性特点的、富有意蕴的美,因为美是"理念的感性显现"(黑格尔:《美学》中译本第1卷,朱光潜译,人民文学出版社,1958年,第142页);文学研究更不会将是否形成风格这一价值判断作为取舍研究对象的标准,而是全面把握各种文学现象并进行说明和阐释。因此,此处所谓个性化的内涵,不仅包括作家主观精神、心灵内容,也包括艺术表现;指称范围,包括确实形成风格的创作形态或艺术境界,也包括没有形成风格却反映个体独特生命体验和艺术创造风貌的诗歌作品或创作实践。据此,我们并不按照理论界严格的规定将统一的风格或风格的形成作为流派诞生或判断流派的标志,而是根据美的个性化这个标准宽泛地把握流派定义。所以,本书不采用流行的所谓风格概念。

唐诗风范①和多姿多彩的个人风格②。

从本质上说，人类任何文化行为都是个体性和群体性的统一，其现实表现虽是单个的，但其内涵却具有社会性、统一性，也就是说个体行为总是表现着人类的群体性、共通性。瑞士学者沃尔夫林说："艺术发展的过程不能简单地归纳为一系列单独的点。每一个人都从属于较大的派别。""就是说，个人风格必须加上流派、地区、种族的风格。""美术史主要把风格设想为一种表现，是一个时代和民族的性情的表现，而且也是个人气质的表现。"③瑞士文论家沃尔夫冈·凯塞尔就说："文学的风格研究可以着眼于个别的作品、一个作家、一个年龄阶段、一个世代、一个潮流等等来进行。"④唐人自己就注意个性美与群体共同性的内在关联，如唐人自身所谓"上官体"与"大历十才子"之合称等。历代的唐诗研究者（包括唐人自己）在陶醉于唐诗姹紫嫣红、百花齐放、千姿百态之美，关注、欣赏单个作家独特生命体验的同时，总是试图对其进行研究，包括品评、解释甚至轩轾。解释方法多样，比如溯因，除了关注个体因素之外，或注重政治、军事、经济制度与事件的影响，或从家族传统、地域环境、学术思想、风俗习惯、宗教礼仪、物质生活状况等角度进行解释；又比如归类，或者着眼于诗体，或者着眼于时代演进，或者着眼于群体差异，不一而足。其中，影响最广者就是唐诗分期思想。刘勰早

---

① 与其他时代诗歌相比，唐诗具有鲜明的总体特征，这种观念在严羽《沧浪诗话》中已经初见其形，此后便演变为唐诗与宋诗之别的认识，争论贯穿元明清直至现代，如缪钺说："唐诗以韵胜，故浑雅，而贵蕴藉空灵；宋诗以意胜，故精能，而贵深析透辟。唐诗之美在情辞，故丰腴；宋诗之美在气骨，故瘦劲。"（《论宋诗》，载其《诗词散论》，上海古籍出版社1982年新版）钱锺书云："诗分唐宋"，"亦非仅朝代之别，乃体格性分之殊。""唐诗多以丰神情韵擅长，宋诗多以筋骨思理见胜。"（《诗分唐宋》，载其《谈艺录》，中华书局1984年修订版）唐音与宋调甚至被认为代表了古典诗美的两种极致，如清人叶燮认为："自宋以后之诗，不过花开花谢，花谢而复开。"（《原诗·内篇》）其实，宋诗也是发源于中唐的。

② 王明居：《唐诗风格美新探》，中国文联出版公司，1987年。

③ H.沃尔夫林：《艺术风格学》，潘耀昌译，辽宁人民出版社，1987年，第5、6、9页。

④ 沃尔夫冈·凯塞尔：《语言的艺术作品》，陈铨译，上海译文出版社，1984年，第393页。

就说过"文变染乎世情,兴废系乎时序"(《文心雕龙·时序》),人们注意文学与政治状况的关联时,就已经注意文学的时代性。初唐人回顾前代,特别是汉、魏晋南北朝文学时,就指出其时代性差异,而盛唐人就广泛赞美自己时代的诗歌。李白就否定建安以来直至盛唐以前的诗歌:"自从建安来,绮丽不足珍",而盛唐诗歌自成一格,最有价值:"圣代复元古,垂衣贵清真。群才属休明,乘运共跃麟。文质相炳焕,众星罗秋旻。"(《古风五十九首》之一)殷璠在《河岳英灵集·叙》中,就着眼于盛唐诗风对于南朝乃至初唐诗风的变革及其差异:"自萧氏以还,尤增矫饰。武德初,微波尚在。贞观末,标格渐高。景云中颇通远调。开元十五年后,声律、风骨始备矣。"当唐诗发展进入结束期,晚唐人司空图《与王驾评诗书》回顾唐代诗歌整体发展,首先注意唐诗的历时性差异,并且按照个人审美趣味,评定不同时代代表性诗人之高下。宋人严羽在其《沧浪诗话》中,首先注意唐诗与宋诗总体差异显现,进而根据时代差异而提出初唐、盛唐、大历、元和、晚唐等五种体制以及不同诗歌类型的差异;到了明人高棅《唐诗品汇·总序》,则在四种时代性风格差异基础上,着眼于唐诗演进而划分出正始、正宗、大家、名家、羽翼、接武、正变、余响、旁流等九种高下品第,以及诗体风格、个体风格、群体风格的差异:"有唐三百年诗,众体备矣。故有往体、近体、长短篇、五七言律句、绝句等制,莫不兴于始,成于中,流于变,而陊之于终。至于声律、兴象、文辞、理致,各有品格高下之不同。略而言之,则有初唐、盛唐、中唐、晚唐之不同。详而分之,贞观、永徽之时,虞、魏诸公,稍离旧习;王、杨、卢、骆,更加美丽;刘希夷有闺帏之作,上官仪有婉媚之体,此初唐之始制也。神龙以还,洎开元初,陈子昂古风雅正,李巨山文章宿老,沈、宋之新声,苏、张之大手笔,此初唐之渐盛也。开元、天宝间,则有李翰林之飘逸,杜工部之沉郁,孟襄阳之清雅,王右丞之精致,储光羲之真率,王昌龄之声俊,高适、岑参之悲壮,李颀、常建之超凡,此盛唐之盛者也。大历、贞元中,则有韦苏州之雅淡,刘随州之闲旷,钱、郎之清赡,皇甫之冲秀,秦公绪之山林,李从一之台阁,此中唐之再盛也。下暨元和之际,则有柳愚溪之超然复古,韩昌黎之博大其词,张、王乐府

得其故实，元、白序事务在分明，与夫李贺、卢仝之鬼怪，孟郊、贾岛之饥寒，此晚唐之变也。降而开成以后，则有杜牧之之豪纵，温飞卿之绮靡，李义山之隐僻，许用晦之偶对。他若刘沧、马戴、李频辈、李群玉，尚能黾勉气格，特迈时流。此晚唐变态之极，而遗风余韵犹有存者焉。是皆名家擅场，驰骋当世，或称才子，或推诗豪，或谓五言长城，或为律诗龟鉴，或号诗人冠冕，或尊海内文宗，靡不有精、粗、邪、正、长、短、高、下之不同。观者苟非穷精阐微，出神入化、玲珑透彻之悟，则莫能得其门，而臻其壶奥矣。"论述之全面，后代无过其右者。

可见，在唐诗鲜明的总体风格与丰富的个体风格美这两极之间，还存在历时性与共时性差异：将唐诗划分初唐、盛唐、中唐、晚唐，着眼其时代性特征及其不同美之形态。共时性的群体特征，最直接的表现就是唐诗的流派现象。流派之盛是唐诗创作中一个引人注目的文化现象，比如盛唐的山水田园诗派、边塞诗派和中唐的韩孟诗派、元白诗派，学术界对于这几大诗派的研究早就展开，并已取得比较广泛的共识。纵览现有成果，个别的流派研究虽然很热闹，却缺少通观：一是其他中小诗歌流派没有得到重视，没有将全部的唐诗流派纳入研究视野；二是对于流派在唐诗整体发展过程中的出现原因、功能、复杂的表现形态诸问题还缺少综合性把握。唐诗群体与流派研究从古代就已展开，五四新文化运动之后，广泛参照并借鉴西方文学实践及理论，采用"运动""流派"等术语称之；到了 20 世纪 80 年代初，关于唐代边塞诗的性质、评价讨论中，就引申出一个如何界定流派的问题；20 世纪 80 年代中期，重新讨论"新乐府运动"的过程中，有的学者就明确反对称之为诗派；到了 90 年代末，由罗宗强先生主编的、作为高等学校古代文学教材的《中国文学史》①（隋唐五代卷），讨论如历来被视为创作流派的王孟山水田园诗和高岑边塞诗等现象，弃用"诗派"这些概念，而有些学者为了避免误解，不得不另创"体派"，以讨论五四以来被视为流派的那些唐诗创作群体共同性

---

① 袁行霈：《中国文学史》，高等教育出版社，1999 年。

现象①。其实,流派现象是唐诗中的一个客观存在,是我们欣赏唐诗之美的另一个重要而独特的视角。

二、唐诗流派与大唐文化精神

清代诗论家王夫之《薑斋诗话》(卷二)说:"建立门庭,自建安始。"所谓"门庭",就是指作家群体或者流派。曹丕在《典论·论文》中讨论了当时的作家群体"建安七子","建安七子"以及曹丕、曹植等人的文学活动,可以被

大清观书(宋·佚名)

视为最早的文学流派。据胡大雷《中古文人集团》②考察,魏晋南北朝出现

---

① 许总:《唐诗体派论》,载《文学遗产》,1995 年第 3 期。
② 胡大雷:《中古文人集团》,广西师范大学出版社,1996 年。

不少文人集团，以萧纲、萧绎兄弟为核心的梁代宫体诗创作群体是最早成熟的文学流派，不过，这些文人集团的流派性发展得还不是很充分。纵观魏晋南北朝文学，时代风格比较鲜明，作家个人风格日益突出，而在同一时代，风格群体或流派的不同特征并不明显，自觉建立的文学流派还没有出现。相比而言，诗歌风格的多样性、流派的丰富性，是唐诗繁荣的重要表现。每个诗歌流派形成的原因，虽各不相同，但众多的诗歌流派得以产生，就有着共同的社会基础：诗歌艺术自身的原因，比如前代丰富的艺术积累以及崇尚诗歌艺术的社会风气等；社会政治与文化原因，如唐代科举制度的实行、经济的相对繁荣、国力的空前强盛、思想与文化的兼容并包与开放氛围，以及由此带来的生活内容、生命体验的丰富多彩；也有创作风气浓厚、作家队伍庞大这一基础条件；还有文学家互相学习、彼此争胜、刻意创新等社会心理条件等原因。

唐代是中国古代封建社会经济、政治、文化全面发展的鼎盛时期。李氏集团自觉借鉴前代覆亡教训，积极调整统治策略，实行科举制度，为寒士文人入仕大开方便之门。《通典·选举三》云："开元以后，四海晏清，士无贤不肖，耻不以文章达，其应诏而举者，多则两千人，少尤不减千人，所收百才有一。"科举制度焕发了广大士人的入世进取热情，大批的社会精英上升为管理者，扩大了统治阶级队伍，加强了统治基础，有力推动整个社会的健康运转和向前发展，唐王朝经济迅速发展，国力空前强盛，唐王朝获得长期的繁荣。杜甫《忆昔》诗(其二)生动地描述了开元全盛景象："忆昔开元全盛日，小邑犹藏万家室。稻米流脂粟米白，公私仓廪俱丰实。九州道路无豺虎，远行不劳吉日出。齐纨鲁缟车班班，男耕女桑不相失。宫中圣人奏云门，天下朋友如胶漆。百余年间未灾变，叔孙礼乐萧何律。"杜甫晚景萧条凄凉，对盛世的追忆不免有夸张的成分，但此诗却基本是写实。即使晚唐诗歌浓厚的感伤主义，也只有在经历"贞观之治""开元盛世"的空前繁荣之后才能出现。唐代处在魏晋南北朝的社会动荡与民族大融合之后，三教并存，思想解放，地域文化与中外文化交流频繁，音乐、歌舞、书法等多种艺术形式全面繁荣。科举制度的实行,扩展了文人队伍,促进了文人彼此交往的活跃,而思想解放更培养了他们的独立精神,使得他们的思想情趣与生活事业从帝王、宫廷中解放出来,充分展示自身的个性。以儒治世,以道养身,以佛修心,并且通过各种艺术活动来享受生活、愉悦生命,文人们可以尽情地张扬、发挥自己的爱好与个性,不仅为社会的发展提供充分的创造精神,而且也培养出丰富的生活情趣与文学趣味。前途有望,焕发了士人的进取态度、生活热情与创作热情,而社会的相对稳定与开放,使得他们有更多的机会接触广阔的社会生活,广大文人能够离开狭小的宫廷圈子,走进社会,走进市井,走向边关大漠,拥有相对独立的生活趣味和比较自由的生活空间:两京的富贵气象,吴越的市井风流,是他们经历过的生活;南方的蛮荒之地,西北的边关大漠,也留下他们的身影。

六朝以来诗歌逐渐取代辞赋,成为文人传情达意、逞才炫博的主要工具。诗歌轻灵短小的体制与丰富的经验积累,为唐代诗人随物赋形提供方便,社会上形成崇尚诗歌、刻意求新的风气。唐代统治者实行诗赋取士的制度,身体力行,奖励诗歌创作,推波助澜,推动了唐诗的繁荣。中唐著名诗人白居易去世后,唐宣宗李忱亲自写下《吊白居易》:"缀玉联珠六十年,谁教冥路作诗仙。浮云不系名居易,造化无为字乐天。童子解吟长恨曲,胡儿能唱琵琶篇。文章已满行人耳,一度思卿一怆然。"《长恨歌》咏叹的是宫廷秘史,《琵琶行》涉及朝廷政治是非,但宣宗并不介意,这表明统治者的开明与精神生活、文化环境的宽松,如此重视、宽容诗人,在中国历史上十分罕见。宋人严羽早就说过:"唐诗何以胜我朝?唐以诗赋取士。"(《沧浪诗话·诗评》)此说遭到后代一些学者(如明人王世贞、杨慎等)的坚决反对,其是否直接造成诗歌艺术水平之高还可以讨论,不过,以诗取士促进文人的交往和诗歌艺术的普及,其作用却不可否认:"士益竞趋名场,殚工韵律,诗之日盛,尤其一大关键。"(胡震亨《唐音癸签》卷二七《谈丛三》)

士人重视诗歌创作,广泛交流创作体会,切磋诗歌艺术,必然培养出自觉的诗美观念和创新意识。唐代诗人或为官,或漫游,以诗会友,争强好胜,尽显才华。李白年轻时"仗剑去国,辞亲远游",虽是一介布衣,却凭借过人的诗歌才华平交王侯,名满天下,成为一代偶像;孟浩然西入长安,与王维、王昌龄等京城诗人遇即成交;杜甫"放荡齐赵间,裘马颇轻狂",与李白、高适结下深厚的友谊,多少年后,诗人杜甫还在梦想与李白在一起"何时一樽酒,重与细论文"(《春日忆李白》)的生活。薛用弱《集异记》就记载一件文坛佳话,千载之后仍令我们神往不已:

开元中,诗人王昌龄、高适、王之涣齐名。时风尘未偶,而游处略同。一日,天寒微雪。三人共诣旗亭,贳酒小饮。忽有梨园伶官数十人,登楼会宴。三诗人因避席隈映,拥炉火以观焉。俄有妙妓四辈,寻续而至,奢华艳曳,都冶颇极。旋则奏乐,皆当时之名部也。昌龄等私相约曰:"我辈各擅诗名,每不自定其甲乙。今者,可以密观诸伶所讴,若诗入歌词之多者,则为优矣!"俄而,一伶拊节而唱,乃曰:"寒雨连江夜入吴,平明送客楚山孤。洛阳亲友如相问,一片冰心在玉壶。"昌龄则引手画壁曰:"一绝句!"寻又一伶讴之曰:"开箧泪沾臆,见君前日书。夜台何寂寞,犹是子云居。"适则引手画壁曰:"一绝句!"寻又一伶讴曰:"奉帚平明金殿开,强将团扇半徘徊。玉颜不及寒鸦色,犹带昭阳日影来。"昌龄则又引手画壁曰:"二绝句!"之涣自以为得名已久,因谓诸人曰:"此辈皆潦倒乐官,所唱皆巴人下里之词耳,岂《阳春》《白雪》之曲,俗物敢近哉?"因指诸妓之中最佳者曰:"待此子所唱,如非我诗,吾即终身不敢与子争衡矣!脱是吾诗,子等当须列拜床下,奉吾为师!"因欢笑而俟之。须臾,次至双鬟发声,则曰:"黄河远上白云间,一片孤城万仞山。羌笛何须怨杨柳,春风不度玉门关。"之涣即与二子曰:"田舍奴,我岂妄哉?"因大谐笑。诸伶不喻其故,皆起诣曰:"不知诸郎君何此欢噱?"昌龄等因话其事。诸伶竞拜曰:"俗眼不识神仙,乞降清重,俯就筵席!"三子从之,饮醉竟日。

这就是盛唐诗人王昌龄、高适、王之涣等"旗亭画壁"以诗争长的故事。其实,唐人笔记小说保存大量类似比诗、赛诗的生动记载,足见当时诗歌创作风气之胜以及刻意创新的时代心理。

思想的自由、自觉的独立意识、生活阅历的丰富以及诗歌创新意识的普遍,使得文学的个性化得到充分培育和展示,唐人有关理论研究的文献资料反映唐人对艺术创新和个性之美的自觉追求。曹丕《典论·论文》注意文"体"之别,而刘勰则注意作家个性与创作风格的内在联系(《文心雕龙·体性》)。唐人承袭魏晋南北朝人使用"体"或"格"以称呼创作个性的传统说法,讨论更加精密。他们深入研究创作规律、艺术作品的内在构成要素,讨论诗歌体裁,关注作家个性与群体、作品内容时代、地域、思想及其艺术水准高下等问题,"体"的内涵大为扩展。唐太宗有《秋日效庾信体》,陈子昂也有《上元夜效小庾体》,可见以"体"称呼个人风格之流行。唐人并非承袭前代体式,还自创新体,如上官仪"以词采自达,工于五言诗,好以绮错婉媚为本,仪既显贵,故当时多有效其体者,时人谓为上官体"(《旧唐书·上官仪传》)。他们还进一步讨论、描述风格的美学差异,如皎然《诗式》卷一《明势》云:"高手著作,如登荆、巫,觌三湘、鄢、郢山川之盛,萦回盘礴,千变万态。(文体开阖作用之势)或极天高峙,崒焉不群,气腾势飞,合沓相属;(奇势在工)或修江耿耿,万里无波,欻出高深重复之状。(奇势互发)古今逸格,皆造其极妙矣。""夫诗人之思初发,取境偏高,则一首举体便高;取境偏逸,则一首举体便逸。才性等字亦然。体有所长,故各功归一字……其一十九字,括文章德体风味尽矣。如《易》之有象辞焉……其比、兴等六义,本乎情思,亦蕴乎十九字中,无复别出矣:高、逸、贞、忠、节、志、气、情、思、德、诚、闲、达、悲、怨、意、力、静、远。"①不一而足。

诗人见闻、感受的丰富与多样,思想环境的宽松,姊妹艺术的充分发展

---

① 张伯伟:《全唐五代诗格汇考》,江苏古籍出版社,2002 年。如果联系这一线索考察,近年来被一些学者视为后人伪作的司空图《二十四诗品》,在晚唐并非没有产生的可能。

和交流,诗人对个性的自觉追求与张扬,文学创作经验的积累与创作的竞争等,促进唐代诗人思想个性、情感体验与独特创作风格的生成,促进了诗人创作的个性化、多样化,促进唐人性情之勃发与唐诗走向繁荣。充分张扬个性,唐代文化的这一特点在其他朝代不曾出现[①]。

任何个体都生活在社会之中,家族、地域、社交群体、时代等共同性,必然表现在个体个性以及一切社会实践中,也必然表现在文学活动中。从建安时期文学自觉以后,文人文学活动就具有越来越鲜明的群体性,魏晋至南朝的文人集团基本上以帝王或高门贵族为中心,如建安七子、西晋二十四友、竟陵八友、梁代文学集团,广大文人尚处于依附地位;生活内容相对单调,宫廷和门阀贵族的低级趣味左右着诗歌风尚,难以形成众脉争流的景象。"科举考试招揽文人才士,这并不是在组织文学集团,但为文学集团的组织奠定了某些基础,文人才士集中于某地参加考试,这本身就促进文人才士相识并聚合在一起,而试诗赋一事,本身就是组织文学创作活动吧!"[②]在文学创作中,这种共性往往通过诗歌的广泛传播、作家之间频繁的社会交往,以及诗歌艺术的广泛、深入的切磋、研讨才能实现,因此,在诗歌创作多样性、个性化背后,存在着群体流行性及由此造成的创作相似性。中唐著名诗人元稹在《白氏长庆集·序》中记载:

予始与乐天同校秘书之名,多以诗章相赠答。会予谴掾江陵,乐

----

① 唐人的这种个性追求显然是继承了魏晋南北朝时期思想解放的成果,是"魏晋风流"与"六朝风流"的浓缩与发展,因此,也可以用"风流"称呼之。魏晋人所追求之"风流""是一种所谓人格美",具体而言,包括"玄心""洞见""妙赏""深情"(冯友兰《论风流》,见《三松堂学术论文集》,北京大学出版社,1984年,第609页)。唐人表达了对"风流"的欣赏与向往:开元名相张说《奉和圣制初入秦川路寒食应制》诗句"路上天心重豫游,御前恩赐特风流",张九龄《经江宁览旧迹至玄武湖》诗句"雄图不足问,唯想事风流",李白《赠孟浩然》诗句"吾爱孟夫子,风流天下闻",杜甫《咏怀古迹五首》诗句"摇落深知宋玉悲,风流儒雅亦吾师",牟融《送友人》诗句"衣冠重文物,是酒醉风流",不一而足。从本质上说,这种对"风流"的自觉追求意识就是肯定个性独立价值、追求精神自由。

② 胡大雷:《中古文学集团》,广西师范大学出版社,1996年,第261页。

天犹在翰林,寄予百韵律诗及杂体,前后数十章。是后各佐江、通,复相酬寄。巴蜀江楚间洎长安中少年,递相仿效,竞作新词,自谓为"元和诗",而乐天《秦中吟》《贺雨》讽喻等篇,时人罕能知者。然而二十年间,禁省、观寺、邮候、墙壁之上无不书,王公、妾妇、牛童、马走之口无不道,至于缮写模勒,卖于市井,或持之以交酒茗者,处处皆是。其甚者,有至于盗窃名姓,苟求自售。杂乱间厕,无可奈何。予于平水市中,见村校诸童竞习诗,召而问之,皆对曰:"先生教我乐天、微之诗。"固亦不知予之为微之也。又鸡林贾人求市颇切,自云:本国宰相每以百金换一篇。其甚伪者,宰相辄能辨别之。自篇章已来,未有如是流传之广者。

这表明当时诗风之盛,中唐时期文人诗在民间影响之广。元、白文学交往活动还表明,民间学习文人诗歌,文人通过相互唱和也相互借鉴、相互学习。以往是出于无意识的共同爱好而臭味相投,或者是因为政府出于意识形态需要而刻意提倡的某种文学传统(如《诗经》传统),而唐代诗人则有意学习、模仿某种同时代的文学典范。元稹学习李绅的乐府诗就是如此,他和白居易创作新乐府诗更是出自自觉的理论追求。

唐代诗人的人际交往与应酬唱和极为频繁,有些群体唱和之作立即被编订成册,如旧题高正臣编《高氏三宴诗集》收录唐高宗调露二年(680年)的三次诗宴之作,《唐诗纪事》(卷七)说:"《上元夜效小庾体》六人,以春字为韵,长孙正隐为序。""《晦日宴高氏林亭》,凡二十一人,皆以华字为韵,陈子昂为序。""《晦日重宴》,八人,皆以池字为韵,周彦晖为之序。"据陈尚君先生考察,现存唐人唱和诗集还有46种之多①。这些作品集②之所以结集,是

---

① 见《唐人选编诗歌总集叙录》,收入其著《唐代文学丛考》,中国社会科学出版社,1997年。

② 见《唐人选编诗歌总集叙录》,收入其著《唐代文学丛考》,中国社会科学出版社,1997年。

因为作者或有过交往，或来自同一地域，或有相同的经历，作品自然具有某些相似性或一致性。文人的切磋，促进诗歌艺术的普及与提高，也形成他们作品的群体共同性。

唐人所谓"体"，基本上等同于今天所说的风格，其内涵包括个人风格、体裁特征和群体特点，如唐人所谓"四杰""沈宋""方外十友""吴中四士"，以及"大历十才子""韩孟""元白""小李杜""皮陆""芳林十哲"等，杜甫赞美过"王杨卢骆当时体"（《戏为六绝句》之二），这类合称或"某某体"的大量存在、流行，表明唐人有着自觉而强烈的群体意识[1]。唐人的群体意识促进了大量诗歌选本的编辑，不少诗歌选集的编订就是出于对某种创作群体或创作作风的认识和关注，如高仲武《中兴间气集》的编选标准是"体格新奇，理致清赡"，殷璠《河岳英灵集》的编辑思想是"开元十五年后，声律风骨始备矣。实由主上恶华好朴，去伪从真，使海内词场翕然尊古，南风周雅，称阐今日"（《河岳英灵集·叙》），"既闲新声，复晓古体，文质半取，风骚两挟。言气骨则建安为传，论宫商则太康不逮"（《河岳英灵集·集论》）。殷璠认为盛唐诗歌具有一种共同性，故《河岳英灵集》主要选择的是这类诗歌。殷璠另外还编辑《丹阳集》，"止录吴人"（高仲武《中兴间气集·序》），则注意地域文化在不同诗人创作中的共性表现。

唐诗群体共同性的最重要表现，就是唐诗特有的时代风貌及历时性演进特征，这种共同性主要是由共同的时代环境和相似的生活经历无意识地造成的。据胡震亨统计，唐代存在大量家族诗人聚集现象（《唐音癸签》卷二八《谈丛四》），而家族性仅仅是条件之一，其他要素如地域观念、社会身份、社交集团和思想信仰、兴趣爱好等也是形成条件。这些因素既造成了唐人社会活

---

① 陈伯海：《唐诗评论类编》，山东教育出版社，1993年。在"流派并称"名目之下列举了大量以"某某体"为称的文献。一般而言，"体"指的是风格，这些所谓"某某体"有些指的是个人风格，有的指的是诗体风格，更多时候指的是群体风格，正因为其标准不统一，今天学者往往用"体派"笼统称之（见许总《唐诗体派论》）。虽然这些群体人数多寡、规模大小不尽相同，但是，群体并称之多则是公认的现象。

动、文化活动和诗歌创作的鲜明个性,也造成了群体共同性。这种共同性的群体,就是诗歌流派。

每个诗人都是一定环境的产物,同时也是独特的唯一性的存在。唐诗的个性化与共同性得到比较完美的统一,这是当时个人自由与社会统一达到最大程度、互相容纳的反映。个人自由得到最大程度发挥,而又在社会保持统一稳定的范围之内,从而二者之间形成、保持一种最大的张力,社会才获得最大程度的活力。

中国古代诗歌到唐代达到繁荣,形成众多的诗歌流派,此后则难以复振,这与中国古代封建社会的发展历程密切相关。宋、元、明、清时期,文化禁锢日趋严厉,文人生活的精神空间日渐狭窄,文人的精神个性难以张扬①,换言之,唐代的制度文化以及由此产生的精神文化具有不可重现性。历来治中国哲学史、思想史的学者比较轻视唐代,因为唐代缺少深刻的理论家。这是一种"可爱的偏见"。唐代人确实崇尚事功,不擅于思考,然而,他们并非没有独创的思想,相反,他们摆脱教条的束缚,善于吸收各种文明之长,取精用宏,具有积极进取的开拓精神,正因如此,他们才创造出辉耀千古的物质文明和精神文明。这种思想的解放、精神的活跃,使得他们对于生活、人生和社会产生种种美好的体验,从而也解放了诗歌精神,使得他们的诗歌具有一种独特的生活美与精神美②,艺术的诗意根本上来源于诗意的

---

① 在此应该特别说明与强调的是,唐代士人所张扬的自由个性以及以此为基础在诗歌创作和流派中表现出来的各不相同的风格美,是在中古社会特定历史环境和特定阶段出现的,其和近代社会追求的个性解放之文化内涵不可混同。唐人所崇尚的个性自由更多的是一种精神自由,而且主要是对于个人社会价值理想实现(按照儒家理想所谓建功立业)的自由追求,而非近代个性解放所主张的人(包括灵与肉)的独立与平等价值,当然,二者之间存在一定历史联系,近代社会追求的个性解放显然继承并包含了前者所追求的内容。从根本上说,唐人所追求、所展示的个性自由,是作为古代知识分子思想指导的儒、道家思想传统在特定历史阶段的继承、发展与有机结合,这和近代市民阶层所崇奉的个人主义(例如晚明文学以及现代文学)显然不属于一个思想系统。总之,这个问题极其复杂,在此姑且提出,聊备一说。

② 余恕诚:《唐诗风貌》第1章,安徽大学出版社,1997年。

生活。"唐诗色泽鲜妍,如旦晚脱笔砚者。"（清·朱彝尊《静志居诗话》）林庚先生
有一段精彩的分析:

> 孟浩然的《春晓》:"春眠不觉晓,处处闻啼鸟。夜来风雨声,花落
> 知多少?"一种雨过天晴的新鲜感,把落花的淡淡哀愁冲洗得何等纯
> 净! 花总是要落的,而落花也总是有些可惜。春天就是这样在花开花
> 落中发展着。怎样认识这样一个世界呢? 这就仿佛是一个新鲜的启
> 示。唐诗的可贵处就在于,它以最新鲜的感受,从生活的各个方面启发
> 着人们。[1]

唐诗"从总风貌看,它更富于理想色彩,更抒情而不是更理性,更外向
而不是更内敛"[2]。唐人对生活充满幻想和憧憬、充满激情和天真烂漫的这
种"少年式"的新鲜体验,显然是那种社会文化的产物,故葛晓音先生说:
"犹如孕育已久的花蕾,逢时必将盛开。盛唐之所以令诗歌恰逢其时,是因
为这是一个情感超过思理的时代,热情、爽朗、乐观、天真、富于幻想和进取
精神。盛唐诗人所有的这些性格,乃是属于纯诗的品质,因而最高的诗必然
出现在盛唐。"[3]这在中国历史上是罕见的,正是这一文化品格与时代精神
特点,才使得唐诗成为永远的经典,具有永恒的魅力。

近年来,随着历史学界对大量历史史料的发掘和研究,有人认为唐代并
没有繁荣到如唐人唐诗所展示的那样强大,唐人的实际生活也不是如唐诗
所描写的那样理想、浪漫。这个说法是正确甚至深刻的,还应注意的是,判
断一个时代是否繁荣固然有一定的客观或外在的标准,但仅此并不全面,因
为:第一,必须有比较,有参照。所谓经济的繁荣和政治的清明只是相对的

---

① 　林庚:《唐诗综论·代序》,人民文学出版社,1987 年。
② 　袁行霈:《中国文学史》,高等教育出版社,1999 年,第 2 卷第 213 页。
③ 　葛晓音:《诗国高潮与盛唐文化·自序》,北京大学出版社,1998 年。

意义,与中国古代其他朝代相比,唐朝无疑是最强大的。第二,是否繁荣也是一个主观的心理评价。唐代当然也存在一些严重的社会问题,不过,与魏晋南北朝几百年的社会分裂和动荡相比,唐朝的统一与强大是毫无疑问的,人们据此对唐朝的开明与强大的体会极为深刻,而科举制的推行彻底改变六朝门阀政治,为广大读书人提供进身与建功立业的机会,士人们从门阀政治的阴霾中解放出来,科举制的阳光一定非常灿烂! 美国著名学者谢弗在其名著《撒马尔罕的金桃》的《导论》中,考察生长在中亚撒马尔罕的一种桃子,但到了唐朝被神秘化并被描述为一种"金桃",对这一有趣的历史现象,他总结说:

> 外来物品的生命在这些文字描述的资料中得到了更新和延续,形成了一种理想化了的形象,有时甚至当这些物品的物质形体消失之后也同样是如此……外来物品在最初进入文化落后的唐朝边境地区时,是很少具有这种理想化的形象的,他们在传播的过程中实现了理想化的形象,但是也失去了在原产地的大多数特性……所有这些都为盛唐文化的美酒增添了新的风味,而它们自身也混合在这美酒之中,成了供酒君子品尝的佳酿中的一剂甘醇的配料。①

由此可见,生活在相对强大的国度里,自信、开朗、热情、充满理想、博学多识的唐朝人,将自己的生活环境理想化、想象化、诗意化了。文学是对生活的主观反映,是一种社会文化心理,唐诗自然更集中反映了唐人对自己时代的期待、热情和想象,作为以想象和热情为生命载体的诗歌这种文学体裁,在唐朝正是生逢其时,获得了最好的生存与发展空间。在盛唐花团锦簇的外表下,也出现李林甫、杨国忠等人的作祟,开朗、热情、富有想象力不等于歌功颂德,不代表没有烦恼和苦闷。裴斐先生就认为,历来被视为盛唐时

---

① (美)谢弗:《唐代的外来文明》,吴玉贵译,中国社会科学出版社,1995 年,第 2 页。

代精神与浪漫诗歌代表的李白之诗,并不都是青春的浪漫,而是表达对权奸当政的深深的忧虑、批判以及愤懑、牢骚①。然而,我们却不能不承认,李白对清明政治的渴盼、对高洁人格的追求和由此带来的激情与想象力,正是盛唐时代环境的综合产物。丁伟志先生在一篇序言中,解释了唐诗的文化内蕴与唐代文化的诗意内蕴的内在关联:

> 诗歌在唐代获得了适合其茁壮成长的沃土,而诗歌的巨大成就,则更以其独特的魅力凸现出唐文化的辉煌。也正因为如此,"唐诗"几乎可以视之为唐文化的时代徽徵。唐诗在中国文化史上的不朽地位,正是由于它以独具魅力的艺术形式反映出一个伟大时代的时代精神,反映出一个新的历史时期的文化所达到的新的巅峰。②

"一代有一代之文学"(王国维《宋元戏曲史》),唐诗对其时代的非客观反映,唐诗的想象性,其实就是唐诗的魅力所在,此后的中国古代文人精神生活再也没有出现这样的黄金时代。后代文人生活并没有就此潦倒下去,物质条件甚至更好,可是,再也没有出现唐人的天真,他们很难无拘无束地张扬个性,而诗和自觉的个性体验、青春的激情、瑰丽的想象、丰富的生活经验总是结伴而行,青春是短暂的,此后的文学,无论是宋词、宋诗,还是元曲、明清小说,都再也没有出现这样爽朗的青春歌唱和华丽的生命憧憬。生活在物欲横流和技术至上时代的现代人,自然,也只能在书本上重温和追怀唐诗那种一去不返的青春意气、浪漫情怀与进取精神,那才是中国文化史上永远的绝响。

"山从建业千峰出,江到浔阳九派分。"(皇甫冉《送李录事赴饶州》)大唐政治经济文化的繁荣是唐诗繁荣的基础条件,唐诗繁荣是大唐政治经济文化繁

---

① 裴斐:《李白十论》,四川人民出版社,1981年。
② 尚定:《走向盛唐·序》,中国社会科学出版社,1994年。

诗国花开——唐诗美感的流变

雅集图（明·仇英）

荣的表征,唐诗流派的异彩纷呈理所当然地也是唐诗繁荣的一个表征,也是大唐文化开放、唐人精神自由的艺术折光。

唐诗繁荣的重要标志,就是其艺术美、风格美的多样性、丰富性,唐代诗人生活在中国古代难得的个性自由得到较好张扬的特定时代文化环境里,较好地处理个人独创与流派风格一致性的复杂关系,使得"唐诗"气象、时代风貌、流派特色与丰富的个人风格都得到很好的展示,创作出中国历史上不可重现的"唐诗"与"诗唐"①这样的文化奇观,涛涌流急,异彩纷呈;万紫千红,花团锦簇;绿叶红花,相得益彰,展示诗国之春的千姿百态,为古今读者留下一份永恒的审美文化遗产。

①　参见郑临川《闻一多论古典文学》(重庆出版社,1984 年)、林庚《唐诗综论》(人民文学出版社,1987 年)的有关论述。

三、唐诗流派与唐诗美感的流变

唐诗流派主要表现为创作或作品在某些方面（体裁、题材、艺术技巧或思想观念甚至艺术风格）的近似或一致，但不像宋代江西诗派或明清时期诗派那样，具有丰富的群体交往和自觉的文学理论口号。唐代诗人之间的交往，是流派形成的基础条件，但也有其他因素，比如，他们生活在相同的地域或时代环境下，并具有相同的经历，造成作品中的某些相似或一致，显然也具有流派的意义。

唐代诗歌流派还存在前、后期的差异。中国古代社会群体的活动方式①是不断变化的，唐代应该是一个重要的转型时期。初唐、盛唐时期，人们活动的群体性主要以现实利益为考量，依赖血缘（宗族、家庭）并与地域情结相关联，由此形成文化认同性。陈寅恪先生《唐代政治史述论稿》就抓住宇文泰"关中本位政策"所纠合利益与文化集团之兴衰，把握唐代政局脉动，深得政治史演变之精髓。初唐以宫廷为活动中心的文人群体和以新兴科举士人为代表的诗人群体，其创作的流派性和趋同性，是创作风气流行的自然结果，是无意识形成的。由于科举制度实行的还不久，文人队伍还不太大，宫廷的政治控制力量还很强，文人生活面还不宽广，诗歌流派相对单一。中唐时期，出现了社团型文学流派的萌芽。安史之乱早已结束，而唐王朝的内忧外患，在中唐时期并没有结束，牛李党争，藩镇割据，同时，科举制的广泛推行、教育与文化的普及、经济的相对繁荣，特别是城市的发展，造成社会人口流动性增强，社会阶层的分化、政治的复杂性、思想的多元性造成文人群体分化。日本学者内藤湖南早就指出：中唐开始，"政权自从离开贵族之手以后，由婚姻或亲戚关系而结成的朋党渐衰，而由政治上的见解，或由共

---

① 刘继清：《中华文化通志·制度文化卷·社团志》，上海人民出版社，1998年，第1—2页。

诗国花开——唐诗美感的流变

同利害的原因,结成党派"①。文人的社会活动与社会交往不再以帝王或宫廷为中心,而在文人中间,开始出现因为思想认识的接近或相似而自觉结成的政治性、文化性团体,他们彼此共存却不相同,出现各种思潮,甚至出现各种波及广泛的社会政治与文化运动②,成为后代党派政治的初始形态③。例如,韩愈为了重振儒学,排佛反老,以"道统"自命,并且好为人师,自觉寻找政治同盟与思想知音,在复杂的政治活动与广泛的社交活动中,他们声应气求,酬唱应答,高自标置。政治活动如此,文化活动、文学活动自然也受此影响,审美兴趣的差异经过广泛、密切的社会交往和自觉的理论倡导的放大,促进流派的生成,韩孟诗派、元白诗派都是如此。中唐的文学流派,是此前出自无意识的审美爱好与创作作风相近之文学流派的发展,也是宋代以来具有自觉的理论、社团型的文学流派的萌芽。

显然,有唐三百年的诗歌流派形态是发展演变的,不可以一概而论。我们充分考虑唐代文学流派的历史特点,注意其发展的阶段性,主要根据创作本身的近似性,并兼顾其他因素来划分流派。文学流派结构复杂④,各流派不尽一致,导致流派类型的差异。不同的标准有不同的诗人群暨诗歌流派,而在唐诗发展中产生重要影响的诗歌流派之构成因素并不一致:由身份近似、审美诉求一致而被合称的流派,如"初唐四杰""文章四友"等;以出身地域一致而产生的诗歌流派,如"吴中四士""吴中诗派"等;因交往密切、身份相近、创作亦相近而形成的诗歌流派,如"大历十才子"、江南诗人群等;由思想一致、文学观念接近而自觉形成的流派,如"方外十友"、《箧中集》诗人群等;由于共同的时代文化环境、相似的人生经历或追求,造成风格或内容

① 内藤湖南:《中国史通论》,夏应元等译,社会科学文献出版社,2004 年,第 331 页。
② 胡适在《白话文学史》中首先借鉴西方文学概念,采用"运动"的概念来分析中唐时期纷繁复杂的诗歌思潮与流派活动。
③ 其实,早在东汉后期就出现过文人因为政治而结"党",不过,文人之"党"只是为了对抗阉竖集团的,文人阶层本身还没有出现分化,这与中唐情况极为不同。
④ 钱中文:《文学发展论》(增订本),经济科学出版社,1998 年,第 221 页。

的一致或近似,从而被视作流派的,如盛唐山水田园诗、边塞诗派等;以自觉的理论相号召,并通过社交而形成的文学流派,如中唐韩孟诗派、元白新乐府运动等。由此看来,被视作流派,主要不出两个因素:或者身份,作家主体的相似性,如地域文化、社会身份、家族文化、政治运动、社会交往、文人聚散等;或者作品,诗歌创作的相似性,如文学观念、创作题材、艺术技巧、诗歌风格等。这两个方面都标志或导致流派的形成。当然,流派最突出的表现就是创作风格的一致,而风格美就具有丰富多样性,各有存在价值,流派纷呈,或朴素,或华丽,或绮艳,或昂扬奋发,或清新绵邈,或怪奇神秘,每一流派的文学风貌及其文化内涵也并不一致,从而才充分展示文学的个性化、丰富性,各具风采,美不胜收,有力地促进了唐诗创作的繁荣。

既然唐诗的发展、唐诗流派的形成,与唐代的政治、经济、文化状况息息相关,那么,外在社会条件的改变,必然影响诗歌风貌内涵的改变以及诗歌流派的发展。关于唐诗的分期,历来有"四唐""五唐"说之争。"四唐"说是根据唐代政治的兴衰,把唐诗发展划分为初、盛、中、晚四期;而"五唐"说主要着眼于诗歌自身发展状况,在初盛唐与中晚唐之间增加一个转折期。其实,后一说也并不能完全排除或否认政治历史状况对文学的制约作用,因为,古代最有影响的诗学观念是"诗言志","志"的内容很多,其最主要的内容是政治之志。作为文学活动主体的诗人,他们既是诗人,也是官僚,政坛风云当然会直接影响到他们的心态。唐王朝近三百年的历史演变具有明显的阶段性,因而决定着不同时期的诗歌流派活动,在数量、中心人物、规模以及创作内容、艺术风貌、文化精神等构成要素上都不尽相同。唐代文学思潮的演进、文学风尚的变化、文学运动的展开,都是通过作家,特别是作家群体的文学实践完成的。伟大作家和作家群体是文学思潮、文学风尚、文学运动的现实承担者,文学思潮的演进、文学风尚的变化、文学运动的展开在现实中就直接表现为文学流派的消长与起伏。

初唐,脱离宫廷的文人群体尚未形成,承陈、隋之遗风,皇帝仍然主盟文坛,朝臣附庸风雅,宫廷诗风流荡忘返,此期文坛是一家诗派独霸,以宫廷与

绪论

宫廷文人为中心的诗风从唐初延续到8世纪初。因为主要人物的变化而有三个前后相续的流派：首先是唐初太宗朝的宫廷诗派，7世纪后半叶活动在高宗朝，以上官仪为代表的宫廷诗派，而主要活动在7世纪末、8世纪初武则天治下的诗坛重要人物沈佺期、宋之问，在宫廷中磨炼了诗艺，经过官场斗争的起伏，诗艺与真实的人生感受逐渐结合，在宫廷之外取得诗歌成就。初唐宫廷诗人活动方式一如既往，与梁陈宫体诗人相同，继续推进诗歌近体化的成长与成熟，与此同时，毕竟时代环境发生很大变化，不少诗歌开始展示出一代帝国的新气象。

差不多与高宗、武后、中宗时期最后这个宫廷诗派同时，由于科举制度的实行，寒士群体开始在政治上崛起，他们在宫廷柔媚文学之外，异口同声地慷慨高歌，"四杰"就是新的诗歌流派的代表。

"吴中四士"作为一个群体出现在诗歌史上是值得大书特书的文化事件，标志着特定的地域文化开始融入盛唐时代主流，意味着具有浪漫精神的盛唐之音的奏响，也意味着其他流派即将出现。

盛唐时期，享受山水田园的宁静优美和追求边塞立功的豪情意气，是士人主要的生活内容，不仅反映了盛唐诗人的基本精神面貌，也构成了盛唐诗歌的两大流派。在这两大流派之外，诞生了李白、杜甫，他们的成就，远远超出任何一个诗派，非诗派所能拘囿，既承前启后，又空前绝后。

盛唐、中唐之交是一个转折时期，政治的巨变使一代士人迷惘而感伤，这就是大历诗派的精神特征，然而，一批不愿步武盛唐的诗人，为躲避中原战乱烟尘，移居于江南青山绿水之间，开始探索能够表达他们心声的艺术趣味。

中唐复兴焕发了文人的激情，而政治矛盾的尖锐造成士人群体的分化，这时政治形势虽错综复杂，却具有顽强的活力。诗人们匠心独运，产生了韩孟诗派、新乐府运动和元白诗派以及处身二者之间的诗人。

晚唐政局动荡，社会四分五裂，文人生活极不稳定，多小团体，少大流派，其诗坛亦缺少气势，如夕阳西下，一片归帆，各奔归途，只有大致的脉络，

若强作划分则有绮艳诗派、苦吟隐逸派、浅俗诗派等。

　　以上所述只是一些影响较大的诗歌流派，它们直接反映时代的文学主潮，代表诗歌发展的走向，成就较高。还必须注意，后代学者依据现存的文学资料所建立的诗歌史与诗歌发展史繁荣原生形态不尽相同，因为，文学资料的流传和保存，除了遵从随时间的流失而必然有所淘汰这一普遍规律之外，还受到艺术传播特殊规律的制约。文学史上，总是那些最优秀的作品能够得到广泛的传播，而且传播者或保存者总是根据个人的审美趣味、艺术爱好，传播、崇仰甚至抬高自己感兴趣的那些诗人和作品，结果便是，有些在当时就有影响的诗人似乎更加显赫，一些在当时不太有影响的诗人也闪亮起来，也有一些很有影响的诗人却变得不太重要，而更多的诗人则逐渐模糊了身影甚至退到历史大舞台的幕后而销声匿迹，无声无息。从历史发展的客观形态来说，大诗人与中小诗人、大流派与中小流派都有不可或缺的地位与价值，大诗人总是在一大群诗人中产生的，没有广大的中小诗人、中小流派也就不会出现大诗人、大流派。要认识大诗人、大流派，中小诗人、中小流派无疑也是我们必须研究的。傅璇琮先生在其《唐代诗人丛考·前言》中对法国艺术史家丹纳在《艺术哲学》中表述的这样的观点颇为激赏，并希望国内的唐诗研究借鉴这样的研究思路，丹纳说："艺术家并不是孤立的人。我们隔了几个世纪只听到艺术家的声音；但在传到我们耳边的响亮的声音之下，还能辨别出群众的复杂而无穷无尽的歌声，像一大片低沉的嗡嗡声一样，在艺术家四周齐声合唱。""艺术家本身，连同他所产生的全部作品，也不是孤立的。有一个包括艺术家在内的总体，比艺术家更广大，就是他所隶属的同时同地的艺术宗派或艺术家族，到了今日，他们同时代的大师的荣誉似乎把他们湮没了；但要了解哪位大师，仍然需要把这些有才能的艺术家集中在他周围，因为他只是其中最高的一根枝条，只是这个艺术家庭中最显赫的一个代表。"①当然，时间是最公平的，能经受时间冲刷和自然淘汰的总是

---

　　① 　丹纳：《艺术哲学》，傅雷译，安徽文艺出版社，1991 年，第 44、45 页。

诗国花开——唐诗美感的流变

那些最有成就、最能代表文学发展动向的作家、作品,有的作品、有的作家甚至有的流派在历史上消失也并不可惜,并不影响我们对诗史客观历程的准确把握。因此,我们着眼于流派,便能很好地把握唐诗主流的发展动向。唐诗流派的演变,正是唐诗美感的流变。

按照丹麦文学史家勃兰兑斯的说法,艺术史其实就是心灵史。审视唐诗流派发展史,不仅是了解唐人的文学创作史,更是重温一代文人对人生、社会、世界的热情感知,走进他们用生命、智慧和想象力所构造的那个特定的历史文化世界。审视唐朝流派,就是感受唐诗主潮的流变,就是欣赏风起云涌的唐诗多姿多彩的风景与美感——或秀美、或壮观,或绮丽、或雄奇,或如阳春烟景、或如九月肃霜,或花团锦簇艳丽无比、或茅檐柴扉质朴无华,去领略千年之前大唐文化的内在活力,感受唐人的创造精神,共鸣于唐人生命中的喜怒哀乐!

第一章　霞景焕余照　钟鼓震岩廊

——唐太宗与唐初宫廷诗风

一、政治革新与文风依旧

公元618年，李渊在并州(今山西太原)称帝，建立唐朝，后又经过数年的南征北战、东征西讨，消灭了割据势力，巩固了李氏家族的统治地位，从此结束汉末以来持续几百年的政治动荡和割据形势。626年，李世民成功发动玄武门之变，杀掉李渊所立太子李建成，以次子的身份继立为帝，他就是唐太宗。唐太宗文韬武略，英武盖世，苦心经营，真正开启大唐三百年辉煌的历史。李世民号称一代英主，他亲身参加隋末建立唐王朝的战争，对前代覆亡的教训感受深刻，面对梁陈诸帝王以及隋炀帝纵欲放荡、以文为戏终于造成社稷倾覆的历史，他当政后就说："若事不师古，乱政害物，虽有词藻，终贻后代笑，非所须也。只如梁武帝父子，及陈后主、隋炀帝，亦大有文集，而所为多不法，宗社皆须臾倾覆。凡人主惟在德行，何必要事文章耶？"(《贞观政要·文史》)他反对浮华奢侈，修明政治，知人善任，从善如流，在他的努力之下，大唐国力走向强盛，史称"贞观之治"。

唐太宗毕竟生活在六朝以来尚文社会风气之下，这种社会风气感染了他，同时，他也认识到，"虽以武功定天下，终当以文德绥海内"(《旧唐书·音乐志》)，他非常重视文化事业。他为秦王时，即开文学馆广揽文士，并为房玄

龄等十八学士题赞;当政之后,在弘文殿侧立弘文馆,临朝听政之暇,常聚集学士讨论学问典籍、礼乐制度,并下令编写诸多前代史书;他还亲自与大臣作诗唱和,吟咏情性。明人胡震亨就说:"有唐吟业之盛,导源有自。文皇英姿间出,表丽缛于先程。"(《唐音癸签》卷二七《谈丛三》)唐太宗的施政策略和文化实践,确立了唐代尚文的基本国策,推动了文化事业的大发展和诗歌创作的繁荣。

六朝时期,宫廷既是统治核心,也是文学活动的核心,是文学风气演变的推动者。初唐统治秩序和政局基本稳定之后,经过唐太宗的号召,再加上他身体力行,朝廷内外兴起一股浓厚的诗歌创作风气。当时比较活跃的诗歌作者,主要由两部分人构成:一部分是从陈、隋宫廷过来的旧文人,比如虞世南等。另一部分则是参加过隋末唐初南征北战的宫廷重臣,如长孙无忌、魏徵、李百药、马周、杨师道等,他们本来不以文学见长,只不过"上有所好,下必风从",为了投太宗之所好不惜附庸风雅,舞文弄墨,吟诗作赋。这不是一个纯文学流派,他们的活动具有流派的性质。他们没有自觉的理论号召,却有着基本一致的美学追求。胡震亨说:"是用古体再变,律调一新;朝野景从,谣习浸广……上好下甚,风偃化移。"(《唐音癸签》卷二七《谈丛三》)这些宫廷重臣的诗歌创作,多是朝政之余君臣唱和,或大臣之间聚宴赋诗,诗歌的内容也不出宫池苑囿,算是唐代第一个大型文学团体和诗歌流派,即宫廷诗派,这个诗派的领袖就是唐太宗李世民。

他们诗歌活动的主要方式是宴集时同题赋诗,如唐太宗有《正日临朝》《过旧宅》,其他文人如颜师古、魏徵、岑文本、杨师道、许敬宗等,都写有同题应制之作。文人之间也经常同题赛诗,据现存资料考察,贞观年间除皇帝组织并亲自参加的诗会之外,文士大规模的宴集诗会有两次,一次在于志宁宅,另一次在杨师道宅,许多文士都欣与其事,其诗歌还有一部分保存至今。他们的诗歌活动方式就决定了其诗歌脱离个人性情,沦为一种特殊的显示文采、附庸风雅的娱乐、社交行为。

初唐诗歌史上有一个引人注目的现象,就是大量类书的出现。在皇帝

的亲自组织和安排下,作为一项特定的朝廷行政事业,由著名诗人牵头编纂不少"官修"大型类书,如《北堂书钞》《艺文类聚》《瑶山玉彩》《文思博要》等。这些类书的编纂是为了方便宫廷文人对诗歌程式、艺术技巧的学习和掌握,将各种典故辞藻搜集在一起,以类相从,极便文人作诗时寻章摘句。欧阳询《艺文类聚·序》说得清楚明白:"欲使家富隋珠,人怀荆玉","俾夫览者易为功,作者资其用"。这些类书后来大部分失传了,今天在敦煌文书中还发现当时"自抄古人诗语精妙之处"的"随身卷子",其功用无非是方便吟诗作文时随手查阅,可见当时作诗风气之盛和当时作诗的特殊方式。

政权发生变化,而社会风气、文学风气却很难迅速改变。初唐宫廷诗派和梁陈宫体诗派确有联系,其艺术趣味还受到齐梁陈隋雕藻淫艳诗风的影响,诗歌内容仍难见性情。现代学者闻一多先生《唐诗杂论·类书与诗》说:初唐与其"说是唐的头,倒不如说是六朝的尾"。齐梁陈隋雕藻淫艳诗风流行既久,积重难返。李世民和其大臣,在统治稳定、经济稍微有所恢复之后,享乐的欲望必然要抬头,旧有的奢靡之风自会有所回潮,同时,太宗周围最有影响的文人也是从陈隋宫廷中来,太宗本人还钦慕江南文化,因此,太宗朝的诗歌风尚主要是梁陈宫体诗风的延续,缺少广阔的生活内容,依然把诗歌当作娱乐遣兴的工具。"承陈隋风流,浮靡相矜"(《旧唐书·文艺传》),"贞观之流,未脱齐、梁"(吴乔《围炉诗话》卷三),这是后代学者的共识。然而,历史环境发生很大变化,以拼杀方式获得政权的新统治者,毕竟不同于六朝门阀贵族,颇具创业精神,志向宏远,因此,其诗风在延续中也表现出新的时代精神。

二、风云人生与艳丽诗风

唐太宗虽贵为皇帝,却是这个宫廷诗派当仁不让的领袖。如其《采芙蓉》诗:

结伴戏方塘，携手上雕航。

船移分细浪，风散动浮香。

游莺无定曲，惊凫有乱行。

莲稀钏声断，水广棹歌长。

栖乌还密树，泛流归建章。

采菱图（元·赵雍）

芙蓉花开，风送荷香，船分细浪，惊凫乍飞，柳莺轻鸣，优美的南国风景曾被南朝民歌反复吟咏，生活在江南山水间的齐梁文人尤爱这种题材。乘着彩舟游弋在池上花间，这是梁陈文人真实生活的写照。身为一代英主，唐太宗居然也爱好这种柔媚无骨的景象和诗歌韵味，诗中没有丝毫帝王的豪情和气魄。开国之君的诗歌中依然充斥着这类题材，说明他们还没有找到自己的精神高地。太宗现存诗篇之诗题已表明其诗歌内容之狭窄，如《赋得樱桃》《赋得李》《赋得浮桥》《远山澄碧雾》《赋得花庭雾》《春池柳》等，色彩华艳，视野狭小，格调不高。

虞世南经历过陈、隋两朝，以文才侍奉帝王，他的诗歌风格与其说是个人的体现，不如说是其所侍奉帝王爱好的体现。虞世南是一个有血性的人，在隋炀帝朝，他虽也写歌功颂德的应制之作，但绝不阿附取容。隋末宇文化及杀掉隋炀帝，再欲杀炀帝近臣、虞世南之兄虞世基，这时在旁的虞世南"匍匐请以身代"。但是，在他的诗歌中却见不到这种阳刚之气、侠义之气。

唐建即入李世民府中,唐太宗称赞世南有德行、忠直、博学、文辞、书翰"五绝"。世南的人品颇受太宗器重,太宗爱好轻艳之歌,故世南便成为太宗朝最活跃的诗人,深受唐太宗的欣赏。他写了不少应教之作,如《奉和咏风应魏王教》:

> 逐舞飘轻袖,传歌共绕梁。
> 动枝生乱影,吹花送远香。

风来无影、去无踪,抓不住、摸不着,虞世南以有形写无形,化虚为实,显示出非凡的奇情异想。以风为诗题,可见作者的想象力,也看出作者的百无聊赖。作者想象之物是轻袖、歌舞、花香,这正是作者所熟悉的生活内容。华美艳丽,绮罗香泽,歌舞轻扬,哪有什么阳刚之气?

虞世南咏物诗《蝉》是当时的名作:

> 垂绥饮清露,流响出疏桐。
> 居高声自远,非是藉秋风。

蝉餐风饮露,在中古时代是精神高洁的象征。梁陈时的咏物诗很少能见出一定的个人性情,虞世南却即物抒怀,表达自己高尚的人格追求。这首诗不仅展示了新一代士人的人格节操,也预示诗歌向性情的回归。

《新唐书·虞世南传》记载,唐太宗有一次做了一首宫体艳诗,要求虞世南和作,虞世南却说:皇上您这首诗确实写得不错,但它体格不雅正。如果您喜欢某样东西,那么,臣下就会沉湎其中,乐而忘返。我担心,您这首诗一旦传播出去,天下就会风靡景从,我不能和作。唐太宗只好自我打趣地说:我只不过试一试你。太宗当场赐给虞世南五十匹帛,以示奖励。诚如明人许学夷《诗源辨体》所说:"今观世南诗,犹不免绮靡之习,何也? 盖世南虽知宫体妖艳之语为非正,而绮靡之弊则沿陈、隋旧习而弗知耳。"他虽然

抛弃"妖艳"宫体诗风,"绮靡"的艳丽之风却依旧"流荡忘返"。

三、宫体诗与宫廷诗的时代差异

宫廷诗毕竟不是宫体诗,时代的主旋律已完全改变,以唐太宗为首的开创"贞观之治"的政治家们,毕竟不同于齐梁时期声色犬马、歌间宴前的门阀士族,他们清醒、理性,冲出宫闱,有所作为,敢于创造,用实际行动演奏一曲恢宏雄壮的乐章,他们的人生实践就是一曲曲黄钟大吕。他们的生活内容已经改变,初唐宫廷里洋溢着奋发有为的阳刚之气。作为这种生活的反映,初唐宫廷诗表现了积极进取、昂扬奋进的时代精神。

初唐宫廷诗中很少有色情诗。魏徵是太宗朝最有影响的政治家,他对前代骄奢淫逸而败亡的教训认识深刻,他主持编写《隋书》,批判了梁陈宫体淫艳诗风:"清辞巧制,止乎衽席之间;雕琢蔓藻,思极闺阁之内。""衽席""闺阁",最能激发宫体诗人的想象力,"月露""风云"(李谔《上隋文帝革文华书》),最能引起他们情绪的波动。唐人对宫体色情诗极为警觉,检视一下今存初唐诗,那种陶醉醉眼蒙眬地欣赏、描写女性体态、具有色情意味的诗,似乎只有许敬宗的《奉和七夕宴悬圃应制二首》,如诗句"荐寝低云鬓,呈态解霓裳",像这样描写女性睡态的艳诗转载初唐实在少之又少。

初唐诗歌的艳丽,不同于南朝宫体诗的浮艳,显示出典重与雍容华贵之气,体现唐王朝向上的气魄和上升的国势,反映了初唐的时代精神。初唐有不少君臣同题和作之诗,这种做法沿自前代,梁陈时期的很多宫体诗就是这样写出来的,而初唐的君臣同题和作之诗,却以歌颂大唐国势为主。如唐太宗的《正日临朝》诗:

> 条风开献节,灰律动初阳。
>
> 百蛮奉遐赆,万国朝未央。
>
> 虽无舜禹迹,幸欣天地康。

车轨同八表,书文混四方。

赫奕俨冠盖,纷纶盛服章。

羽旄飞驰道,钟鼓震岩廊。

组练辉霞色,霜戟耀朝光。

晨宵怀至理,终愧抚遐荒。

此诗不避呆板,赞美大唐天地人和的盛世景象:书同文,车同轨,天下一统,万国来朝,冠盖纷纭,群臣觐见,盛装庄严,锦衣绣袍与朝霞争色;正日开殿,阳气升腾,和风送暖,钟鼓齐奏,羽林卫士戟闪寒光。魏徵、岑文本、许敬宗、杨师道等都有同题奉和之作,皆雍容华贵,典雅富丽。

杨师道在高祖武德初娶桂阳公主,朝拜礼部侍郎,累转太常卿,封安德郡公。贞观十年(636年),代魏徵为侍中;十三年,转

宫苑图轴(唐·佚名)

中书令。他官运亨通,才思敏捷,广为一时诗人所推崇,他经常组织诗歌聚会活动,俨然一文坛领袖。据《旧唐书》本传记载,他退朝后"必引当时英俊,宴集园池,而文会之盛,当时莫比",惹得唐太宗每次见到杨师道的作品"必吟讽嗟赏之"。其《初秋夜坐应诏》诗:

玉琯凉初应,金壶夜渐阑。

沧池流稍洁,仙掌露方溥。

雁声风处断,树影月中寒。

爽气长空净,高吟觉思宽。

前四句写当值所见,颇有富贵气象。第三联写景真实:夏去秋来,朔风渐起,北雁南飞;月照如水,树影婆娑,陡增寒意。置身此情此景,一般人都会感伤起来,而杨师道却觉得秋高气爽,心情开朗,诗思联翩。这种心理状态代表了当时普遍的社会心理——清醒而不陶醉,显示出盛世雍容安闲的气度。

人物故事(局部)(明·仇英)

初唐诗歌显现出帝国气象,具有昂扬的情思。清编《全唐诗》所收的第一首诗,是唐太宗的《帝京篇》(一题十首),此诗起调非同凡响:

秦川雄帝宅,函谷壮皇居。

绮殿千寻起,离宫百雉余。

连甍遥接汉,飞观迥凌虚。

云日隐层阙,风烟出绮疏。

雄伟的山川烘托着巍峨宫殿，显示出唐王朝的赫赫声威和唐太宗的开阔视野、博大胸襟。此诗借鉴帝京类大赋的手法，对仗的朴拙恰恰显示为厚重，虚张其词却表现出力量。这才是唐太宗的英雄本色。

当唐太宗走出狭窄的宫廷，他的笔下便展示出壮丽气象。《于北平作》写道：

九成宫避暑图（宋·佚名）

> 翠野驻戎轩，卢龙转征旆。
> 遥山丽如绮，长流萦似带。
> 海气百重楼，岩松千丈盖。
> 兹焉可游赏，何必襄城外。

北平就是今天的河北北部一带，包括今天的北京，当时却是与少数民族政权接壤的边境地区，军事形势非常复杂，唐太宗为帝前后都亲率部队前往东北征讨经过此地。最后一句用典，据《晋书·山涛传》附山简传，山简曾任征南将军，驻守物华天宝的襄阳，"优游卒岁，唯酒是耽。诸习氏荆土豪族，有佳园池，简每出嬉游，多之池上，置酒辄醉，名之曰高阳池"。北方苍凉雄浑，不同于南方的山池亭阁，但在帝王的眼里，如此荒漠的地方值得游赏，这就是大唐之君混一宇内的抱负和踌躇满志的写照。

其实，不止唐太宗，贞观诗人也多有此苍凉之作。魏徵现存之诗没有一首咏及艳情，《述怀》（一作《出关》）是魏徵的名作：

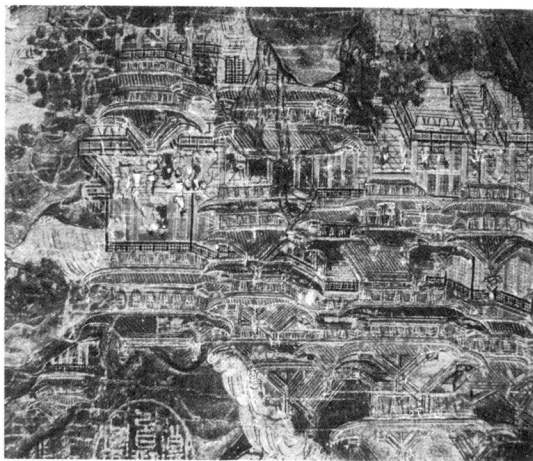

中原初逐鹿，投笔事戎轩。

纵横计不就，慷慨志犹存。

杖策谒天子，驱马出关门。

请缨系南粤，凭轼下东藩。

郁纡陟高岫，出没望平原。

古木鸣寒鸟，空山啼夜猿。

既伤千里目，还惊九折魂。

岂不惮艰险？深怀国士恩。

季布无二诺，侯嬴重一言。

人生感意气，功名谁复论。

春山瑞松图（北宋·米芾）

魏徵"少孤贫，落拓有大志，不事生业，出家为道士，好读书，多所通涉，见天下渐乱，尤属意纵横之说"（《旧唐书》本传）。隋末乱起，他加入起义队伍，为窦建德所用，后成为河北地区起义军领袖李密的幕僚；唐建，李密降唐，他随之变成皇太子李建成的部下，忠心耿耿地为李建成出谋划策。玄武门事变发生，李建成被杀，李世民夺得皇位的继承权，魏徵终于归于李世民麾下。魏徵不是那种见风使舵的人，他始终在寻找能够实现自己抱负的机会。太宗即位之后不久，即不计前嫌，委以重任，派他到河北区招抚、平定该地的起义军旧部，这些割据势力原来与魏徵曾有过交往。这首诗就作于魏徵身负重任、东出函谷关之时。他回顾平生，"纵横计不就"，寓有无穷感慨；如今"驱马出东门"，那种深受器重、知恩图报的使命感十分强烈,而秋意的苍凉既是诗人心境的写照,更激发出诗人的慷慨情怀。"人生感意气,功名谁复论",一气逼出,力敌千钧!壮怀激烈,雄浑刚健,蕴含着巨大的创造力,代表唐诗发展的方向。沈德潜《唐诗别裁集》(卷一)说得很深刻:"气骨高古,变从前纤靡之习,盛唐风格发源于此。"

李百药《秋晚登古城》也属于这类气格高古之作:

> 日落征途远,怅然临古城。
> 颓墉寒雀集,荒堞晚乌惊。
> 萧森灌木上,迢递孤烟生。
> 霞景焕余照,露气澄晚清。
> 秋风转摇落,此志安可平!

秋日、黄昏,古城、寒雀,一片衰飒、萧瑟,无言地演说着古今兴亡之理,诗人站在天人之际的高度,品味这一真理,他不颓废,而是以更加自觉的积极态度把握人生、创造人生。

初唐诗歌出现的一些新气象,是初唐上升的国势不自觉的反映。尽管唐太宗对于南朝政治的腐朽保持着清醒的认识和高度的警惕,一些开国重臣对于南朝政治乃至文风的腐败进行认真的反思与总结,但唐太宗以皇帝的身份主盟初唐诗坛,参与诗歌活

仿郭熙秋山行旅图(元·唐棣)

动,改变宫体诗风;其生活观念、指导思想的转变,也会影响世风乃至文风的变化。贞观诗风有前后期之别。《旧唐书》(卷七三《令狐德棻传》附《邓世隆传》)记载:"太宗以武功定海内,栉风沐雨,不暇于诗书。暨于嗣业,进引忠良,锐精思政。数年之后,道致隆平。遂于所览之暇,留情文史。"贞观十年(636年)之后,太宗颇有骄矜奢靡之思想倾向,大开饮宴游乐之风,其诗风也由富贵气象变为缛丽。宋人王应麟《困学纪闻》(卷一四)记载苏轼的话说:"唐太宗作诗至多,亦有徐、庾风气,而世不传,独于《初学记》时时见之。"唐太宗学习的榜样——徐陵、庾信正是梁代宫体诗的代表作家。

四、诗艺的进步与落后

初唐在近体诗的发展史上具有重要地位。初唐宫廷重臣绝大多数出身行伍,没有文学功底,他们对诗歌艺术的爱好促进诗歌艺术的探讨、传播,在永明新体到唐代近体诗的发展过程中,初唐构成一个不可或缺的重要环节。

松风楼观图(宋·佚名)

初唐诗歌虽然出现一些非凡气象,总体风格却仍以华艳为主,与初唐风云变幻、战火硝烟、理性冷峻的时代生活极不相称,诗歌发展的进程严重滞后于政治历史的前进步伐。

从题材来说,初唐诗中水光山月、春风花鸟、小园池台、歌儿舞女、绿衣红袖这些题材很多,这些艳丽柔媚之物是被视作诗歌艺术的传统惯例继承下来的,与其说他们欣赏这种景物,还不如说他们推崇的是诗歌艺术、诗歌才华,他们并不能把遣词造句、绘声绘色的诗歌才能,与这种歌舞声色完全区分开来。这种歌舞声色的描绘总是与骈俪、声律紧密联系在一起,这种最具有六朝遗彩的诗多以"赋得""奉和""应制"为名,是在公共场合往来应酬、赛诗逞才中产生的。初唐宫廷诗的根本弊病,不在这种诗歌风格本身,而在于诗歌风格的单调,更在于诗歌艺术的追求没有和人生的创造进取结合起来。和齐梁诗人相比,初唐诗歌作者的人生理想、生活目标、艺术趣味都发生了根本变化,但是,他们对艺术与人生的关系、艺术的功能与作用的认识,却还没有改变,依然以游戏、娱乐的观点看待诗歌活动,诗歌和壮怀激烈的人生、壮志凌云的抱负、真实丰富的性情还没有结合起来。从诗歌作者的身份来看,初唐诗歌作者写这些应酬诗的时候,和齐梁士族一样,依然过着优哉游哉的生活。这就意味着诗歌风气的转变,不是一两个人所能完成的,文学风尚的变化必须要以社会的变动、社会阶层的升降为基础,诗风的根本改变必须借助一拨新的作者群体,而号称英主的唐太宗当政的初唐,还没有直接创造出这样的政治条件和诗人群体。当然,正是唐太宗的努力,才奠定大唐后来政治、文化的特质和发展的坚定基础,而这也正是初唐诗歌那些新意出现的根本原因,只不过作为一种精神文化的诗歌艺术,它与物质文化和制度文化有一定的距离,很难随着政治变革迅速改变,它的演变需要一个较长的时间过程。历史在期待,也在酝酿。

第二章　上官体兴添秀色　风霜自在诗篇外
——上官仪诗歌及宫廷诗派

一、宫廷政争的激烈与宫廷诗风的平和

　　贞观之后,朝廷各派势力围绕着立太子展开尖锐激烈的斗争。早在太宗即位不久的 626 年十月,就立长孙皇后所生之子承乾为太子。据史书记载,承乾由于患有严重的腿病而跛足,身体残疾,而且言行不谨,大伤体统,引起朝廷内外一片物议。在当时理性占主导风气的时代,他能否继承太宗伟业,既是大臣们思考的问题,也是太宗本人忧虑的大问题。可是,毕竟长孙皇后与太宗同生死、共患难,长孙皇后在世时重立太子之事一直无法提出来。贞观十年(636 年),长孙皇后去世,这个问题立即被提出。被认为代替承乾的最佳人选是魏王李泰,太宗也丝毫不掩饰对李泰的喜爱。因此,承乾和魏王李泰以及拥戴承乾和李泰的势力之间,爆发尖锐的冲突。随着太子位置的不稳定,其他皇子难免也产生非分之想,齐王李祐即是其一。斗争结果是,承乾被废,李泰被逐出京城,齐王李祐被杀,而 628 年出生、生性懦弱的李治却意外捡了好处,被立为太子。之后,其他皇子如吴王恪对太子之位仍有所觊觎,不过,由于长孙无忌等一班老臣的坚决支持,李治的位子总算稳定下来,而由立太子引发的朝臣分裂及其斗争并没有因此而结束。贞观二十三年(649 年),唐太宗去世,李治顺利地当上皇帝,他就是唐高宗。这

时,反对李治的斗争还未平息,新的立太子之争又开始了,在这场复杂的斗争中,经过十多年的刻意经营,武曌即后来的武则天乱中加入,由开始仅仅想保住在后宫的位置发展到觊觎皇位。这场宫廷斗争刀光剑影,错综复杂,既是智慧的较量,也是阴险、奸诈、歹毒的全面展示,许多朝廷重臣被杀。从649年到664年上官仪被杀,武则天终于巩固了自己的后宫地位,这场宫廷斗争方才暂告一段落。

与贞观诗坛不同的是,这一时期诗坛的领袖人物不再是最高统治者,也许政治斗争的复杂形势使他们无暇顾及文化活动。高宗体弱多病,又长期陷入政治斗争,他爱好艺术,所作诗歌却不多,但他个人的兴趣对诗风产生了影响。《旧唐书·儒学传》评论云:"高宗嗣位,政教渐衰,薄于儒术,尤重文史。于是醇醲日去,华竞日彰,犹火销膏而莫之觉也。"这样一个血雨腥风的年代,在他们的诗歌中根本没有得到反映,诗坛上流行一种追求藻丽典饰、歌颂安闲和平的诗歌风气。朝臣在政治立场上各不相同,四分五裂,他们在政治斗争之余依然吟诗作赋,他们的诗歌爱好仍然不谋而合,既与此前的贞观时期不同,也与后来时代的诗风不同,具有比较明显的时代色彩。

这一诗派的主体仍然是宫廷文人,其中最著名的人物有上官仪、许敬宗、董思恭等。他们与贞观诗人有很大的不同,没有参加过建唐的战争,对梁、陈以及隋代政治的腐败缺乏深刻的认识和警惕,对浮艳诗风自然也不警惕。在贞观诗人的日常生活中,诗歌活动是他们人生的"余事",而这一诗派的主体,倒是标准的宫廷文人,他们以文为业,他们在人格上具有某种程度的依附性,缺少昂扬进取的胸襟与抱负;以文事人,使得他们无法在诗歌中表现个人真实的人生体验。他们继承贞观宫廷后期的藻丽之风而又加以放大,为了方便写诗时查找辞藻典故,继续编写大型类书,许敬宗于龙朔元年(661年)领衔"采摘古今文章巧言语,以类相从",编纂《瑶山玉彩》五百卷。次年编成《芳林要览》三百卷,元兢从中选出《古今诗人秀句》二卷。他们讲究并积极探索诗歌艺术,对六朝以来丰富的诗歌经验进行自觉的总结和归纳,为近体诗的成熟、定型做出了很大贡献。

这一时期的诗歌具有鲜明个性,初唐四杰之一的杨炯在《王勃集序》中就说:"尝以龙朔初载,文场变体,争构纤微,竞为雕刻。糅之金玉龙凤,乱之朱紫青黄。影带以徇其功,假对以称其美。"藻丽与求对概括了这股诗风的特点。南朝文学评论家刘勰曾经批评东晋玄言诗云:"世极迍邅,而辞意夷泰"(《文心雕龙·时序》),借此亦足以概括此一时期诗歌特点,不过这时诗歌的平和夷泰,一定程度上反映了大唐的国威,因为尽管宫廷斗争极端尖锐,但是经过贞观之治,大唐的国威已经完全确立起来。

二、上官仪与宫廷诗风发展

这个诗派的领袖非上官仪莫属。上官仪生于隋朝,其父在隋末被杀,上官仪逃匿沙门方才免得一死。他在贞观时举进士,诏授太宗弘文馆直学士。上官仪既是政坛上的显要人物,更是诗歌领域的领袖。《旧唐书》本传记载,上官仪"本以词采自达,工于五言诗,好以绮错婉媚为本。仪既显贵,故当时多有学其体者,时人谓为'上官体'"。当时学习上官体者不在少数,诗坛流行"争构纤微,竞为雕刻"(杨炯《王勃集序》)之风,上官仪不过是推波助澜、引导风气而已。

稍后于上官仪的元兢撰有《诗髓脑》一书,研究诗歌的对仗技巧,在书中他反复地说"此种病犯近代词人上官仪尤如何何",极尽推崇,在《古今诗人秀句序》中还说:"余以龙朔元年为周王府参军……余于是以情绪为先,直置为本,以物色留后,绮错为末;助之以质气,润之以流华,穷之以形似,开之以振跃。或事理俱惬,词调双举,有一于此,罔或子遗。时历十代,人将四百,自古诗为始,至上官仪为终。"对上官仪极力推崇。上官仪在武后争位中被杀,后来又得到平反,这固然与其孙女上官婉儿在中宗时期地位的提升有关,同时也说明,他对诗歌艺术技巧的探讨,确实对后来诗歌的发展产生深远影响,受到人们的肯定。

古代文学家大多是封建官僚与文人一身二任,上官仪却首先是文学家,

他以文才而跻身政坛,从此也造成他的不幸,做了武则天的刀下鬼。他的不幸中,还有一点让人叹息的就是,文人有时候打击自己的同类非常厉害。上官仪之死就与当时的另一个著名诗人许敬宗有关系,他被后者落井下石,尽管他们在诗歌创作上声气相应。在复杂的历史关头,上官仪坚持了自己的人格操守。宋人刘克庄《后村诗话》说:"上官仪诗律未脱徐、庾,然孤忠大节,与褚河南相辉映于史。"

上官仪文才出众,太宗晚年每作诗文,皆命上官仪为其"视草",又多"令继和,凡有宴集,仪尝预焉"。当时宫廷斗争如火如荼,上官仪却能悠游于政争之外,一心研究诗歌艺术,复杂、丰富的政治斗争在他的诗歌创作中并没有得到反映,原因就是南朝以来以文为戏、追求雕琢的创作思想与传统制约了他。上官仪在诗歌史上的贡献是,他继承前人有关诗歌对仗艺术的经验,并加以发展。据今天的学者考证,上官仪纂有《笔札华梁》一书,整书现已失传,只有部分内容散存于其他书中。他最有影响的理论就是"六对""八对"之说。据宋人魏庆之《诗人玉屑》卷七引李淑《诗苑类格》载上官仪语云:"诗有六对:一曰正名对,天地日月是也;二曰同类对,花叶草芽是也;三曰连珠对,萧萧赫赫是也;四曰双声对,黄槐绿柳是也;五曰叠韵对,彷徨放旷是也;六曰双拟对,春树秋池是也。又曰:诗有八对:一曰正名对,'送酒东南去,迎琴西北来'是也;二曰异类对,'风织池间树,虫穿草上文'是也;三曰双声对,'秋露香佳菊,春风馥丽兰'是也;四曰叠韵对,'放荡千般意,迁延一介心'是也;五曰联绵对,'残河如带,初月如眉'是也;六曰双拟对,'议月眉欺月,论花颊胜花'是也;七曰回文对,'情新因意得,意得转情新'是也;八曰隔句对,'相思复相忆,夜夜泪沾衣。空叹复空泣,朝朝君未归'是也。"今天看来,这些说法颇有形式主义的嫌疑,未免琐碎,却是近体诗某些创作规律的总结和揭示,意义重大。近体诗最基本的形式特征就是对仗,从南朝的永明新体诗开始,作家们就一直在探讨诗歌形式美的因素,而唐诗的成就就表现在近体诗的创作上,因之上官仪的探讨和总结就成为其中不可或缺的桥梁。上官仪通过自觉的总结,把前人在诗歌创作中无意

诗国花开

——唐诗美感的流变

创造出的一些艺术经验加以概括和提高,形成一套可供操作的具体模式,以便于诗人借鉴和运用。因此,在通向盛唐诗歌的前进历程中,上官仪的贡献虽不是最大,但却不可或缺。

上官仪的理论总结显然是以其丰富的诗歌创作经验为基础的,上官仪现存诗歌有二十余首,数量不是太多,有些诗我们今天已无法确定是作于太宗朝还是高宗朝,不过大致风格一致。作于高宗朝的《入朝洛堤步月》是上官仪的名篇:

> 脉脉广川流,驱马历长洲。
> 鹊飞山月曙,蝉噪野风秋。

洛,指流贯洛阳的洛水。唐太宗在世时,就已有从长安迁都洛阳的打算,并且已经迁移部分政府机构。高宗时期,尤其武后干政之后,于 657 年正式把洛阳定为第二个首都,不仅皇室成员搬迁到洛阳生活,而且朝廷各机构也几乎都到洛阳办公,长安只有一些留守。尽管当时宫闱内的斗争非常尖锐,但整个社会的形势还是很稳定的,而上官仪也无意于"好风凭借力"的权术斗争,心态平和。这首诗就表现其凌晨早起入朝,不以为苦,他用洒脱散朗、悠闲自在的心情来体验秋天早晨特有的美景。很多诗人惯于东窗高卧,早眠不觉晓,没有机会欣赏这种黎明之美。当然,如果诗人被迫早起,那眼中的景色就是另一番情调,不幸生活于动荡晚唐的温庭筠诗云:"鸡声茅店月,人迹板桥霜"(《商山早行》),诗人心情凄苦,所见景象自然肃杀、萧条、苦寒。《隋唐嘉话》记载:"高宗承贞观之后,天下无事,上官侍郎仪独持国政。尝凌晨入朝,巡洛水堤,步月徐辔,咏诗云'脉脉广川流,驱马历长洲。鹊飞山日曙,蝉噪野风秋',音韵清亮,群公望之犹神仙焉。"这首诗之所以得到时人的激赏,首先在于其雍容洒脱的情调,同时对仗工整,属对工切,新颖别致,写景清新:鹊在飞而月尚悬于山头,夜未逝但新的一天已到来,长野送风,秋蝉高鸣,炎夏已过,天高气爽的秋天来了。没有五彩缤纷的富丽堂皇,也没有辞藻典故的雕琢堆砌,却能得到时人的激赏,这意味着高宗时期人们的审美趣味和诗歌风尚正在悄悄发生着变化。胡震亨赞扬说:"音响清越,韵度飘扬,齐梁诸子,咸当敛衽矣。"(《唐音癸签》卷四)

上官仪的诗歌总体风格仍然是绮错婉媚,情致婉约、柔美,写景绮丽、华艳,章法绵密、冗赘。如作于贞观前期的《早春桂林殿应诏》:

> 步辇出披香,清歌临太液。
> 晓树流莺满,春堤芳草积。
> 风光翻露文,雪华上空碧。
> 花蝶来未已,山光暖将夕。

歌舞声色、游园赏春是日常宫廷生活的内容,早春的姹紫嫣红、莺唱蝶舞是宫廷诗的基本题材。早春之景其实比较清新、明澈,而此诗写景却非常秾丽、纷繁,如"晓树流莺满,春堤芳草积",这就体现出上官仪的生活内容与艺术趣味。他的应制诗、唱和诗都不免此病,如《咏雪应诏》:

云溪仙馆(局部)(明·仇英)

> 禁园凝朔气,瑞雪掩晨曦。
> 花明栖凤阁,珠散影娥池。
> 飘素迎歌上,翻光向舞移。
> 幸因千里映,还绕万年枝。

诗国花开——唐诗美感的流变

既要咏雪,显示文采,又要歌功颂德,取悦皇帝,自然难见个人性情,只有一片花团锦簇。《唐诗纪事》(卷六)记载,上官仪这首诗作出来之后,时人都不知道"影娥池"典出何处,"祭酒令狐德棻召张柬之等十余人示此诗,柬之对云:'《洞冥记》:汉武帝于望鹤台西起俯月台,台下穿影娥池……亦曰眺蟾台。'令狐德棻叹其博识"。在他们眼里,衡量一首诗优劣的标准是典故的多寡和熟生。又如《咏画障》:

芳晨丽日桃花浦,珠帘翠帐凤凰楼。

蔡女菱歌移锦缆,燕姬春望上琼钩。

新妆漏影浮轻扇,冶袖飘香入浅流。

未减行雨荆台下,自比凌波洛浦游。

芳晨丽日、雕梁画栋,珠帘翠帐、燕姬蔡女,新妆漏影、冶袖飘香,画障的锦绣也只有通过上官仪的生花妙笔才能刻画出来,工致、精美,意象联翩,每一个意象前还要加上形容词,极尽渲染,声色俱美,甚至还有香气在陶醉着人的感官。这就是上官仪的本色,也是他的功夫所在。这需要文字水平,更需要生活积累,他对这种优美华丽的东西非常敏感,感受非常细腻,没有深厚的生活体验肯定写不出,非长期生活于花团锦簇之中不能道也。

三、人格与诗格的偏离

662 年,秘书少监上官仪被推上宰相的宝座。664 年,一次偶然的机会,高宗准备废掉武后,招来上官仪,让上官仪草拟废后诏令。但是,武后事先得到密报,及时赶来,高宗临阵退却。这时候许敬宗跳出来,落井下石,指控上官仪,结果所有的责任都被推到上官仪身上,上官仪终至取祸杀身,并被籍没其家。

许敬宗(592—672)是一个人品非常低下的人。他出生于隋末,在隋末炀帝宫闱之乱中,其父许善心被杀,在场的许敬宗却被弑父者的屠刀和父亲的鲜血吓破胆,"舞蹈以求生"(《旧唐书》本传)。隋唐时期的"舞蹈",不同于后代的舞蹈,当时是一种礼仪,应称拜舞礼或舞蹈礼,要手舞足蹈。此舞创于隋,起始是军队在宣"露布"(一种军事文书)时舞之,后逐渐经过传播、演变,一般是举行重大活动时由臣子对皇帝行此大礼。例如,隋大业元年(605年)二月,杨素等克敌有功,隋文帝杨坚奖赐杨素,杨素等"再拜舞蹈而出"。许敬宗贪生怕死,献媚求荣,苟且偷生,不惜向仇人行此大礼,这就相当于今人叩头下跪乞求饶命。像这种没有廉耻的人在政治黑暗的时候,往往会见风使舵,浑水摸鱼。果然,许敬宗看到阴险奸诈的武后夺权、上升的趋势,就颇识时务地靠上这棵大树,趋炎附势,他不惜诬陷、扳倒长孙无忌,又落井下石,造成上官仪被杀。

许敬宗高寿,在文坛上的活动时间很长。他出生于隋朝,高宗咸亨三年(672年)卒,虽经许多政治风浪却得善终,足见其深谙实用主义的生存智慧。贞观后期始,许敬宗即参与监修国史以及很多钦定"大型文化工程项目",先后参与或主持了《晋书》《高祖实录》《姓氏谱》《永徽五礼》《西域国志》等著作的撰写;他还是著名的类书编纂者,据考察,高宗朝编辑的一些大型类书如《东殿新书》《文馆词林》《累璧》《瑶山玉彩》《芳林要览》等都是由他领衔主纂的。在上官仪被杀之后,他成为宫廷文学活动的主导人物。

许敬宗迎合时代风气,作诗专究词采之美。如《奉和过慈恩寺应制》:

> 凤阙邻金地,龙旂拂宝台。
> 云楣将叶并,风牖送花来。
> 月宫清晚桂,虹梁绚早梅。
> 梵境留宸瞩,掞发丽天才。

慈恩寺本是时为太子的李治于648年为追念生母太宗长孙皇后所建,后捐施为庙。李治即位后前往造访,作有《谒大慈恩寺》。高宗诗纯是堆砌

辞藻以写物,"日宫开万仞,月殿耸千寻。花盖飞团影,幡虹曳曲阴。绮霞遥笼帐,丛珠细网林。寥廓烟云表,超然物外心"。许敬宗这首诗即是和作。从内容来看,丝毫看不出诗人个性,无非夸张渲染、遣词华美、属对精工而已。

四、诗艺的发展与诗史的转折

许敬宗活跃的这段时间正是武后处心积虑巩固个人地位、控制高宗时期。武后为了达成个人政治目的,从乾封(666—667)后以修撰为名引文学儒臣径由北门入禁中,诸文臣一方面"共撰《列女传》《臣轨》《百僚新戒》《乐书》,凡千余卷",为夺权造势,另一方面被密令参议朝政,处理百司表奏,以分宰相之权,时称这个受武后倚重的政治团体为"北门学士"(《旧唐书·刘祎之传》),其中著名者如元万顷、刘祎之、苗神客、胡楚宾等。这个群体开展诗歌创作活动,写了不少应制诗。他们亲身参与当时复杂的权力斗争,不是单纯的文士、诗人,可是,他们赋诗唱和,格调依旧。如刘祎之《九成宫秋初应诏》:

> 帝圃疏金阙,仙台驻玉銮。
> 野分鸣鸷岫,路接宝鸡坛。
> 林树千霜积,山宫四序寒。
> 蝉急知秋早,莺疏觉夏阑。
> 怡神紫气外,凝睇白云端。
> 舜海词波发,空惊游圣难。

这首诗中四句"林树千霜积,山宫四序寒。蝉急知秋早,莺疏觉夏阑",对景物的描写有着壮美之气:夏去秋来,霜染层林,寒意渐重,而蝉鸣阵阵,增强凄凉之感,这种景物不同于以往宫廷诗红红绿绿的春天景色。诗境也很开阔，"怡神紫气外,凝睇白云端",展示了欣赏者阔大的视野与开阔的心胸,这样的景物描写即使置于盛唐诗中也可乱真。作者刻意求对,特别是色彩对,使用不少形容词来进行限定,这还是初唐流行的宫廷诗创作思路。

上官体是个人风格,也是时代风格。从声名来说,许敬宗不亚于上官仪,由于其人格上的污点已遭时人讥评,自难被公认为诗坛领袖。在这种宫廷圈子中,在拥有稳定的社会地位的宫廷文人手中,诗歌很难摆脱作为社交手段的功能,雕章琢句无法避免,诗坛主流依然以历史的惯性承继着宫廷诗风,仍然在南朝以来以文为戏的传统笼罩之下,诗歌以及诗歌艺术的探讨没有和丰富多彩的时代风云与生命体验结合起来。

当永徽(650—655)、龙朔(661—664)之间,绮错婉媚的上官体在宫廷朝堂权贵中间流行的时候,另一群诗人也在崛起,另一种诗派也在形成。这一新兴的诗派具有积极进取的人生观念和审美趣味,他们对于"上官体"大为不满,并自觉地展开批判,他们的努力与追求代表诗歌前进的方向,但是在当时,由于地位较低,他们还是一种民间力量,很难进入诗坛主流,这就是"初唐四杰"。

诗国花开
——唐诗美感的流变

第三章　尔曹身与名俱灭　不废江河万古流
——"初唐四杰"

一、宫廷斗争与寒士文人崛起

"初唐四杰"是后代学者对初唐四位著名作家王勃、杨炯、卢照邻、骆宾王的合称,而当时就已有"王杨卢骆"这样的说法,这种合称表明一个新的诗歌群体登上诗坛,开始引人注目,产生影响。

这四人年龄相差很大,骆宾王(619—687?)最年长,卢照邻(634—685?)其次,杨炯(650—692?)和王勃(650—676)虽生年相同可后者英年早逝。四人之间,杨炯和王勃过从甚密,王勃死后,杨炯为之编订文集,而从现有的史料来看,年长的骆宾王只是在蜀中的时候,与卢照邻、王勃有过短暂的交往。他们后来的人生结局也彼此迥异:上元三年(676 年),王勃渡海省亲溺水受惊而卒,而其好友杨炯于此年应举及第;武后光宅元年(684 年),骆宾王在扬州加入徐敬业讨伐武后的部队,激情洋溢地写下连被声讨的人都赞叹不已的大块文章《讨武曌檄》,不久兵败,莫知所终。而就在此年,杨炯因其族兄参加这次反武活动受到牵连,被贬蜀中,而在次年或又次年,命运多舛的卢照邻不堪病痛折磨,无以为生,在距洛阳不远的阳翟(今河南禹县)具茨山下投颍水而死。如此看来,似乎他们彼此之间联系并不紧密。

据《朝野金载》(卷六)记载,"(卢照邻)弱冠拜邓王府典签,王府书记,一以委之。王有书十二车，照邻总披览，略能记忆。后为益州新都县尉，秩满，婆娑于蜀中，放旷诗酒，故世称'王杨卢骆'。照邻闻之曰：'喜居王后，耻在卢前'"。《大唐新语》(卷八)记载，张说对人说："杨盈川之文，如悬河注水，酌之不竭，既优于卢，亦不减王。耻居王后则信然，愧在卢前则为误矣"。不管秩序怎么排列，说明四人之并称在当代就已产生，而且，卢照邻、杨炯也接受这一合称。追溯四人合称的来历，除了以上两书之外，后来还有两《唐书》，现存最早的是张说的一篇文字《赠太尉裴公神道碑》，此文云："(裴行俭)为吏部侍郎，加银青光禄大夫。自居铨管，大设网综，辨职羌才，审官序爵，法著新格，言成故事……在选曹，见骆宾王、卢照邻、王勃、杨炯，评曰：'炯虽有才名，不过令长，其余华而不实，鲜克令终。'见苏味道、王勮，叹曰：'十数年外，当居衡石。'后各如其言。"中唐刘肃《大唐新语·知微》记载则稍详："(裴行俭)及为吏部侍郎，赏拔苏味道、王勮，曰：'二公后相次掌钧衡之任。'勮，勃之兄也。时李敬玄盛称王勃、杨炯等四人，以示行俭。(行俭)曰：'士之致远，先器识而后文艺也。勃等虽有才名，而浮躁浅露，岂享爵禄者？杨稍似沉静，应至令长，并鲜克令终。'卒如其言。"此文涉及与四人合称之产生有关的两个重要人物，即裴行俭和李敬玄。裴行俭于总章二年(669年)始为司列少常伯(即吏部侍郎)。李敬玄同年拜西台侍郎，同东西台三品，二人同时典选十余年，皆有能名。咸亨(670—674)中期，王勃、卢照邻、骆宾王等先后从蜀返长安，其时裴行俭正主持吏部。后代学者虽对裴行俭评语的真实性表示怀疑，不过，其身为主管官员铨选的吏部之官，最有可能对欲进入官场的士子进行评论。因此，即使四人实际的交往过程并不明确，但他们身上显然具有某些引人注目的共同点，故裴、李才将他们合论。

郗云卿《骆丞集序》说，骆宾王"与卢照邻、王勃、杨炯文辞齐名"。上述《大唐新语》在记述张说之语之前，还有这样的话："华阴杨炯与绛州王勃、范阳卢照邻、东阳骆宾王，皆以文辞知名海内，称为'王杨卢骆'。"似乎他们以"文辞"出众为名。然而，当时比他们文名大得多的大有人在，唯有他们

诗国花开——唐诗美感的流变

引人注目,显然,绝非单纯文才。到底是什么因素使得时人注意他们?如果说,裴行俭、李敬玄执掌吏部时,他们的性情特点已有所表现,此后,他们的人生遭遇和结局更非同寻常,耐人寻味:王勃溺死,卢照邻自沉,骆宾王不知所终。即使对他们的文学成就,当时也有疵议,如称杨炯的文章为"点鬼簿",骆宾王是"算博士"等。这表明,他们之所以引人注目,不仅是文才出众,更因为他们出众的文才和特立独行的人格及行为风范、悲惨的命运统一于一身。几乎与四杰同时的宋之问,在《祭杜学士审言文》中说:"后复有王、杨、卢、骆,继之以子跃云衢。王也才参卿于西陕,杨也终远宰于东吴,卢则哀其栖山而卧疾,骆则不能保族而全躯。由运然也,莫以福寿自卫,将神忌也,不得华实斯俱……人也不幸而则亡,名兮可大而不死"。现代学者闻一多先生在《唐诗杂论·四杰》中概括得非常明确:"他们都年少而才高,官小而名大,行为都相当浪漫,遭遇尤其悲惨。"四杰的出身、经历、生活道路不同于同时代的其他文人,他们的出身并不高贵,却都有强烈的仕进愿望,渴望建功立业,饱读诗书,刻苦自励,才华出众。然而,社会并没有给他们提供坦途,仕途蹭蹬强化了其行为的反常性,他们与整个社会保持一种距离,对上流社会形成强烈的批判立场。上流社会的精神生活方式显然是他们所不适应的,他们的诗歌观念、诗歌活动方式自然与流行的雕章琢句相左,他们反对游戏之文,要求抒发人生意气。王勃对"龙朔初载,文场变体"的批判,便是这种人生主场和诗学观念的自觉流露。

这种蓬勃进取的人生志向、昂扬自信的生活态度,在四杰身上作为群体而出现,具有深刻的社会文化背景。大唐王朝的建立,尤其是唐太宗李世民开创的贞观之治,在物质文化上创造出空前的繁荣,在历经数百年的战争、分裂、动荡、压抑之后,这种繁荣景象的出现对整个社会具有更大的精神鼓舞,对士人更是巨大的激励,个个摩拳擦掌,渴望有所作为。另外,门阀制度的崩溃以及科举制度的逐渐推行,也给士人提供进身之阶。随着参与建唐战争取得高位的重臣逐渐去世,以及不同权力集团的斗争、起伏和武后的崛起,最高统治者稳定国家政权,巩固个人统治,必然要广泛吸收社会精英,通

过科举或直接从没有什么政治背景的士人中提拔、录用官员（制举）的做法，在武后当权之后形成制度。但这种制度并不能给所有的追求者以满足，时代给予四杰这样的人充分的自信，又给他们巨大的打击，自信引发他们的痛苦，痛苦更强化他们的自信。他们的自信是时代的自信，他们的痛苦也是时代的痛苦。

四杰登上时代的舞台，标志着一种新的社会阶层和人格形态的出现。尽管他们也无法避免封建文人的命运，不能不匍匐在帝王的膝下，但他们不同于一般的宫廷文人，他们进入仕途的目的不是单纯的物质享受，他们渴望建功立业；他们也不是以文事人，仰人鼻息，而是有着独立的人格和高尚的节操。这种复杂性决定着他们诗歌内容的特殊形态。明代陆时雍《诗镜总论》评云："王勃高华，杨炯雄厚，照邻清藻，宾王坦易，子安其最杰乎？调入初唐，时带六朝锦色。"所谓"六朝锦色"，是指他们的诗仍有六朝宫廷诗的斑斓色泽，由于宫廷诗风仍在延续，他们的地位无法摆脱这种诗风的影响，但是，这种诗风毕竟不是他们诗歌的主导倾向，他们文化活动的价值在于承袭基础上的革新："正如宫体诗在卢骆手里是由宫廷走到市井，五律在王杨的时代是从台阁移至江山与塞漠。"（闻一多《唐诗杂论·四杰》）

从思想渊源来说，四杰关怀社会、追求建功立业、追求自由独立的人格观念、人生理想并非一无依傍，是特定思潮的表现与发展。经历西晋以来连续几百年的社会动乱，河汾地区的世家大族保持了两汉、魏晋之北方中原地区家族文化，既沿袭汉儒儒家天下关怀的传统，也沿袭魏晋重视个人精神自由的传统，这就是隋唐之际的著名人物王通之文化定位所在。王通好儒，撰写了著名的《中说》。通过他，这样一种思想被扩散、传递，据载，当时在王通周围聚集了大批人物，其中有些人后来成为唐建之后的政治家和名臣。王通之弟王绩，则在这种思想指导之下展开诗歌创作，开创一种与主流不同的新诗风。王通在当时被世人视为特立独行，而王绩的创作和当时的宫廷诗坛也极不一致，表明这种精神或思潮还不是主流，但是，这种思潮的影响在逐渐扩大，由一种地域之学和家族文化向社会上层传播。王勃是王通之孙,他继承这种家族文化传统,指导人生实践,并以此为价值标准,开始对六朝人格观念和文学传统进行批判。而杨、卢、骆三人与王勃一起被时人合称为"四杰",原因在于他们具有近似的思想,他们作为一个群体登上历史的大舞台,反映当时复兴魏晋思想、反对六朝思想之思潮的壮大。

四杰还没有形成一个小集团,只是在他们的诗歌活动中表现出一些共同的精神或内容。四人被人合称,一开始就不单指诗歌,诚如闻一多先生所说,"王、杨、卢、骆都是文章家,'四杰'这徽号,如果不是专为评文而设的,至少它的主要意义是指他们的赋和四六文"(《唐诗杂论·四杰》)。把他们视作一个诗歌流派,更能揭示这个诗派形成的社会基础和意义。他们既没有显赫身份以打进宫廷文学的社交圈子,也没有王公大人为他们做依靠、做宣传,但是,他们不满主流的宫廷诗,进行新的艺术创造,这种全新的诗歌创作倾向已受到社会的广泛注目。这种现象意味着一种全新的具有生机、活力的诗歌倾向已经出现,并且越来越受到人们的欢迎,而炫耀文字功夫、沉湎锦绣优美、歌功颂德、不见性情的宫廷诗快要走到穷途末路。

二、独立人格与不幸命运

杨炯《王勃集序》说王勃与卢照邻"称音与之矣,知己从之矣",而自己与王勃也是"投分相期",可见他们声气相应,具有自觉的诗歌理论。

他们博涉多通,博览经史子集,兼通儒释道,爱好诗歌,思考社会政治古今成败、人生的否泰得失。四人之中,王勃最具代表性。杨炯《王勃集序》赞美说:王勃"经籍为心,得王、何于逸契;风云入思,叶张、左于神交。故能使六合殊材,并推心于意匠;八方好事,咸受气于文枢。出轨躅而骧首,驰光芒而动俗,非君之博物,孰能致于此乎?"王勃家世儒学,其祖父是隋代大儒王通,他从小聪慧出众,关心政治,博览群书,熟读经史,读易好医,丰富的知识加深了他对社会的认识,也促进他对诗歌的思考。王勃继承王通的观点,强调文学的经世教化作用,其《上吏部裴侍郎启》说:"劝百讽一,扬雄所耻。

苟非可以甄明大义,矫正末流,俗化资以兴衰,家国繄其轻重,古人未尝留心也。自微言既绝,斯文不振,屈宋导浇源于前,枚马张淫风于后。谈人主者,以宫室苑囿为雄,叙名流者,以沉酗骄奢为达。故魏文用之而中国衰,宋武贵之而江东乱。虽沈谢争鹜,适先兆齐梁之危;徐庾并驰,不能止周陈之祸……君侯受朝廷之寄,掌镕范之权,至于舞咏浇淳,好尚邪正,宜深以为念者也。"他从国家安危的高度认识文风的重要性。这些论述似乎是老调重弹,可是他把问题看得如此严重,显然所谓"舞咏浇淳"具有明显的现实针对性。杨炯在《王勃集序》中说:"(王勃)尝以龙朔初载,文场变体,争构纤微,竞为雕刻。糅之金玉龙凤,乱之朱紫青黄。影带以徇其功,假对以称其美。骨气都尽,刚健不闻。思革其弊,用光志业……长风一振,众萌自偃。遂使繁综浅术,无藩篱之固;纷纷小才,失金汤之险。积年绮碎,一朝清廓。翰苑豁如,词林增峻。反诸宏博,君之力焉。"卢照邻《乐府杂诗序》也说:"言古兴者,多以西汉为宗;议今文者,或用东朝为美。落梅、芳树,共体千篇;《陇水》《巫山》,殊名一意……潘、陆、颜、谢,蹈迷津而不归;任、沈、江、刘,来乱辙而弥远。其有发挥新题,孤飞百代之前;开凿古人,独步九流之上。自我作古,粤在兹乎?"他们把批判的矛头,直接对准当时的宫廷诗。这种现实性和战斗性,正是贞观政治家反省齐梁文风所没有达到的高度。

他们反主流的强大勇气和精神动力,来自强烈的社会责任感,王勃在《上吏部裴侍郎启》中说:"伏见铨擢之次,每以诗赋为先,诚恐君侯器人于翰墨之间,求材于简牍之际,果未足以采取英秀、斟酌高贤者也。"在他看来,雕章琢句的才能,无益于国家治理,而"以宫室苑囿为雄""导浇源""张淫风",更是隳坏民心、败坏国政。因此,他们积极进取,不屑在宫廷苑囿、花前月下讨生活,不屑以文字见功夫,不喜欢雕章琢句、渲红染翠的诗歌趣味。他们要求诗歌与人生性情相联系,表现真实的生活,反映积极进取的人生,抒发昂扬意气,鼓舞奋斗进取。

"四杰"长期落拓官场,对社会的阴暗面自然特别关注,上层社会的生活习俗在他们看来是无聊甚至腐朽的。张鷟《朝野佥载》记载:"(杨炯)词学优长,恃才简倨,不容于时。每见朝官,目为'麒麟楦',忤怨。人问其故,杨曰:'今铺乐假弄麒麟者,刻画头角,修饰皮毛,覆之驴上,巡场而走,及脱皮褐,还是驴马。无德而衣朱紫者,与驴覆麟皮者何别矣?'"楦,指插放在鞋子中以保持鞋子形状的木制模子。在古人眼中,麒麟本是一种神圣的动物。唐代流行一种游戏:给驴子披上装饰以像麒麟,驴子所起的作用就像鞋楦,装饰成麒麟的驴子还是驴子。唐代官制规定,三品以上官员衣紫,五品以上官员衣绛(大红色,即朱色)。杨炯看不起那些身居高位却无才无德之人,对他们极尽嘲讽。宫廷御用文人的附庸风雅、锦绣为文,注定要为四杰所鄙视。

三、从台阁到江山与塞漠

作为一个诗人群体,四杰的诗歌活动代表唐诗发展的方向,是盛唐之音的前奏。闻一多先生在《唐诗杂论·四杰》中说:"正如宫体诗在卢、骆手里是由宫廷走到市井,五律到王、杨的时代是从台阁移至江山与塞漠。"四杰的诗歌创作,实现了文字与性情的结合,他们抒发真实的人生感受,有对社会的批判,对流俗的蔑视,对才能的自信,对生命的焦虑。他们桀骜不驯,痛苦抑郁,既乐观,又悲观,既希望,又绝望;即使是悲伤,也是慷慨激昂、腾挪有力,这悲伤是清醒后的希望,绝不是倚红偎翠时的陶醉与叹息。

被推为初唐五律第一的王勃《送杜少府之任蜀川》:

> 城阙辅三秦,风烟望五津。
> 与君离别意,同是宦游人。
> 海内存知己,天涯若比邻。
> 无为在歧路,儿女共沾巾。

此诗取象宏大,意境开阔,表现对友情的珍重、对前途的自信,是大唐上升国势的生动写照。昂扬奋发的诗人,对"儿女共沾巾"自然鄙夷不屑。这种壮志豪情的抒发、相互鼓励的赠勉,也是此前诗歌少有的内容。

再看卢照邻的《长安古意》。"长安古意"是典型的宫体诗题材,"古意"也一般用于描写男女恋情或思妇生活场景。卢照邻在宫体诗内部发动了一场革命,他写市井的繁华、长安的盛况,诗中的主人公不再是温柔妩媚的淑女,而是热情奔放、热爱生活的市井女子。且听她们的心灵之音:

得成比目何辞死,愿作鸳鸯不羡仙!

然而,面对滚滚红尘,诗人却没有陶醉,他看到的却是沧海桑田的变化与虚幻:

自言歌舞长千载,自谓骄奢凌五公。
节物风光不相待,桑田碧海须臾改。
昔时金阶白玉堂,即今惟见青松在。

诗人的生活是什么样的呢?

寂寂寥寥扬子居,年年岁岁一床书。
独有南山桂花发,飞来飞去袭人裾。

他们引古人为知音,这也就是他们自己的生活。读书、思考使得他们对社会保持更加清醒的认识,而在面对社会的孤立时,古代先贤使他们拥有自我支撑的巨大精神力量。

骆宾王的《帝京篇》让我们看到理性、冷静和巨大的勃郁不平之气:

古来荣利若浮云,人生倚伏信难分。

> 始见田窦相移夺，俄闻卫霍有功勋。……
>
> 相顾百龄皆有待，居然万化咸应改。
>
> 桂枝芳气已销亡，柏梁高宴今何在？……
>
> 当时一旦擅豪华，自言千载长骄奢。
>
> 倏忽抟风生羽翼，须臾失浪委泥沙。……
>
> 已矣哉！归去来。
>
> 马卿辞蜀多文藻，扬雄仕汉乏良媒。
>
> 三冬自矜诚足用，十年不调几邅回。
>
> 汲黯薪逾积，孙弘阁未开。
>
> 谁惜长沙傅，独负洛阳才。

大赋的歌功颂德在这里变成讽刺，而富贵无非是时间的游戏，一切的繁华都是无聊，从古到今，正直、才华得到的都是冷遇。老庄思想被六朝士族们变成享乐的哲学，而在这里却恢复了先秦时代才有的批判锋芒。李唐最高统治者附庸风雅，以老子为祖先，意外地使人们获得老庄原始道家精神。这种冷峻、冷静，才使得他们能够冷眼看社会。

由于坎坷的人生经历，心中勃郁不平，他们的诗都以情动人。他们的诗歌真情流露，格局宏大，气势雄伟，激情洋溢，刚健挺拔，慷慨激昂，富有气骨。王勃的五绝《山中》：

> 长江悲已滞，万里念将归。
>
> 况属高风晚，山山黄叶飞。

把回归的心情写到这种极致："悲"而能使"长江""滞"，何况是"万里"回归？又是朔风渐起，且"山山"黄叶在飞，足见秋意十分；一岁将终，天寒日暮，漂泊的游子何处是归程？作者化景物为情思，步步推进，把浓烈的生活感受表现得淋漓尽致。

王勃聪慧过人，其《滕王阁序》一气呵成，语惊四座，其中"落霞与孤鹜齐飞，秋水共长天一色"更令人叹为观止，其实这一句在句法和内容上都是有所本的。南朝文学家用之甚多，最相近的就是庾信《马射赋》"落花与芝盖齐飞，杨柳共春旗一色"一句，不过，王勃推陈出新，化腐朽为神奇，前人的词句失之造作，而王勃的语句对仗精工却出语自然，并且一改前人描写春景、歌功颂德的写作惯例，而表现秋景之苍凉、表达思绪之冷静，气象阔大，意境高远。当时人们对这两句特别叹赏，一方面，说明人们对六朝优美文风的熟悉和热爱，另一方面表明，这种阔大的景象、冷峻的思索，反映了新的诗歌创作群体思想之理性，具有新的时代精神。这篇序的特色还不仅如此，"天高地迥，觉宇宙之无穷；兴尽悲来，识盈虚之有数"，这是哲学，更是诗情，这种生命的忧患感是王勃这个群体独特的生命体验。这篇长序的浓缩《滕王阁诗》：

> 滕王高阁临江渚，佩玉鸣鸾罢歌舞。
> 画栋朝飞南浦云，珠帘暮卷西山雨。
> 闲云潭影日悠悠，物换星移几度秋。
> 阁中帝子今何在，槛外长江空自流。

依旧是六朝的声色，但这里有对声色的批判：物换星移，繁华成空，这种缥缈感让我们看到诗人的理性和思想的深度。他们否定声色，不等于对人生的否定。他们认为，人生的价值在于创造，在于有所作为。

初唐时期，与周边少数民族的关系很长时间没有达到和谐的状态，战争不可避免，国家的安危成为"先天下之忧而忧"的士人之关心所在。杨炯的《从军行》诗：

> 烽火照西京，心中自不平。
> 牙璋辞凤阙，铁骑绕龙城。

> 雪暗凋旗画,风多杂鼓声。
> 宁为百夫长,胜作一书生。

"百夫长"是最下层的军官。不作书生而从军,就是要保家卫国。诗歌洋溢着强烈的责任感和豪迈的英雄气概。

骆宾王有过游幕边塞的真实体验,其《从军行》:

> 平生一顾重,意气溢三军。
> 野日分戈影,天星合剑文。
> 弓弦抱汉月,马足践胡尘。
> 不求生入塞,唯当死报君。

"野日分戈影,天星合剑文",不写流血场面,而避实就虚,真实、传神地表现战争的残酷与激烈。诗人置生死于度外,视死如归的悲壮情怀,只求建功立业以报君恩,颇有"战地黄花分外香"的豪迈,慷慨风发,诗歌气骨充盈。

四杰的命运都具有悲剧性,其中以卢照邻为最。他饱受仕途蹭蹬之苦,还长期遭受疾病的折磨,他的诗除了勃郁不平、雄壮豪迈,更有一种凄厉之气。《羁卧山中》诗云:

> 卧壑迷时代,行歌任死生。
> 红颜意气尽,白璧故交轻。
> 涧户无人迹,山窗听鸟声。
> 春色缘岩上,寒光入溜平。
> 雪尽松帷暗,云开石路明。
> 夜伴饥鼯宿,朝随驯雉行。
> 度溪犹忆处,寻洞不知名。

紫书常日阅,丹药几年成。

扣钟鸣天鼓,烧香厌地精。

倘遇浮丘鹤,飘飘凌太清。

"紫书",因道教尚紫,故把道教经典称为紫书。卢照邻家道中落,友朋也甚少来往,又长期卧疾,不得不于山中郁郁寡居,企图按照道教的训示服丹养病,并安抚受伤的心灵,而所有的雄心壮志皆无从谈起,这是一种令人不得不思考人生价值和意义的处境。所谓"卧壑迷时代,行歌任死生",饱含多少无可奈何?社会没有给他提供出路,同样,丹药也治不好他的疾病,"紫书"和哲学也不能解决他的人生困惑,他痛不欲生,最终选择自沉。颍水比不过汨罗,屈原之死显示爱国者的伟大,卢照邻之死只不过说明人在大自然面前的渺小。这样

风雨归庄图(明·张路)

的遭遇,使得他绝不会无病呻吟、吟风弄月,诗歌不是他取悦达官贵人、换取荣华富贵的工具,而是他倾诉衷肠、平抚心灵的精神药物,这样的诗自然真气喷涌、激情洋溢。

彼此的遭遇相近更能唤起知音之感,四杰之间有一些赠答诗,极富生活实感。卢照邻盘桓蜀中时曾与当地一女子结合,后卢返中原,却一病不起,可怜蜀中闺里月,犹疑中原负心人,爱与恨、生离与死别、忠贞与负心、许诺

与违约、希望与绝望、信任与误解,其中纠集多少解不开的人生疙瘩!骆宾王写有《艳情代郭氏赠卢照邻》,作者自设为卢照邻在蜀所爱女子之口吻,抒写其怨恨之情:

> 别日分明相约束,已取宜家成诫勖。
> 当时拟弄掌中珠,岂谓先摧庭际玉。
> 悲鸣五里无人问,肠断三声谁为续。
> 思君欲上望夫台,端居懒听将雏曲。

那边在责怨声声,这边徘徊于生死之际,人生的遗憾不能不让人生出无限感慨!"艳情"是宫体诗的重要题材类型,当骆宾王采用"艳情"这种传统的艺术处理形式时,他的心中已经完全没有调笑的因素,只有对卢照邻的悲悯。从艺术的角度看,他对旧传统进行革命性的改造,用真情代替色情,让艺术从贵族的庭中席间回到人间的生活大地。

由于禀赋不同,四杰在艺术上各有擅胜。王、杨长于近体律诗,而卢、骆的歌行体更为出色,前者的近体诗显得紧凑,后者的歌行则气势充沛。在批判宫体诗、开一代诗风上,四杰无疑功勋卓著,他们对宫体诗从内部进行革命性的改造,用性情充实声色,既保留先代长期积累的艺术成就,同时,面向社会、面向人生,使艺术获得真实、新鲜、感人的内容。

四、"调入初唐,时带六朝锦色"

四杰的文学创作具有两面性,既有革新的一面,也存在继承性的一面,明人陆时雍将其概括为"调入初唐,时带六朝锦色"(《诗镜总论》)。

四杰诗歌的"锦色",是诗风变迁历史过渡性的反映,是四杰诗歌革新不彻底性的反映,这种延续性与其说是四杰个人的不彻底性,毋宁表明,大唐文化本身是在合理地继承先代优秀文化成果的基础上发展起来的。综观先唐历史,魏晋南北朝是一个难得的思想解放时期,人的个性得到一定程度的肯定和发扬,艺术上的声色之美就是这次思想解放的成果。尽管少数思想家(如隋代的王通)彻底否定六朝,号召完全恢复儒学,而最高统治阶层的民族兼容性却使得统治政策避免极端形式。大唐文化批判六朝文化,并没有彻底否定六朝思想解放的成果,而是合理地继承了先代优秀文化成果。个人的昂扬进取、奋发有为得到充分的张扬,个人的感性生活和审美愉悦也得到肯定,简言之,大唐文化较好地处理个人与社会、感性与理性的关系,盛唐诗歌既刚健有力、气骨凛然,又自然华美、意境玲珑,无疑是这种文化观念、人生价值观念的反映。所谓辩证、批判地继承只是历史发展的一般规律,是后人总结出来的,由于历史的积重难返,艺术革新往往矫枉过正。四杰并没有完成诗歌革新的历史任务,这一任务有待于大声镗鞳的陈子昂完成。

　　四杰以及其后陈子昂的诗歌创作及其历史地位,在唐代就争论不休、众说纷纭,这种争论本身说明诗歌革新的复杂性。四杰既有入仕的强烈冲动,同时又对社会进行猛烈的批判;作为一个新兴的社会阶层,他们既充分抒发自己的进取昂扬的态度,同时又不免散羡、向往上流社会的歌舞声色,他们的表现在时间上具有历史过渡性,在社会地位上具有矛盾性。评价历史人物,显然应该更多地关注他们超越前人的不同的贡献。面对盛唐时期社会上出现的否定四杰的种种非议,杜甫《戏为六绝句》(其二)云:"王杨卢骆当时体,轻薄为文哂未休。尔曹身与名俱灭,不废江河万古流。"这是千古不刊之论。四杰是唐诗作家主体即寒士阶层的精神始祖,唐诗作家在对四杰的评论上的纠缠,其实是他们也像四杰一样始终面临着这一历史的纠结,无法做出某种单一的选择。从创作发生的角度看,这种内心的矛盾、冲突以及由此引起的困惑、焦虑,正是他们的激情之源、诗意之源。

第四章　上林苑里花徒发　细柳营前叶漫新

——"文章四友"与"沈宋"

一、宫廷诗风的发展与宫廷诗人的两面性

四杰的诗歌革新在当时没有演变为诗坛主流,宫廷中依然流行炫耀文采的诗歌风气。初唐四杰主要的活动和产生的影响是在 7 世纪 60 到 80 年代前期,当时高宗虽然在位而武则天逐渐控制朝政,总体政治形势比较稳定。683 年末,久病不愈的高宗驾崩,一直以皇后身份协助高宗处理政事的武后,失去继续操控朝政的冠冕堂皇的幌子,新太子即位为中宗。中宗即位之初,就试图摆脱武则天的控制,这激起她的还击;684 年初,她废掉中宗而立睿宗,睿宗老老实实地甘当她的傀儡,但是,武则天并不满足于垂帘听政;690 年,她废掉睿宗,直接从后台走到前台,自立为帝,改国号为周。15 年后,在神龙元年(705 年),宰相张柬之等联合禁军将领李多祚,以惩戒武后宠臣张易之、张昌宗为借口,逼迫年老无力的武后退位,拥戴中宗复位。但是,武后的退位并没有带来相应的政治稳定,韦后、武氏家族、太平公主等都觊觎大位,政局更加动荡,宫廷中刀光剑影,杀戮不已。从 705 年到 713 年,皇帝连续更换四次,最后由唐玄宗李隆基收拾残局,诛杀了其姑母太平公主,逼退其父亲睿宗,自立为帝,才开启一个全新的时代。

武后专权时期,为巩固自己的地位,她坚决压制、打击唐王朝的李姓宗

室,但同时,也采取不少促进唐朝经济发展的政策,她广招贤能,大兴科举,破格提拔、重用一大批没有什么社会背景的能干之士,正如中唐政治家陆贽所云:"则天太后践祚临朝,欲收人心,尤务拔擢,弘委任之意,开汲引之门,进用不疑,求访无倦,非但人得荐士,亦许自举其才。所荐必行,所举辄试……不肖者旋黜,才能者骤升"(《旧唐书·陆贽传》)。在她的统治下,唐太宗贞观之治的大好形势得以延续,科举政策对文人阶层的心态产生重大影响,推动了诗歌风尚的转变。

武后的文学爱好和她统治政策的实际影响,是两回事。《旧唐书·儒学传》评论说:"高宗嗣位,政教渐衰,薄于儒术,尤重文史,于是醇醲日去,华竞日彰,犹火销膏而莫之觉也。及则天称制,以权道临下,不吝官爵,取悦当时……至于博士、助教,唯有学官之名,多非儒雅之实。"杜佑《通典·选举志》评云:"永淳之后,太后君临天下二十余年,当时公卿百辟无不以文章达,因循遂久,浸以成风。""太后颇涉文史,好雕虫之艺。"她喜爱雕章琢句、绮艳华丽的诗风,再加上她的专权与独断,绮艳华丽之外又增加歌功颂德的吹捧。武后当政时期,重视娱乐文学,优伶文人颇受恩渥。从留存至今的史料还能看到当时举行的大量诗会活动,在这种场合,文人们竞相作诗以邀宠。《隋唐嘉话》(卷下)记载,一次武后游龙门,命随从群官现场赋诗,并约定先成者赏赐锦袍。时任左史的东方虬诗先成,锦袍在握。等他刚坐下来,宋之问的诗也写好了,众人发出一片赞叹之声,认为其诗"文理兼美",宋之问立即夺过锦袍穿到自己身上。葛晓音先生指出:"武后暮年宫廷文学由颂美转向娱情。媚附张易之兄弟的一群文人(包括四友和沈宋在内),使宫廷诗由虚美夸诞转向格调低下。赞美张昌宗兄弟的容貌资质成为文士赋咏的重要题材,这种诗其实是满足武后变态性心理的娱乐品。"①

中宗长期生活在这种风气之下,他复位之后,此风亦承而发扬,流荡难

---

① 葛晓音:《论宫廷文人在初唐诗歌艺术发展中的作用》,见其著《诗国高潮与盛唐文化》,北京大学出版社,1998年。

诗国花开
——唐诗美感的流变

反。景龙二年(708年),中宗采纳上官婉儿的建议,在弘文馆增置大学士四员、学士八员、直学士十二员,扩大规模,提高待遇。宫廷内外,诗会不断。《资治通鉴》(卷二〇九)记载:"每游幸禁苑,或宗戚宴集,学士无不毕从,赋诗属和,使上官昭容第其甲乙,优者赐金帛,同预宴者,唯中书、门下及长参王公、亲戚贵人数人而已。至大宴,方召八座、九列、诸司五品以上预焉。于是,天下靡然争以文华相尚,儒学忠谠之士莫得进矣。"

在中宗朝政治与诗歌交融的公众活动中,上官婉儿是一个重要角色。高宗朝的宫廷诗风大盛,直接得力于上官婉儿的爱好、组织。上官婉儿不是一个普通的女性,她是高宗朝前期著名诗人上官仪的孙女。因反对武后,664年上官仪及其子被杀,家属女眷配入后庭,身为遗腹子的上官婉儿就出生于宫中。据说其诞生之夕,其母梦见有人送给一杆秤,并说将来要用来称量天下文士。上官婉儿伶俐精明,年十四,就开始为武后掌诏命;圣历(698—700)以后,百司表奏,武后多令参决;中宗即位,婉儿为婕妤,专掌制命。她没有得到上官仪的直接教诲,而其家族的传统却对她不能不产生作用,再加上宫廷生活的熏陶,自然她颇爱文艺,诗歌悟性很高。她经常代皇帝、皇后、公主捉刀,还主持诗会,裁定文士诗歌优劣等次,俨然一时诗坛盟主,词臣多集其门下。《唐诗纪事》卷三记载,中宗正月晦日游昆明池赋诗,群臣应制百余篇,帐殿前扎起彩楼,中宗要上官婉儿从中选一首出来作为他新谱曲子的歌词。这对宫廷文人而言,是展示才华、争取宠信的大好机会,诗成之后,他们都在下面翘首以盼。不一会,写着各人诗作的纸片不断从楼上飘下来,最后只剩下宋之问、沈佺期的诗没有被抛落。又过了一会,一张纸片凌空飘下,众人争抢一看,是沈佺期的诗,结果剩下的宋之问的诗当然被评为最佳。上官婉儿评论说,他们二人的诗工力相敌,但落句不同,从而境界分出高下:沈佺期的诗"微臣雕朽质,羞睹豫章材",词气已竭,而宋之问的诗"不愁明月尽,自有夜珠来",意气豪健昂扬。这件事反映了当时诗会活动的盛况,也显示出上官婉儿的地位、诗才,还能看出当时诗风之一斑。宋之问的诗不同于沈佺期的诗,就在于气势的不同。沈诗"微臣雕朽质,羞睹豫章材"暗用两个典故,不可谓没有匠心。"雕朽"语出《论语·公冶长》,喻才质低下,不堪造就;"豫章"则双指,从实的方面说,豫、章都是名木,喻指众臣,同时,又暗用典故,汉武帝曾在昆明池建豫章观,用此指中宗搭建彩楼事。诗有颂圣以及夸赞别人之意,但更多的是自谦:微、雕朽、羞等词,偏于否定,缺少自信和气魄,境界也不阔大。宋之问的诗"不愁明月尽,自有夜珠来"则不同,这个诗会活动是在正月的最后一天举行的,晚上没有月光,但是,皇帝出行,夜明珠照耀,不愁没有光明。宋诗没有高深的典故,却有颂圣之意,同时,表达向往光明、充满希望的情怀,乐观、开朗的格调更受上官婉儿的欣赏。贞观宫廷诗还带有齐梁遗风,时露侧艳,而这时的宫廷诗,则基本上洗净侧艳之气,保留尚文爱诗的传统和愉悦遣兴的观念,同时,大大地发展了颂美的倾向,追求壮大的气势。从某种意义上说,这种唾弃侧艳、追求典雅纯净、重视情韵的倾向以及乐观向上的气势,表明诗歌已向盛唐诗过渡。

宫廷文人积极参加宫廷诗会,同时还积极参与帝王组织的其他文化活动。圣历(697—700)中,武后令其宠臣麟台监张昌宗亲自召集李峤等学士预修《三教珠英》,一时宫廷文人"少长咸集",大足元年(701年)书成奏上。宫廷文人以能预身这一"钦定工程"为荣耀,"文章四友"之一的崔融觉得这种大聚会还不过瘾,又将预修《三教珠英》之学士四十七人所赋诗篇缀为一集,以官班为次,又各题爵里,勒为五卷,题为《珠英学士集》,以期白纸黑字传之久远、流芳百世。

这些宫廷文人在帝王权贵的组织下,比诗赛诗,切磋诗艺,形成以宫廷为中心的诗歌群体。这个以洛阳为中心的宫廷诗派的活动,在武后当政后期和中宗朝达到鼎盛。他们的诗歌活动,促进了诗艺的发展,其最重要的贡献就是近体诗艺术形式的定型与完成。《新唐书·宋之问传》云:"魏建安后迄江左,诗律屡变,至沈约、庾信,以音韵相婉附,属对精密,及之问、佺期,又加靡丽,回忌声病,约句准篇,如锦绣成文,学者宗之,号为沈宋。"据贾晋华考察,正是通过沈、宋,唐代进士试开始将初唐至此诗歌格律研究的成果,

诗国花开
——唐诗美感的流变

作为一种规定和统一的格式在考生中使用、推广①。

武后的上台及其实际的统治政策,也调动了广大寒族知识分子的参政热情,他们发扬蹈厉,唱出自己的声音。作为宫廷诗派的诗人主体,这些通过个人努力而跻身仕途的文人,他们的诗歌活动就具有两面性,既积极参与宫廷诗歌活动,附庸风雅,在宫廷诗上颇为用力,同时,在宫廷诗外还有抒发性灵的创作,代表他们艺术成就的就是这些诗歌。这一群诗人的代表就是"文章四友"和"沈宋"。

初唐、盛唐之际的文学革新者陈子昂,也生活在这一时期。他也参与了当时的宫廷政治与文化活动,与宫廷文人有所过从。和其他士人一样,武后的上台及其实际的统治政策也激起他的参政热情。当他从偏僻的蜀中初到长安时,也带来蜀中的豪侠之气。不过,他也不得不和当时的宫廷文人应酬周旋。腐朽的官场没有给他提供实现政治抱负的机会,这充分表明当时的官场文化与宫廷文学的雕藻淫艳并不适合他的思想与期望。在令人窒息的气氛中,才华卓绝、目光锐利、性情刚烈的陈子昂大声发出革新诗风的疾呼,他在《与东方左史虬〈修竹篇〉序》中云:"文章道弊,五百年矣!汉魏风骨,晋宋莫传……齐、梁间诗,彩丽竞繁,而兴寄都绝。每以永叹,思古人,常恐逶迤颓靡,风雅不作,以耿耿也。一昨于解三处,见明公《咏孤桐篇》,骨气端翔,音情顿挫,光英朗练,有金石声。遂用洗心饰视,发挥幽郁。不图正始之音复睹于兹;可使建安作者相视而笑。"他的呼声并没有产生预期的反响,受他赞美的东方虬也在武后跟前投其所好,不惜用诗邀宠,换取锦袍。当陈子昂站在幽州台上,"前不见古人,后不见来者",情不自禁,"念天地之悠悠,独怆然而涕下"(《登幽州台歌》),他不仅悲怆自己政治上生不逢时,没有贤明之人重用自己,满腹经纶却英雄无用武之地,同时,也抒发他在文学革新上孤军奋战、知音难觅的痛苦体验。陈子昂自述"本为贵公子,平生实爱才。感时思报国,拔剑起蒿莱"(《感遇》第三十五),二十一岁时他满怀自信、抱

① 贾晋华:《唐代集会总集与诗人群研究》,北京大学出版社,2001年,第490—495页。

负和杰出的才华,慷慨出川。经过十几年的闯荡,他壮志难酬,于698年毅然决然"以父老,表乞罢职归侍"(《陈氏别传》),告别了风波不定、小人当道、嫉贤妒能的污浊官场,退出应酬无聊、奉迎拍马的京城文学圈子。不过,他退得出吗?他能超然吗?当陈子昂离开京城的时候,一张罪恶的网正在他的身后编织着,武后之侄、作恶多端的武三思身在长安却鞭长及于蜀中,最终假手一个贪暴残忍的小小七品县令,谋害了一代风云人物陈子昂。当陈子昂屈死狱中的时候,长安宫廷中的倡优文人正在"修《三教珠英》于内殿。武三思奏昌宗乃王子晋后身。太后命昌宗衣羽衣,吹笙,乘木鹤于庭中,文士皆赋诗以美之"(《资治通鉴》卷二〇六)。不过,历史自有公论:"沈宋横驰翰墨场,风流初不废齐梁。论功若准平吴例,合著黄金铸子昂"(元好问《论诗绝句》)。

二、文人的结群与分化

"文章四友"和"沈宋"都是7世纪末8世纪初宫廷诗坛上的活跃人物,且活跃时间有所重叠,他们在活动时间分布与文学样式稍有区别:"文章四友"知名在前,"沈(佺期)(656-714)、宋(之问)(656—712)"出名稍后;前者长于文章,后者主要成就在于诗歌。《新唐书·宋之问传》称:"苏、李居前,沈、宋比肩。"苏、李指的就是"文章四友"中的李峤(644—713)、苏味道(648—705)。《新唐书·苏味道传》说:苏味道"九岁能属辞,与里人李峤俱以文翰显,时号'苏李'"。据《新唐书·杜审言传》记载:杜审言(645—708)"少与李峤、崔融(653—706)、苏味道为文章四友,世号'崔李苏杜'"。看来,"文章四友"结名,远在他们成为7世纪末8世纪初的宫廷诗坛上的活跃人物之前。其实,从他们被合称可以发现文人活动的历史变化:他们依旧依附于宫廷,可是,他们的社会生活与社交范围正在逐渐逸出宫廷。

在一般印象中,"四杰""文章四友"和"沈宋"似乎分属于不同的诗歌时代。其实,单从出生时间来说,"文章四友"和"四杰"中的王勃、杨炯以及沈、宋都差不多,他们之间颇有交往,同是落魄文人,感同身受,相互同情。

例如,宋之问和杨炯、杜审言的关系就非常密切,只是他们进入仕途的时间有早晚之差异,李峤、苏味道于高宗乾封(666—668)年间登进士第,杜审言于咸亨元年(670年)进士及第,而沈、宋则和杨炯于上元二年(675年)进士及第,所以,似乎构成不同的群体。在7世纪六七十年代,他们都蹉跎官场,饱受宦海浮沉之苦。"四杰"虽几经奋争,却最终没有挤进宫廷权力中心,像王勃、卢照邻、骆宾王甚至都没有活到90年代;"文章四友"和"沈宋"则终于进入宫廷,成为文学乃至政治舞台上的活跃人物,而"沈宋"几经起伏,甚至直接卷入宫廷政争。"四杰"的幸运,也许是他们没有活到7世纪末;"文章四友"和"沈宋"这一批文人,因缺少同时代陈子昂的那种宁折不弯的骨气和刚正不阿的精神,个人功利之心都很重,贪恋禄位,没有什么是非界限,人品都不高,都有媚附权臣的经历,而"沈宋"更为突出。"四杰"大志不展是一种不幸,"沈宋"生活的顺利则是一种更大的不幸,因为他们连人品都搭进去了,虽然赢得短暂的他们期望的养尊处优、荣华富贵的生活,却也饱经宦海沉浮、贬谪蛮荒之苦,最后还落得追风逐势、人格低下这一千古讥评。正是由于社会背景、生活经历仍然存在明显差异,"四杰""文章四友"和"沈宋"登上社会大舞台和文学大舞台进行表演的时间先后有序,所以,历来不把他们视作一个诗歌流派。这样,他们的诗歌虽有许多相同之处,但差异也非常明显。

再就"文章四友"和"沈宋"的全部诗歌来说,他们的诗歌既有作为宫廷文人的相同之处,同时,作为蹉跎仕途的文人,他们的诗歌也表现了这方面相似的经历和人生感受。在他们的全部诗歌中,既有反映宫廷无聊生活的一般特征的诗,也有反映他们这一阶层的真实人生体验的诗,后一类诗已经越出他们作为宫廷作家的范围,更有文学价值,他们留给文学史有价值的东西恰恰是他们不曾用力的诗歌。虽然宫廷应诏之作给他们带来了现世的物质好处,但是不刻意雕琢却抒发真情实感的宫廷外诗作,却给他们留下精神和诗史的地位。当然,评价历史人物是相当困难的,我们不能苛求古人,道德观念也具有历史性,有一些价值观念永远是人类共同的理想,作为个人永远无法选择它们。"文章四友"和"沈宋"毕竟生活于封建时代,跻身官场是他们生存的需要,可是,从另一个方面说,如果他们没有参与政治的激情,没有坎坷仕途的辛酸,他们的诗情将其来何自?

三、"文章四友"的丰富性

"文章四友"被视作一个群体,主要是散文,而不是诗歌,不过和"沈、宋"比起来,他们的诗歌自有特色。在他们的诗作中,应酬之作占有很大比例。李峤、苏味道都官至拜相之尊。苏味道于武后延载初(694年)迁凤阁(中书省)侍郎、同凤阁鸾台平章事,即为宰相。他为人谨慎、世故,《太平广记》(卷一四六)记载:他"三度合得三品官,并辞之。则天问其故,对曰:'臣自知不合得三品'"。他还曾夫子自道为官经验:"处事不欲决断明白,若有错误,必贻咎谴,但模棱以持两端可矣。"时人讥称"苏模棱"(《新唐书》卷九四)。中宗喜好热闹,游乐无度,每年的上元节,京城张灯结彩,庆祝佳节,并且破例该晚不进行宵禁,"贵游戚属,及下吏工贾,无不夜游",一时五彩缤纷,车水马龙,人声鼎沸,盛况空前。神龙(705—707)之际的一次上元节,皇帝命臣子各作诗以记其事,后评出三首佳作,苏味道的《正月十五夜》是其中之一:

> 火树银花合,星桥铁索开。
> 暗尘随马去,明月逐人来。
> 游伎皆秾李,行歌尽落梅。
> 金吾不禁夜,玉漏莫相催。

"合",包围的意思,指周围满是"火树银花"的景象。"星桥铁索开",指城池上的桥彻夜大开,连桥上的铁索都装饰灯饰。游骑来往,蹄下生尘,似乎夜的黑暗也随蹄后扬起的尘土而散去;随着一拨一拨的人群涌入市区,皎

洁的明月似乎也追着人群而来。秾李,指妇女们的妆饰都非常浓艳,不管是平民百姓还是深居简出的贵族妇女,都来享受这美妙之夜。只听到一片《落梅花》那悠扬欢快的流行曲调;金吾,皇家警卫部队;玉漏,古代计时的工具。最后一联,采用拟人化的手法,情不自禁地发出感叹:留住这美好的夜晚!由实而虚,以感叹作结,余味悠长。作者浓墨重彩,描写元宵之夜京城长安的声色之美和富贵气象,街禁暂驰,游人如织,万人同乐,有光、有声、有色,让人眼花缭乱,充满盛世气氛。情调华美,取材颇见眼力。此诗艺术构思也非常精致,对仗极其工整,比如"合"与"开"、"暗"与"明"、"去"与"来"、"秾李"与"落梅",既用字面,也用字里,尤见别致,相反相衬,增强了诗歌内在的张力。

歌颂盛世是宫廷文人的基本使命,逞才耀博、展示诗歌才华是他们诗歌创作的另一重要内容,他们创作了大量内容空洞的应制、咏物诗,这类诗在今传李峤作品中占很大比例。李峤稍后于苏味道当上宰相,且两度入相,他和最高统治者的关系更加密切,他的行为更多地体现了统治者的导向性。他的应制诗好用典故,对仗工整,用词贴切,典雅华丽。如《奉和初春幸太平公主南庄应制》:

> 主家山第接云开,天上春游动地来。
> 羽骑参差花外转,霓旌摇曳日边回。
> 还将石溜调琴曲,更取峰霞入酒杯。
> 鸾辂已辞乌鹊渚,箫声犹绕凤凰台。

其时韦后、太平公主以及上官婉儿干政,中宗游幸无度,他经常驾临太平公主的庄园,"帝每有所感,即赋诗,学士皆属和"。这类诗歌除了歌功颂德之外,就是展示诗歌技巧。如果说它有什么积极作用,那就是促进诗歌艺术的发展和诗歌的普及。这首诗就是成型的七律,对仗工整,章法严密,起句写景宏伟,中二联承接实写,尾联反实入浑。清人金圣叹《选批唐才子诗》说："此诗平开二解,一解写车驾幸庄,一解写公主留帝,纯用大笔大墨,不着一毫纤巧,允为一代作者冠冕……后贤不睹唐初人如此大篇,便于律诗更不知所措手,唐初诗可不读哉!"

李峤最有影响的还是咏物诗。他的咏物诗曾在当时被选出一百二十首编为《李峤百咏》,在社会上广泛流传,被奉为诗法楷模,甚至传至异域日本。盛唐人张庭芳《故中书令李峤杂咏百二十首序》说,这些诗有"启诸童稚"之效。张说《李赵公峤》就赞誉他"新诗满宇宙"。一些平常之景,如大自然中的风、云、花、雨、雪等,以及日常用具器物等,李峤都能发想奇特,巧为设喻,作出诗来,对仗、音律、章法都合新兴的律诗要求。例如,他咏雪:

> 瑞雪惊千里,同云暗九霄。
>
> 地疑明月夜,山似白云朝。
>
> 逐舞花光动,临歌扇影飘。
>
> 大周天阙路,今日海神朝。

他能把雪与王朝联系起来(此时乃武则大当政,国号周),虽牵强附会,却有一定的想象力。诗歌字句浏亮,气韵流动。这类诗歌是宫廷无聊生活的写照,却推进了诗歌艺术的发展,故盛唐人对他的评价很高。据《新唐书·王勃传》记载:开元中,张说"与徐坚论近世文章,说曰:李峤、崔融、薛稷、宋之问之文如良金美玉,无施不可"。

李峤最好的诗不是应酬之作,而是《汾阴行》。汾阴,是古县名。治所在今山西省万荣县境内,因在汾水之南得名。这里在汉代曾发生过一起重大事件:汉武帝时在此发现一只宝鼎,武帝于是赶忙派人检验,以证其实,然后举行隆重的仪式,迎鼎至甘泉官,亲往祭祀,希望神鼎能保护汉代基业以至无穷。全诗从汉武帝祭祀之隆重起笔,"君不见昔日西京全盛时,汾阴后土亲祭祀",极尽渲染,然用"千龄人事一朝空,四海为家此路穷"作结,感叹不已。李峤有感于古今盛衰而吊古伤今,这一主题和思想直承"四杰":

诗国花开

——唐诗美感的流变

豪雄意气今何在，坛场宫馆尽蒿蓬。

路逢故老长叹息，世事回环不可测。

昔时青楼对歌舞，今日黄埃聚荆棘。

山川满目泪沾衣，富贵荣华能几时？

不见只今汾水上，唯有年年秋雁飞。

诗采用歌行体，发挥歌行自由咏叹的艺术之长，颇为酣畅淋漓。据《明皇杂录》记载，安史乱起，唐玄宗仓皇出逃至四川，行前，他登上花萼楼，听乐人歌此词。当听到"山川满目泪沾衣"时，唐玄宗忙问谁作此词，侍者答曰李峤，玄宗不禁凄然泣下，叹云："峤真才子也。"玄宗"不待曲终而去"。这首诗触及深刻的人生主题，极易打动人。遗憾的是，这样的诗在李峤的作品中只此一首。

从参与《珠英学士集》编纂活动来看，崔融的诗也不能免俗。他以文见长，应诏之作不多。崔融还有过从军边塞的经历，他写的边塞诗富有真情实感。他和同辈文人间的赠答诗比较好，如《留别杜审言并呈洛中旧游》颇见韵致：

斑鬓今为别，红颜昨共游。

年年春不待，处处酒相留。

驻马西桥上，回车南陌头。

故人从此隔，风月坐悠悠。

这种叹逝惜别之伤感、停车驻马之深情，已具有盛唐士人的心态特征，同时，以动作代替直白的倾诉，化景物为悠远的情思，音韵悠扬，这也是盛唐诗的意境特征。

"四友"之中，与崔融交往最为密切的是杜审言，他们在高宗朝就有赠

答之作。杜审言的知名,既因为他的诗歌成就,更因为他的孙子——"诗圣"杜甫。四人中,他有谄附佞臣的经历,不过,并不过分,不像另三人官至人臣之尊而为相,他性格倔强,恃才傲物,经历坎坷,诗歌成就是四人之首。他基本上抛弃以诗歌艺术作游戏的创作态度,能借助宫廷诗的技巧表现真实的人生感受,形式的完美和内容的充实逐渐结合起来,近体诗的有些品类在他的手中开始成熟。698年,陈子昂《送吉州杜司户审言序》称赞杜审言"禀不羁之操,物莫同尘;含绝唱之音,人皆寡合""徐、陈、应、刘,不得㩵其垒;何、王、沈、谢,适足靡其旗"。杜审言诗普遍具有重性情的特点,如《春日京中有怀》,此诗是一首七律:

> 今年游寓独游秦,愁思看春不当春。
> 上林苑里花徒发,细柳营前叶漫新。
> 公子南桥应尽兴,将军西第几留宾。
> 寄语洛城风日道,明年春色倍还人。

　　唐诗题目用"有怀"二字,往往抒发怀念友人之情,这首诗自不例外。它表现友情,主题平常,抒发对家乡的思念。作者尽管惆怅,但不失乐观,"明年春色倍还人",对生活抱有信心。它不是直白道出,而是用触景生情的手法表现宦游者的真实体验,让内在的情绪融化在景象中,注意整体意境和韵味,这就显出律诗的严整和紧凑。

　　再看《和晋陵陆丞早春游望》:

> 独有宦游人,偏惊物候新。
> 云霞出海曙,梅柳渡江春。
> 淑气催黄鸟,晴光转绿蘋。
> 忽闻歌古调,归思欲沾巾。

"宦游人"极易"惊""物候新",这是很真实的人生体验。中四句承"物候新"而展开,虽所写之景很一般,但遣词造句极见工致;"曙""春"两词名词作动词用;"淑气"可"催""黄鸟","晴光"能"转""绿蘋",这样就不仅描绘了春天的声色之美,而且表现了春天回到人间的过程,突出了春天的活力。最后两句点题:宦游在外,又是一个冬去春来,这时,再读到思乡之诗,难免"归思欲沾巾"。诗人心情伤感却不颓丧,他热爱生活;写景清新明丽,显示出诗人对自然之美的感受力。

从这首诗我们看到,新一代的诗人不再以朦胧的醉眼看待生活,萦绕他们心头的不是功利、荣华,而是思乡的惆怅情结、大自然的清新美好,可见其志趣高洁,这样的人格特征不正是盛唐诗人的前导吗?正是以这样的社会心理作基础,他们喜爱的就不是花团锦簇、歌儿舞女,而是充满希望的黎明和春天那具有活力的创造。这是一首好诗,但一首好诗的出现并不完全是单个人努力的结果,好诗的成批涌现,更需要蓬勃向上的时代条件和奋发创造的文人群体。对诗的评价本来就包括对诗歌思想内容的评价,没有高尚的人格,当然也写不出优秀的诗作;就一个时代来说,如果缺少良好的时代条件(比如最高统治者的个人兴趣、实行的政策等),作家都人格卑琐,那也就很难期望优秀作家、优秀作品的成批涌现。这首诗还仅仅是一个美妙的前奏,恰如一个人刚从久病中醒来,还缺乏力量;虽然性情已经恢复健康,但还缺少奋发有为的展望和斗志。"云霞出海曙,梅柳渡江春",预示着一个崭新的日子和季节就要到来。

杜审言注重诗艺的探求,他恃才謇傲,颇为自负。《景龙文馆记》记载,他临终时,宋之问等来看望他,他说:"甚为造化小儿相苦。仆在,久压公等;今死,固当慰心,但恨不见替人耳。"胡应麟《诗薮·内编》(卷四)说:"初唐五言律,'独有宦游人'第一。""初唐无七言律,五言亦未超然。二体之妙,杜审言实为首倡……皆极高华雄整。少陵继起,百代楷模,有自来矣。"杜审言以写近体诗见长,重视诗歌的艺术构思和整体意境,注意炼字炼句,甚至打破语言的常规性,活用词性,改变语序,充分发挥语言的多义性,这些

对杜甫的诗歌创作产生了直接的影响。杜甫就曾自豪地说"吾祖诗冠古"（《赠蜀僧闾丘师兄》）、"诗是吾家事"（《宗武生日》）。在杜甫有些诗中能看到杜审言诗的影子，比如杜甫《登兖州城楼》诗，章法与杜审言《登襄阳楼》如出一辙。身为杜审言的孙子，杜甫好写联章诗和长篇排律，也直接源自杜审言。杜甫有《陪郑广文游何将军山林十首》，莫砺锋先生就认为是模仿杜审言《和韦承庆过义阳公主山池五首》[①]，而杜甫一生创作大量的长篇排律诗，这种诗创作难度大，显然杜甫的这种创作习惯得自杜审言。

　　总之，由于在宫廷中生活的经历，"文章四友"继承、重视诗歌艺术的宫廷诗传统，他们的诗歌反映了诗歌艺术的新发展。他们仕途蹭蹬，生活经历不完全局限于宫廷，他们的诗歌内容又超出宫廷诗的范围，这种复杂性在沈、宋的创作中表现得更为明显。

四、沈、宋的历史贡献

　　无论从年龄还是从社会地位来看，沈、宋都居"文章四友"之后，像李峤、苏味道、崔融都曾官至宰相，其影响已不限于诗歌或文学领域，杜审言官位不高，不过，在诗歌创作上他心目中是没有沈、宋的。沈、宋一直生活到睿宗朝，都没有什么出色的政治才华，他们为了谋取进身之道，不惜见风使舵，谄媚于权贵，二人之中尤以宋之问为甚。他们纯以文事主，据《新唐书·文艺传》记载，一次赐宴，中宗命学士们跳"回波"舞，沈佺期即席赋诗《回波乐词》，大出风头，博得中宗龙颜大悦，一时名声大噪。虽然沈、宋在政治上的表现并不光彩，但他们的社会地位却有助于他们总结并传播近体诗艺术，扩大近体诗的影响。

　　这一时期是古典诗歌发展的重要时期：古体诗逐渐与近体诗分野，近体诗正在定型并普及。一套文学规范得以普及，风行社会，前提是它符合人们

---

① 黄励锋：《杜甫评传》第1章，南京大学出版社，1993年。

普遍的审美心理,但是,在大众传播还不发达的情况下,必须借助政治的力量。科举考试要求作近体诗,同时,最高统治者爱好诗艺,二者共同发挥作用,近体诗才得以流行。科举考试要求作近体诗,作为一项具体的制度,正式开始实施的时间相对较迟,它不是统治者爱好诗歌艺术的原因,而是统治者爱好诗歌艺术的结果。据《大唐新语》卷九记载,唐玄宗令张说、徐坚编《初学记》说:"儿子等欲学缀文,须检事及看文体。御览之辈,部帙既大,寻讨稍难。卿与诸学士撰集事要并要文,以类相从,务取省便,令儿子等易见成就也。"可见,最高统治者的个人爱好对诗歌传播的影响之大。

胡应麟《诗薮·内编》(卷三)说:"五言律体,兆自齐梁,唐初四子,靡缛相矜,时或拗涩,未堪正始。神龙以还,卓然成调。沈、宋、苏、李,合轨于前;王、孟、高、岑,并驰于后,新制迭出,古体攸分。实辞章改革之大机,气运推迁之一会也。"沈、宋幸运地生活于这个重要的历史阶段。由于沈、宋是最高统治者欣赏的"钦定"文学家,经过他们自觉的探讨、总结,近体诗形成一套公认的规范,再经过他们的示范、传播,近体诗逐渐在社会上普及开来。他们的贡献,在唐代就有定评。亲身经历过武则天、中宗、睿宗、玄宗时期,四朝三度为相的张说,就赞美沈佺期说:"沈三兄诗,直须还他第一。"中唐独孤及说:"历千余岁至沈詹事、宋员外,始裁成六律,彰施五色,使言之而中伦,歌之而成声,缘情绮靡之功,至是乃备。"(《左补阙安定皇甫公集序》)皎然说:"沈、宋为有唐律诗之龟鉴也,情多兴远,语丽为多,真射雕手。假使曹、刘降格而为之,吾未知其孰胜也。"(高棅《唐诗品汇》卷五七引)《新唐书·宋之问传》更详细地说明沈、宋的贡献:"魏建安后迄江左,诗律屡变,至沈约、庾信,以音韵相婉附,属对精密。及(宋)之问、沈佺期,又加靡丽,回忌声病,约句准篇,如锦绣成文。学者宗之,号曰'沈宋'。"

沈、宋的宫廷应制诗富丽堂皇,精工雅丽。如沈佺期的《龙池篇》、宋之问凭之从东方虬手中夺得锦袍的《龙门应制》,颇合当时宫廷口味,影响极大。但词气卑弱,或点缀升平,歌功颂德,或流连风景,逞耀才华,皆无足观。而被后代诗评家推为佳作的诗,大多作于他们被贬斥、流放于宫廷之外的时

期。如沈佺期的名作《杂诗》(其三)：

> 闻道黄龙戍，频年不解兵。
> 可怜闺里月，长在汉家营。
> 少妇今春意，良人昨夜情。
> 谁能将旗鼓，一为取龙城。

　　闺怨诗经历了长期的发展，齐梁时期很多宫体诗便借写闺怨以写色情。明确这个背景，就知道这首诗的优点。它不再描写妇女的生活环境甚至女性的身体容貌，而着眼于她们的情感世界，表现其相思之苦。其构思也别致，将少妇春闺与边关戍营联系起来，一柔一刚，扩展了诗境，增强了韵味。
　　再看《古意》(一作《古意呈补阙乔知之》，又作《独不见》)：

> 卢家少妇郁金堂，海燕双栖玳瑁梁。
> 九月寒砧催木叶，十年征戍忆辽阳。
> 白狼河北音书断，丹凤城南秋夜长。
> 谁为含愁独不见，更教明月照流黄？

　　依然是少妇春闺与边关戍营的对照，而作者对春闺少妇心理的刻画更细腻：她空床独守，富丽华美的屋子却栖息着出双入对的海燕，这不免增加她的相思与惆怅：已经十年分别，又见秋天，何时是相聚的日子？而在这无尽的等待中，相隔千里，却音讯全无，他的情况怎样？他会平安归来吗？就在这辗转难眠之夜，思绪万千之时，千里相思共明月，明月又照进来，徒增惆怅。此诗仍以闺怨为主题，却能见出诗人驾驭素材、表现情感的高超艺术。他通过一些生动具体的生活细节，写尽少妇的哀怨。这是处理素材的艺术，同时，也说明诗人对人的情感世界体察得相当入微。诗不再以声色娱人，而是以情动人。此诗对仗工整，律诗的对仗恰恰成为揭示人物心理、表现人物心理的手段。诗境的错落已经打破古体诗一时一景的模式，展现出近体诗容量大的长处。此诗设色高华，情韵悠长，诗境开阔，对仗工整，已经具有盛唐七言律诗的特征。沈德潜《说诗晬语》说："云卿《独不见》一章，骨高气高，色泽情韵俱高。"

沈佺期旅居京城之外所写的诗，用近体诗的技巧表现人情物理，也写出名篇。如《夜宿七盘岭》：

> 独游千里外，高卧七盘西。
> 晓月临窗近，天河入户低。
> 芳春平仲绿，清夜子规啼。
> 浮客空留听，褒城闻曙鸡。

对大自然的观察如此仔细，表现得如此富有美感，这说明他的情感开始纯净起来。诗歌华丽而不柔媚，对仗工整而不雕琢，境界宏伟而又细致。

宋之问五言诗更见成就，《题大庾岭》是其名篇：

> 度岭方辞国，停轺一望家。
> 魂随南翥鸟，泪尽北枝花。
> 山雨初含霁，江云欲变霞。
> 但令归有日，不敢恨长沙。

这首诗是作者被贬岭南途中所作。大庾岭，为五岭之一，在湘粤交界处，自古是岭南、岭北之分界点。诗歌抒发怀乡之情、离国之恨，情真意切。中四句，不是空泛的写景，而是移情入景，以景衬情，情景交融。最后一联，用西汉贾谊事：贾谊年少才高，但为人所谗毁，被贬为长沙王太傅。长沙卑湿，贾谊自以为命不长久，回归中原无望，思屈原而作《吊屈原赋》，睹鹏鸟而作《鹏鸟赋》。宋之问的人品、才能，当然不可与贾谊同日而语，他用此典故,含蓄地表达此行回归无期的哀伤。此诗属对精工,语言流利,善于移情入景。

宋之问的诗善于捕捉真实的生活感受,又运用技巧表现情感,创造诗境。如《渡汉江》:

> 岭外音书断,经冬复历春。
> 近乡情更怯,不敢问来人。

作者不在文字上见功夫,而是精心构思,从生活中发掘诗意,"近乡情更怯,不敢问来人"这个细节,出语自然,感人至深。

据学者统计,宋之问今存五律 71 首,合律 54 首;沈佺期存五律 54 首,合律 47 首,另有七律诗 16 首,在初唐七律诗作者中所作最多。二人诗合律比例很高,且比同时人要高,可见他们在近体诗形成过程中的贡献和地位。

沈、宋最好的诗歌都是经历生活挫折、在宫廷之外完成的,提示了唐诗前进的方向:诗歌必须摆脱那种以文为戏的形式主义宫廷作风,与丰富多彩的人生体验结合起来,才能恢复诗歌的生命力。沈、宋在宫廷政争失败被流放之前,已经有一批人在宫廷之外开辟新的生活与诗歌园地,这就是包括沈、宋二人在内的著名的"方外十友"的文学实践活动。

据《新唐书·陆余庆传》记载:"(陆余庆)雅善赵贞固、卢藏用、陈子昂、杜审言、宋之问、毕构、郭袭微、司马承祯、释怀一,时号方外十友。"另根据陈子昂诗文记载,参与这个文人群体活动者实不止此十人,一些僧人、道士如出游岩、韩法昭、释法成、孟诜等也有参与,可见规模、影响在当时甚大。"方外十友"的交游时间,据有关学者考证在 685 年—696 年之间,地点则是中岳嵩山,从"方外"的意思看其活动主要内容似乎只是修身求仙、炼丹采药等,其实具有很强的现实性甚至政治性。他们根据道教教义思考人生与社会问题,强化他们的主体意识,为盛唐人追求自我实现、精神自由乃至清

丽自然的诗歌境界进行铺垫①。如此看来,这一代文人的人生实践似乎具有双重性,过着双重人格的生活,这种矛盾性恰恰表明由初唐依附人格文人向盛唐追求自由人格文人的历史过渡。

"文章四友"和"沈宋"以及此期的其他宫廷诗作家,都对近体诗的定型做了不可或缺的贡献。由于此期最高统治者缺少积极向上的人生态度,宫廷风气的主导倾向偏向颓靡,诗歌艺术被视作一种社交的手段甚至调笑的"玩意儿",这个京城诗人群体并不能带来诗歌的全面革新。诗歌的全面革新需要综合的社会条件,比如最高统治者的更替、社会结构的变动、新的具有积极进取人生态度的士人阶层成为社会权力阶层的主导等。"文章四友"和"沈宋"诗中已经显示出新的动向:诗歌的发展已到一个大转变的时候,延续几百年的宫廷诗以文字见功夫的传统已经走到尽头,用文字表达情感、让技巧为内容服务的倾向已出现;艺术的美不是舞文弄墨,不是文字的锦绣,而是一种充满新鲜感的生活和生命体验本身;人生的意义绝不是舞文弄墨,也不再是寄生于宫廷享受歌舞声色,而是要追求精神自由,甚至建功立业,享受自然之美、人情之美、进取之乐,而这就是开元前期活跃于京城文坛的"吴中四士"的文化标志意义所在。

---

① 葛晓音:《从"方外十友"看道教对初唐山水诗的影响》,载其著《诗国高潮与盛唐文化》,北京大学出版社,1998年。

第五章　吴越多才士　风流入中原

——"吴中四士"及吴越诗人群体

一、盛唐文化的形成与吴越文化的脱胎换骨

地理环境是人类赖以生存的物质基础,也是构成文化差异性的重要条件,因此,地域性本身也是文化构造的一个重要因素。地域文化在生活习惯、民间风俗乃至政治、文学活动中都有明显的表现,甚至构成了不同的传统,不同的文化传统通过不同的地域文化得以保存与延续。唐高祖李渊和唐太宗李世民长期生活于胡汉杂居地区,他们的活动范围主要在关陇地区,他们的势力基础是关陇地区贵族结成的政治集团。贞观时期宫廷重臣对齐梁文学的批判,除了政治上拨乱反正的意义外,也带有批判江左文化、排斥江左士人的实际政治动机。然而,文化发展的历程极其复杂,初唐最高统治者口头上对江左文学大加挞伐,内心里却不免爱好、向往那种柔靡绮艳的宫体文学。比如,开大唐三百年基业的唐太宗就打心眼里喜欢柔靡绮艳的文学,《资治通鉴》卷一九二史学家胡三省注曰:"唐太宗以武定祸乱,出入行间,与之俱者皆西北骁武之士。至天下既定,精选弘文馆学生,日夕与之议论商榷者,皆东南儒生也。"因此,齐梁宫廷的雕章琢句、柔靡绮艳的文学风气又借尸还魂,在大唐宫廷之中流荡忘返。

六朝文化就是南方江左文化。早在先秦时期就出现南北地域文化的差

诗国花开
——唐诗美感的流变

江亭晚眺图(宋·佚名)

异,以《诗经》为代表的北方文学重在对实际生活的描写,风格质朴,而以《楚辞》为代表的南方文学富于浪漫情思,风格旖旎靡丽。六朝时期,由于门阀贵族的腐化以及重视感性享受思潮的影响,南方文化发展成雕藻淫艳的江左文化。有趣的是,在江左吴越地区,由于齐梁政权的垮台,再经过陈、隋时期的政治动荡,最高统治者、高门贵族以及腐朽宫廷文化传承中断,从而消除腐蚀江左地域文化的一大毒素,江左文化又恢复其清新秀丽、自然天成的本色。随着唐代社会的稳定和经济的繁荣,战争的烟尘被时间的风雨彻底洗去,人们在战争的废墟上重建人间欢乐的感性生活,江左地区的经济与文化再度复兴、繁荣起来。江南特有的青山秀水,吴越自古盛传的人文风流,淮扬市井的滚滚红尘,对中原地区的人都具有极大的吸引力。在唐代人的印象中,"江南"并非单纯的地理概念,而是一个繁华、风流之所。任华《怀素上人草书歌》:"人谓尔从江南来,我谓尔从天上来!"江南直接与"佳丽"相连,不仅是这里多"佳丽"引人遐思,"风流吴中客,佳丽江南人"(白居易《郡斋旬假始命宴呈座客示郡僚》),而且,青山秀水以及神妙的习俗、丰富的文物与传说、富足而优裕的生活都异常迷人,"江南佳丽地,金陵帝王州"(沈约《入朝曲》),"杨柳映春江,江南转佳丽。吴门绿波里,越国青山际"(崔国辅《题豫章馆》)。

从 8 世纪初开始,在中原士人中间就流行畅游吴越的社会风气。李白的名作《黄鹤楼送孟浩然之广陵》:"故人西辞黄鹤楼,烟花三月下扬州。孤帆远影碧空尽,唯见长江天际流。"这首诗作于开元盛世,字里行间洋溢着无限的情韵和浪漫的情调。在李白眼里,孟浩然是一个什么样的人呢?李

白说过："吾爱孟夫子,风流天下闻。红颜弃轩冕,白首卧松云。"（《赠孟浩然》）
这样一个浪漫的人,在一个浪漫的季节,桃红柳绿的三月,到一个充满浪漫
的城市去,扬州城就笼罩在"烟花"之中,真是让人情不自禁遐想联翩。杜
甫《壮游》诗说："东下姑苏台,已具浮海航。到今有遗恨,不得穷扶桑。王
谢风流远,阖庐丘墓荒。剑池石壁仄,长洲荷芰香。嵯峨阊门北,清庙映回
塘。每趋吴太伯,抚事泪浪浪。枕戈忆勾践,渡浙想秦皇。蒸鱼闻匕首,除
道哂要章。越女天下白,鉴湖五月凉。剡溪蕴秀异,欲罢不能忘。"这里既
有美丽的山水足供徜徉流连,也有很多的人文古迹足供发思古之幽情,如此
的自由浪漫怎么不教人向往和流连呢?

在初唐和盛唐时期,以地域来称呼的文学群体有两个,一个是"吴中四
士",另外一个是"北京三杰"。《旧唐书·文苑传》记载,"(富)嘉谟与(吴)
少微在晋阳,魏郡谷倚为太原主簿,皆以文辞著名,时人谓之北京三杰"。
因李渊在太原起兵反隋,发动建唐的战争,故太原在建唐后被封为"北京"。
富嘉谟与吴少微并称,"先是文士撰碑颂,皆以徐、庾为宗,气调渐劣。(富)
嘉谟与(吴)少微属词,皆以经典为体,时人钦慕之,文体一变,称为富吴休"
（《旧唐书·文苑传》）。可见,"北京三杰"之文风与儒家文化传统存在内在的关
联。吴少微为江南人,富嘉谟为关中人,近人岑仲勉先生就认为"富吴体"
因继承陈子昂而起①。这当然不是说儒家文化传统在文学上之影响只表现
于太原一地,不过,自魏晋以来,和江南思想日趋新异不同,北方（包括河汾
地区）较多地保存了汉儒、魏晋文化传统。儒学思想从大唐初建就被起于
北方的统治者作为统治思想而得到广泛的宣扬,这种宣扬只是作为政治理
念落实到政权及与其相关的礼仪制度建设上,却没有落实到具体的文学创
作活动之中,借助儒家诗学思想反省六朝诗歌创作经验只是当时少数在野
或非主流诗人如王绩、"四杰"、陈子昂等人的文化行为。因此,"富吴体"的
兴起,也是当时文学创作领域兴起的以儒家"经典"为指归的文化思潮的表

① 《金石论丛·续贞石证史》,上海古籍出版社,1981 年,第 29 页。

现之一,而他们之所以受到注意,正表明这种思潮及其影响的扩大。儒家思想与儒家诗学是很复杂的,其在此时的影响不能简单地视为其复兴,但是,正是通过其影响的扩大,逐渐清除初唐宫廷诗以文为戏及其雕藻柔靡,将随着科举制的推行而引发的诗人们那种关怀社会、追求"风骨"、慷慨激昂的文化精神转变为文学创作主题,这就是后来盛唐之音的精神之一。他们的作风就受到盛唐诗风的开创者张说的注意与欣赏,据记载,张说曾经将富嘉谟与当时宫廷诗人如李峤、宋之问等人对比,说后者"皆如良金美玉,无施不可",可是,前者之文才"如孤峰绝岸,壁立万仞,丛云郁兴,震雷俱发,诚可畏乎"(刘肃《大唐新语》卷八《文章》)。据《旧唐书·文苑传》记载,"富吴体"的主要成就在于碑颂应用散文,改变六朝后期以来"以徐、庾为宗"的倾向,对盛唐文学乃至中唐散文的革新都产生了巨大影响。

"北京三杰"和"吴中四士"这两个群体的文学活动内涵并不相同,他们之所以引人注目,是因为显示了一个共同的背景或文化发展趋势:随着旧有腐朽宫廷文化与文风的结束,各地清新的地方文化逐渐兴起,并逐渐汇成崭新的时代文化潮流,形成盛唐特定的时代文化。盛唐文化无疑不是个别地域文化因素或一些传统的简单拼凑,而是一种新质的文化,其构成显然继承、包容了既有的文化传统及各地域文化,这些文化传统及各地域文化直接表现为不同文学群体的文化创造。如果说,"北京三杰"反映了初唐四杰、陈子昂倡导以复古为革新的新兴士人文化精神的延续、社会影响的扩大,并逐渐衍为时代精神,从而实现向盛唐精神转化,那么,"吴中四士"则主要承续了六朝文化和吴越地域文化,为盛唐带来追求独立自由人格、享受人间欢乐、重视山水自然审美的南国文化情韵。

由于科举制度的推行,一大批吴越士人先后来到中原,吴越文化的清新秀丽、吴越人士的风流洒脱已引起京城人的注意。"四士"之称最早见于《新唐书》卷一四九《刘晏传》附《包佶传》:"(包)融,集贤院学士,与贺知章、张旭、张若虚有名当时,号吴中四士。"另据《旧唐书》卷一九〇《贺知章传》记载,"神龙中,知章与越州贺朝、齐万融,扬州张若虚、邢巨,润州包融,

俱以吴越之士,文辞俊秀,名扬上京",“吴郡张旭,亦与知章相善",“人间往往传其文"。由以上记载可见,这一称呼并不严格,“名扬上京"的不仅有“吴中四士",还有“吴越之士",这说明“吴中四士"之得名主要与其出生之地域吴越相关,这些诗人间也许并没有什么直接的交往,或者,交往并不是被视作一个群体的主要原因,而是在他们的言行举止和文化活动包括诗歌创作风格中,体现了吴越地方文化的某些共同特色。

“吴中四士"活跃在中宗神龙(705—707)年间,此时正是初唐政治向盛唐政治转型、初唐诗风向盛唐诗风转变的关键时刻。此时,中央宫廷在进行什么活动呢?中宗神龙二年改弘文馆为修文馆,修文馆学士文人的使命就是侍从帝王游宴唱和。《新唐书·李适传》记载:“凡天子飨会游豫,唯宰相学士得从。春幸梨园,帝有所感即赋诗,学士皆属和。当时人所歆慕,然皆狎猥佻佞,忘君臣礼法,唯以文华取幸。"由于中宗、韦后、太平公主、安乐公主的亲自示范,宫廷诗的创作达到极盛,著名宫廷文人如“文章四友"“沈宋"非常活跃——他们不仅做到高官,创作也处于高潮。与此同时,这批吴越文人身为小吏,刚刚闯入京城,没有什么社会地位,尚徘徊于宫廷集会活动之外,不过,他们的作风已经引起主流文化圈子的注意。

历史在等待,也在为文学的发展酝酿时机、提供机遇。从武后统治后期到唐玄宗即位,宫廷内部争夺最高权力的斗争复杂尖锐,“自古无情帝王家",夫妻、兄弟姐妹、姑侄一再兵刃相见,大批朝臣被迫卷入这场斗争,结果,那一批人格卑污的宫廷文人一拨一拨如飞蛾扑火,他们推波助澜的宫廷文风后继乏人,影响大为削弱。政治斗争的异常变动,强行地打破文学渐变的规律,结束了一个文学时代。已经有学者指出,唐玄宗开元前期,京城文坛颇为寥落,这只是表明宫廷文学的衰落,其实,代表盛唐文化精神的士人群体已经进入京城,而且,随着唐玄宗的即位、开明政策的实施,也将入主政坛,代表他们人生价值、审美趣味的诗歌风尚业已形成:“自萧氏以还,尤增矫饰;武德初,微波尚在。贞观末,标格渐高;景云中,颇通远调。开元十五(727 年)后,声律风骨始备矣。"(殷璠《河岳英灵集·叙》)宫廷不再是诗坛的中心,最高统治者也不再是主盟文坛的宗主。旧的宫廷文人和文学随着旧宫廷主人的退出也退出历史舞台,新的士人群体通过科举制度和宫廷政局的变化纷纷进入政坛,并成为诗坛主流,从此新的诗歌风尚即盛唐之音出现了。诗风的演变、兴替,直接表现为人生观念和审美趣味的演变,且以社会阶层和创作群体的更替与兴衰为基础。

盛唐之音表现在艺术方面,借用罗宗强先生的概括,即崇尚风骨、追求兴象玲珑诗境,追求自然的美①。这种风貌,是在高扬奋发有为、昂扬进取的时代精神的基础上,通过继承、吸收、融合"词义贞刚,重乎气质"的北方河朔文化和"宫商发越,贵于清绮"的江左地域文化(《隋书·文学传序》)才形成。盛唐人创造出盛唐文化,也创造了诗歌高潮。倡导以儒家"经典为体"、批判采丽竞繁、呼唤"汉魏风骨"的"四杰"、陈子昂、"富吴",在初唐后期诗坛的崛起,已标志着儒家诗学、魏晋传统及北方河朔传统的恢复与影响的扩大,吴越诗人群体登上诗坛则说明江左文化融入时代文化主流,标志着盛唐之音的形成。

以"吴中四士"为代表的吴越文士,与后来盛唐诗坛上大放光芒的诗人,有过密切的交往,"吴中四士"没有很高的政治地位,盛唐诗人却和他们过从甚密,展示出江左文化独特的精神魅力。贺知章初睹李白,叹为"谪仙人",一见倾心,不惜解金龟换酒,共醉得欢。包融与孟浩然交往甚密。张旭甚至成为当代人心目中的传奇人物。张若虚名不见经传,却也"驰名上京"。天宝年间,殷璠曾经充满自豪地把只是吴越之一地的丹阳籍十八位诗人的诗歌汇为一集,名曰《丹阳集》,以广流传,可见盛唐诗坛上吴越文士之众,也可见吴越文士精神与盛唐文士精神的关系。吴越文化不能代表盛唐文化的全部,但是构成盛唐文化重要的侧面,吴越士人群也是盛唐诗坛的第一个诗派。

---

① 罗宗强:《隋唐五代文学思想史》第3章,上海古籍出版社,1986年。

二、清新浪漫的吴越风神

"吴中四士"的诗歌不多,今传张若虚的诗只有两首;张旭当时并不以诗名,而是以书法知名。显然,他们作为一个群体,不单纯以诗产生影响,而是以多才多艺、浪漫的人格风神、脱俗的言行举止为世人所瞩目。

旧的宫廷文人人格低下,甘于淫靡无聊、醉生梦死、吟花弄月的宫廷生活。"吴中四士"则表现出一种新的文化精神,他们热爱山水自然,追求自由高尚独立的人格,享受健康感性的人间生活。"吴中四士"最有特色的诗歌,是最能直接反映其地方特点的山水诗。

贺知章(659—744)于武后证圣元年(695年)登进士第时,宫廷中的唱和之风正趋于高潮。知章少小以文辞知名,但没有受到最高统治者的赏识,从有关记载也看不出他躁竞的活动,直到玄宗朝受到张说的荐举,他才仕位升迁。他性格放旷,能诗善书,好饮酒,不拘形迹,反对俗套,广为时人所崇。晚年,又主动放弃官职,归老乡里。他作于玄宗朝的一部分庙堂文字,反映了大唐的国威,但最能反映其成就的还是其数首绝句。《回乡偶书二首》:

> 少小离家老大回,乡音无改鬓毛衰。
> 儿童相见不相识,笑问客从何处来。
>
> 离别家乡岁月多,近来人事半销磨。
> 唯有门前镜湖水,春风不改旧时波。

语言的朴素浅易几乎使人忘记它是诗。它的好处在于情感的普遍性,通过对生活的提炼,找到富有表现力的细节,表达对家乡的深情、对岁月消磨的感慨。似乎直白说出,不在文字上耍花弄巧,却情韵悠长,感人至深。"儿童""镜湖水""春风",更展示出诗人的率真、纯真甚至天真。

《咏柳》历来被推为咏物诗的杰作：

碧玉妆成一树高，万条垂下绿丝绦。
不知细叶谁裁出，二月春风似剪刀。

初春的嫩柳，婀娜多姿，文人们向来喜欢吟咏，而这首诗的好处在哪里呢？头两句，展现出树色的碧润、身姿的柔和——用玉妆成，那该是怎样的玲珑剔透、珍贵可爱！轻柔的柳丝垂下来，就像千万条绿丝带在摇摆着，那么精制、袅娜。作者不用"树如玉"这样俗套的表达方法，而直接就说这分明就是玉，就是丝绦，表现力更强，更能表现人们惊诧的印象。然而，它的好处还不止于此。"碧玉"一词是一个双关，在南朝民歌中它还是美丽少女的名字，碧玉本来就很漂亮，她再经过"妆"点打扮，那该是怎样的风姿绰约、美丽曼妙！如果诗歌停留在此，那还是一般，无非是一个新奇的比喻而已。后两句，故作一设问，不仅由树到叶，而且诗歌的境界得到升华。树的身姿是这么美丽，柳丝是这么柔娜，而细叶呢？怎么也是那么精制？该不是用巧手裁出来的吧？这一问一答，既符合人的心理，也是对柳树的赞美，同时，它对前边的描写进行深化，它赞美春天的美，更赞美春天的创造和无私的奉献精神，这就与一般的咏物诗拉开距离。从诗人的创作心理看，诗人赞美春天、赞美创造，体现全新的时代精神，而设问的运用，似乎显得极其率真，表现诗人对生活充满了新奇感，表现出他对生活的热爱与陶醉，从此我们也能看到诗人摆脱凡庸的生活趣味。

绝句的特点是自然流畅，声韵悠扬，这正合崇尚自然的诗人的个性。这几首绝句奠定了贺知

四景山水·秋（南宋·刘松年）

章在绝句发展史上的地位。

包融秉性耿直，有古雅之风，以古诗见长。其子包何、包佶得乃父遗风，亦"纵声雅道"，开元间有名一时。殷璠《丹阳集》评包融诗说："情幽语奇，颇多剪刻。"《送国子张主簿》则显出"语奇"的特点：

> 湖岸缆初解，莺啼别离处。
> 遥见舟中人，时时一回顾。
> 坐悲芳岁晚，花落青轩树。
> 春梦随我心，悠扬逐君去。

柳绿莺啼之时送别友人，"舟中人""时时一回顾"，这是朋友的深情，也是"遥见"者的深情。华美幽约的氛围和依依不舍的深情，是盛唐诗基本的特点。"春梦随我心，悠扬逐君去"，真是奇情异想。

《登翅头山题俨公石壁》是一首山水游览兼怀古诗，中间写道：

早春图（北宋·郭熙）

> 青为洞庭山，白是太湖水。
> 苍茫远郊树，倏忽不相似。
> 万象以区别，森然共盈几。
> 坐令开心胸，渐觉落尘滓。
> 北岩千余仞，结庐谁家子？
> 愿陪中峰游，朝暮白云里。

避世隐逸，看淡富贵名利，陶醉于山水之美，这已是盛唐山水诗的主题。怀古之中，又透出盛世幽娴的情调。诗境并不枯竭，也不再有批判的

意味。

张旭会写诗,书法却更能满足他随心所欲自由创造的心理需求。他的言行举止最具自由狂放的气度,堪称盛唐时代的精神偶像。盛唐不少诗人都以仰慕、崇拜的眼光赞美其人其诗。高适《醉后赠张九旭》诗云:"世上谩相识,此翁殊不然。兴来书自圣,醉后语尤颠。白发老闲事,青云在目前。床头一壶酒,能更几回眠。"展示张旭嗜酒的个性。李颀《赠张旭》是一幅浪漫主义的人物素描:"左手持蟹螯,右手执丹经。瞪目视霄汉,不知醉与醒。"连盛唐诗人的偶像李白也赞叹张旭:"楚人每道张旭奇,心藏风云世莫知。"(《猛虎行》)这是浪漫主义诗人的惺惺相惜之言。杜甫《饮中八仙歌》描写道:"张旭三杯草圣传,脱帽露顶王公前,挥毫落纸如云烟。"张旭的书法笔走龙蛇,挥毫落笔酣畅淋漓。对张旭来说,字是什么样的并不重要,重要的是挥毫泼墨那一信马由缰、笔走龙蛇的过程。他的生活似乎都已艺术化。张旭的自由精神给他的文化创造提供了最大的空间。且看他的《山中留客》:

丹峰红树图

(明·蓝瑛)

> 山光物态弄春晖,莫为轻阴便拟归。
> 纵使晴明无雨色,入云深处亦沾衣。

山上的好处不在一花一树、一沟一壑,其实,在春日里无时不是风景,无处不是风景,而最美的就在这变化。"纵使晴明无雨色",山气氤氲,云烟绵邈,变幻莫测,让你产生如在云端的感觉。诗人热爱的就是这脱离俗套、不拘一格、仪态万方、行云流水,这其实也就是他的书法的神韵所在。这山光物态,远离世俗,诗人从中获得心灵的安顿、精神的自由、思想的飞翔。

再读其《桃花溪》:

> 隐隐飞桥隔野烟,石矶西畔问渔船。
> 桃花尽日随流水,洞在清溪何处边?

诗人在追寻着什么?他不写山,也不写水,他关心的是那个自由的桃花源。与其说诗人在追求超然于世俗,毋宁说本身在享受盛世的安闲自在、自由洒脱的生活,水流花开,这里的人间生活已接近桃花源。作者对绘声绘色的刻画一事一物不感兴趣,他总是急于要表达自己的心声,无暇雕磨字句。

吴越诗人最擅长的就是山水景物的描写。南朝山水诗就兴

万壑松风图(宋·李唐)

起于江左,江左的青山秀水之美历来就是人们的关注点,白居易诗云:"自秦穷楚越,浩荡五千里。闻有贤主人,而多好山水。"(《长庆二年七月自中书舍人出守杭州路次蓝溪作》)以吴越文化为代表的对山水自然之美的广泛发现,对高尚、自由人格的追求,以及平易自然的诗风,就渗透在盛唐诗歌之中。

三、宫体诗的洗心革面

在"吴中四士"中,张若虚被清代诗论家王闿运推崇为"孤篇横绝,竟为大家"(陈兆奎辑、王闿运撰《王志》卷二《论唐诗诸家源流答陈完夫问》),他的诗歌实践,具体说就是《春江花月夜》,具有深刻的诗史标志意义,值得重点讨论。

张若虚生平不详,传世诗只有两首,其中之一就是千古名作《春江花月夜》。且看这珠圆玉润、璀璨锦绣的《春江花月夜》:

> 春江潮水连海平,海上明月共潮生。
> 滟滟随波千万里,何处春江无月明。
> 江流宛转绕芳甸,月照花林皆似霰。
> 空里流霜不觉飞,汀上白沙看不见。
> 江天一色无纤尘,皎皎空中孤月轮。
> 江畔何人初见月,江月何年初照人?
> 人生代代无穷已,江月年年望相似。
> 不知江月待何人,但见长江送流水。
> 白云一片去悠悠,青枫浦上不胜愁。
> 谁家今夜扁舟子,何处相思明月楼?
> 可怜楼上月徘徊,应照离人妆镜台。
> 玉户帘中卷不去,捣衣砧上拂还来。
> 此时相望不相闻,愿逐月华流照君。
> 鸿雁长飞光不度,鱼龙潜跃水成文。

昨夜闲潭梦落花，可怜春半不还家。

江水流春去欲尽，江潭落月复西斜。

斜月沉沉藏海雾，碣石潇湘无限路。

不知乘月几人归，落月摇情满江树。

　　春、江、花、月、夜，五个字，分别代表诗歌所写的五种景象，它们又相互交融，构成和谐、高贵、华丽、优美的立体意境，似梦似幻，幽渺空灵，展示生活的极美极艳——这是画意。全诗并没有停留在对这美景的铺叙，而是以此为背景进一步展开生活的遗憾和思考："江畔何人初见月，江月何年初照人？人生代代无穷已，江月年年望相似。不知江月待何人，但见长江送流水"，这是对生命的追问——这是哲理。世界如此美好，人生却如此短暂，就在这有限的人生中，在这花好月圆之夜，还充满着离别相思："白云一片去悠悠，青枫浦上不胜愁。谁家今夜扁舟子，何处相思明月楼？"两地相思，一样别情——这是深情。这里有对自然美景的沉醉，也有对人生真谛的思考与反省；既有对感性人生的热烈执着，也有对天人之际的痛苦觉醒；既理性，又感性：画意、哲理、诗情水乳交融。生命的短暂，反而加强对人生、对生活的珍惜，珍惜这人生，珍惜这美好的人间胜景，珍惜这像花一样短暂的人生。尽管痛苦，但并不绝望，充满对青春的留恋、对爱情的渴望、对未来的期盼，这正是盛唐人的人生态度。全诗在夜的底色上展开，浓墨重彩，纵横铺展，由自然到人事，由江上扁舟到玉户帘内，但又都统一在时间线索之中——从明月初升一直延续到斜月沉沉，结构十分紧凑、严密，显示了高超的艺术创造能力。

　　《春江花月夜》是南朝乐府旧题，是张若虚故乡吴地的民歌，最早的创制者佚名，或曰陈后主，可能陈时即被采入宫廷（《旧唐书·音乐志二》），是宫体诗

题之一①。郭茂倩《乐府诗集》记载,残暴荒淫的隋炀帝即有拟制。这样一个积淀深厚的传统旧题,诗人勇敢地拿来,加以革命性的改造,一洗其色情脂粉之气,既华美婉约,又不失气骨,其精神、境界、创造力都堪称盛唐的代表。从题材看,这首诗就是思妇诗,思妇诗在宫体诗中最普遍;从意象来看,春、江、花、月、夜,也都是宫体诗惯写的景物。诗人把它们拿来,糅进一个完美的意境中,再充实以气骨,加进理性与深度,这既是诗歌艺术的改造与更新,也是一种人生观的更新。盛唐人胸襟宽阔,他们没有抛弃传统的精华,而是勇敢地为我所用,推陈出新。

诗中所写的"青枫浦""碣石潇湘""扁舟子""玉户帘"等等,也都不是实指,而明月千里起相思、岁月无情似流水等,也都是六朝以来抒情诗常用的抒情模式。从艺术的角度看,这恰恰是生活的诗意化,也是语言诗化的过程,这些词汇积淀了丰富的情绪体验和审美感受,情绪和景物已经构造成美的统一体,读者通过这些具体的词汇可以体验其中的情绪,领略其中的美感。高明的作者并不是毫无创造性地沿袭,毕竟这些意象中沉淀的生活观念是与腐朽的宫廷生活以及淫艳的艺术趣味联系在一起的,可是作者经过提炼,抛弃其中的色情成分,比如对女性容貌、身姿的描写等,从而实现纯净化。就艺术效果而言,诗境的虚化,更能发挥读者的想象力,这种既熟悉又陌生的美景更能吸引读者。

乐府旧曲《春江花月夜》本来是五言四句或六句,张若虚易之以七言,改短篇为长篇歌行,一气流贯,容量宏大,显示出极高的艺术才华。

闻一多先生立足于诗史演进,以诗人的敏感赞美说:"这里一番神秘而又亲切的,如梦境的晤谈,有的是强烈的宇宙意识,被宇宙意识升华过的纯洁的爱情,又由爱情辐射出来的同情心,这是诗中的诗,顶峰上的顶峰。从

---

① 程千帆先生有另外的理解,他认为严格意义的"宫体诗"指的是萧梁宫廷萧纲、萧绎兄弟带头创作的内容"止乎衽席之间""思极闺阃之内"、风格"轻浮绮靡"的诗歌,而持此以衡,《春江花月夜》与此无涉。详论参见《张若虚〈春江花月夜〉的被理解和被误解》,载其著《古诗考索》,上海古籍出版社,1984年。

这边回头一望,连刘希夷都是过程了,不用说卢照邻和他的配角骆宾王,更是过程的过程。至于那一百年间梁、陈、隋、唐四代宫廷所遗下的那份最黑暗的罪孽,有了《春江花月夜》这样一首宫体诗,不也就洗净了吗？向前替宫体诗赎清了百年的罪,因此,向后也就和另一个顶峰陈子昂分工合作,清除了盛唐的路——张若虚的功绩是无从估计的。"(《唐诗杂论·宫体诗的自赎》)张若虚的《春江花月夜》展示了诗史发展的连续性与革新性的有机统一,展示了六朝文化、江左文化与盛唐文化的历史关联,从中既可以看到盛唐诗歌的高潮不是无本之木、无源之水,又能看到江左文化在新的时代精神的熏陶、感召之下实现脱胎换骨与推陈出新的具体过程。

四、"吴中四士"的标志意义

吴越诗人作为一个群体登上了盛唐诗坛,除"吴中四士"之外,知名者还有贺朝、齐万融、邢巨、殷遥、张潮等,也许还有更多的人已从史籍中永远消失。今天看来,他们的作品虽不多,名气却很大,这既说明他们诗歌特色鲜明,引人注目,更说明他们并非单以诗名,而是一种崭新的人格散发出精神的魅力。就其传世的作品而言,和稍后的盛唐诗人相比,似乎成就也不大,他们的群体涌现却富有重要的诗史意义,即标志着一个全新的诗歌时代已经到来,他们追求自由洒脱的独立人格,热爱清新明丽的自然山水,注重直率朴实的艺术表达,确实是盛唐诗人的代表。

在中宗、睿宗那个时代,他们还属于边缘人,从江南一隅走进中原,他们并不完全具备盛唐诗人的特点,他们身上还带有旧时代和地域的色彩,从人格来说,慷慨进取的精神尚还欠缺一点;就诗歌而言,他们的诗歌在题材、体裁方面尚没有形成明显的特色,而这些正是即将到来的盛唐诗人发挥才干的地方。

第六章　愁因薄暮起　兴是清秋发

——盛唐山水田园诗派

一、"盛唐之音"的和谐与变奏

盛唐是唐诗全面繁荣的时期,名家辈出,佳作如云。在陶醉于盛唐诗歌之美、进行审美欣赏的同时,历来的学者都试图对盛唐诗歌作综合把握,对其总体特征、繁荣原因做出准确的理论说明。"理论是灰色的,而生命之树常青",对于丰富多样的现实,任何理论或解释都未免是跛足的,它们只能说明某一内容或特点,难免存在着局限性。这样,围绕着盛唐诗歌,也就是围绕着不同的认识,从古到今便展开各种各样的争论,盛唐诗歌的群体与流派划分便是其中重要的争论之一。盛唐诗坛群星闪耀,各具风采,但是,他们毕竟都生活于同一时代、同一政治与文化环境之中,学者们不仅将盛唐诗人划出"正宗""大家""名家""羽翼"(明人高棅《唐诗品汇》)诸等级进行价值判断,而且,由于盛唐诗人在表面看来各不相同的个性之中也具有某些共同的诗歌素质或风貌,后代人便试图用归类的眼光来划分诗人及其作品。例如李白、杜甫殁后不久,在大历时期就出现合称,而宋人则将"王孟""高岑"分别予以合称(胡震亨《唐音癸签》卷三八《谈丛四》),后来者将山水田园和边塞两类题材理解为王(维)孟(浩然)与高(适)岑(参)的创作特色。由此可见,古代虽没有使用"诗派"称呼之,这种合称本身包含着根据题材进行流派分类的思想,现代学者方才以"诗派"称之,胡云翼在20世纪20年代出版的《唐代的战争文学》①就标出"边塞一派",这种观点在后来出版的文学史著作中得到广泛沿用。20世纪80年代中期以来才出现反对声且颇不小,反对者一个很重要的理由就是,盛唐时期任何一个稍有成就的诗人,其创作都非常丰富,既有山水田园题材,也有边塞题材,还有其他题材,因此很难根据题材将他们划分为两大群体或流派,最典型的例子就是王维。王维除了创作大量山水田园诗之外,还写了不少边塞题材的诗歌,成就都很高,在盛唐边塞诗中也占有一席之地。所以,由袁行霈先生主编的《中国文学史》②虽然依旧使用"诗人群"和"风格群体",但主要着眼于"诗歌之美"的三种形态或风格差异即"静逸明秀之美""清刚劲健之美""慷慨奇伟之美",以综合把握和描述除了李、杜之外的盛唐诗人及其创作特征。我们认为,这种说法确有一定的合理性,却并不能因此否定流派视点的合理性,其中一个关键的问题是我们怎样理解流派这一概念,明确这点之后,再看看盛唐诗歌中是否存在这样的流派现象。

在文学史上,无论创作实践还是理论主张,文学流派的观念诞生得都较迟,比较来说,理论上的自觉更是在创作充分发展之后,一旦人们对流派自觉之后,即流派的观念一出现,它对文学创作的影响就非常显著,作家们往往有一种自觉的门派意识,在具体的创作上当然有直接的表现,如题材的一致、主题的近似、审美趣味的接近等甚至都可能影响作家的人际交往,同一流派的作家交往频繁,社会活动经常在一起,他们的社会影响越出文学领域,似乎是社会文化政治集团,而由于社会的发展和进步、人际关系日益复杂,在现代,有些文学流派甚至和政治倾向联系在一起,文学反而退居其次,变成他们互相联系的纽带,成为服务某种政治目的的工具。由此可见,文学上的流派现象经历一个历史发展的过程,在历史发展的不同阶段,流派的表

---

① 胡云翼:《唐代的战争文学》,上海商务印书馆,1927年。
② 袁行霈:《中国文学史》,高等教育出版社,1999年。

现形态并不一样,显然,我们不应该以今律古。初期的文学流派,往往是由于作家生活的接近(同一地理空间乃至同一社会阶层或同一社会背景),而无意识地导致他们形成相似的艺术观念、审美趣味以及相似的题材甚至相似的风格,在今天看来,这种近似性具有流派的意义,盛唐诗歌流派即是如此。盛唐诗人尚没有产生自觉的流派意识,他们都有幸生活于盛唐这一时代,时代的精神和时代的生活使得他们特别关注自然山水和大漠边塞,这两种题材受到诗人的普遍爱好。尽管就具体诗人的创作而言,具有多样性,但毕竟每个人的生活范围相对稳定,那么,其创作必然有一个主导倾向。所以,尽管盛唐诗人的创作在题材以及在作品的精神气质方面存在交叉、一致的现象,但大致还是可以划分为两大流派,一个就是山水田园诗派,一个就是边塞诗派。诗歌题材和审美趣味的一致,反映出人生观念的某种一致,这正是人们常说的互为知音、臭味相投。既然如此,作为同一诗派的诗人自然日常交往要更多一些。因此,我们此处所说的诗派,以作品的题材以及渗透其中的审美趣味为主要标准,同时也适当兼顾作家之间的交往和社会活动。

题材是划分诗派的重要参照,但题材的近似毕竟是表层次的,还要考虑作品精神气质的一致性。同样的题材,其中渗透的文化精神可能不完全一样。比如,同样是山水风光,山水田园诗派诗人笔下自然以此为主,而边塞诗人笔下的边塞风光虽也是一种山水自然,但其中表现的主体精神和审美形态就大不相同。如王之涣的名作《凉州词》:"黄河远上白云间,一片孤城万仞山。羌笛何须怨杨柳,春风不度玉门关。"这首诗后两句当然直接表达边塞情思。前两句描写山水的奇异壮美,其中渗透的精神仍然不同于一般的山水诗。它不仅描写边关景象,所表现的作者的心态也不同,没有陶醉,也没有隐逸其中的向往。作者是以一种惊诧莫名的眼光来打量、审视这边关风景,充满着一种慷慨激昂之气,景象雄奇壮美,诗人的心灵也充满不平和力量,这和一般的山水田园诗主客体相处和谐、情与景交融互渗的宁静优美大不相同。

盛唐是作为古代作家主体的寒族地主文人主体性灵充分张扬的时代,

既呼唤天才,也产生着天才;时代孕育了他们,他们也装点了时代。李白、杜甫就活跃于开元天宝时期,他们才气纵横,大气磅礴,卓绝超世,他们空前绝后的艺术创造力使得其诗歌远远突破一时一代、一宗一派的藩篱和拘囿。他们的诗歌虽有与时人相同之处,比如他们也创作了山水田园诗和边塞诗,但即便如此,其山水田园诗和边塞诗也与一般作者的精神气度大不相同。他们的独创精神、开拓精神和艺术成就反而影响着各种诗派,甚至被某些诗派奉为精神偶像,被后来各种诗派视作源头。

二、山水、田园的文化意蕴

文学的发展脱离不了政治和社会生活的影响作用,这种文学意义上的题材和审美趣味及其分类,其实都包含社会政治和文化的双重意义,就如近体诗的形成不完全是一个文学过程一样。考察盛唐诗歌流派,必须从考察盛唐文人的社会生活和人生价值观念入手。

李白是盛唐诗人崇拜的偶像,也是盛唐文化精神的缩影。他自负狂傲,脱略凡庸,轻视权贵,"天子呼来不上船,自称臣是酒中仙"(杜甫《饮中八仙歌》),"安能摧眉折腰事权贵,使我不得开心颜"(李白《梦游天姥吟留别》)。这种狂傲,一方面来自独立自由的人格,更来自对才高八斗的自信、自负。在《代寿山答孟少府移文书》中自述政治理想说:"奋其智能,愿为辅弼,使寰区大定,海县清一",渴望大有作为。在求仕的道路上,他也摒弃平凡的做法,不参加科举考试,而是漫游天下,结交善士,平交王侯,终于引起唐玄宗的注意,玄宗降旨拔用。文学才能不等于政治智慧,个性自由也与官场的尔虞我诈相冲突,政坛的污浊嘲弄着理想的纯洁,李白终于被一代圣明天子唐玄宗"赐金放还",被体面地打发出带给他希望也带给他失望和痛苦的宫廷、权力中心。从此,他恢复了游历名山大川的习惯,继续享受山水自然的淳美,抚慰受伤的心灵,寻找精神的慰藉,消释尘世奔竞的苦恼。

李白是一个典型的个案,从他的经历可见,中国古代士人始终面对的

"仕"与"隐"的矛盾,即使在号称盛世的唐代也不可能真正得到解决,所谓盛世只不过采取某些相对开明的措施,比如科举制的推行等,从而使广大士人对社会抱以更高的热情而已;当他们以十分的自信参与政治生活的时候,他们遭到的打击将更大,并最终强化他们回归自我的倾向。他们的心灵便在歌唱理想、追求进取、奉献社会与独善其身、享受生活、全身养性之间徘徊、挣扎。从某种意义上说,立功边塞或歌咏边塞风光,是他们前一种人生价值观念指导下的生活,而息影田园、徜徉山水则是他们后一种人生态度的表现。

田园、山水在魏晋南北朝时期就已经进入人们的审美视野,并发育成独立的诗歌题材,展现于作家笔端,晋末宋初的陶渊明和谢灵运分别做出开创性的贡献,不过,二者的文化精神并不一致。当陶渊明面临高洁自由的人生理想与污浊黑暗的社会现实之间的巨大矛盾时,他绝不苟求富贵"为五斗米而折腰",果断地弃官归隐。他带着"久在樊笼里,复得返自然"(《归园田居》其一)的欣喜心情,回归田园,躬耕陇亩。他从追求精神自由、顺乎人性自然的哲学高度和理想化的角度,审视、表现、刻画田园风光、田园生活,田园不是一个普通农民劳作的地方,而是陶渊明的精神栖息地,田园在他的笔下充满着恬美静穆,可以游览、登临,可以酌酒、读书,可以高卧北窗做"羲皇上人",可以浊酒一杯与邻曲抵谈至夕。即使体力劳动,也一样具有诗意:"种豆南山下,草盛豆苗稀。晨兴理荒秽,带月荷锄归。道狭草木长,夕露沾我衣。衣沾不足惜,但使愿无违。"(《归园田居》其三)体力劳动本来为士大夫所轻视,可在诗人眼里却充满诗意,原因在于诗人在这里的生活自由、宁静、纯洁,远离市井的喧嚣,告别官场的尔虞我诈,不必蝇营狗苟,完全随性而行,自由自在。追求个性自由的思想在先秦老庄道家的论述中就已得到充分的表述,汉代魏晋时期的隐居就以此为精神内核,陶渊明不仅以身践之,还把田园发展成审美对象与艺术题材。谢灵运则把山水发展成独立的诗歌题材。他生活于晋宋易代之际,自负才华过人,不甘于家族势力的衰落,无以展其志,于是,跋山涉水,肆意遨游,尽情游览名山大川,享受生命的乐趣。

他用细腻的写实笔触,精心地描摹自然山水的空灵与优美。《登池上楼》诗云"池塘生春草,园柳变鸣禽",冬去春来,大自然生生不息,这种等闲之景在诗人心头引起的却是生活是如此美好的兴奋感。《登江中孤屿》诗:"乱流趋正绝,孤屿媚中川。云日相辉映,空水共澄鲜。"平静的山水在诗人眼里是那么生动,似乎具有生命。如果说陶渊明表现的是他心中的田园,谢灵运再现的则是其眼中的山水,二者又有相通之处,都受到魏晋玄学思潮的影响,前者高扬的是个人的精神自由,后者崇尚的是个人的感性享受。

山水、田园诗歌经过几百年的发展,在盛唐的社会背景下繁荣起来,山水与田园两种题材趋向融合。盛唐政治的稳定、经济的繁荣、疆域的辽阔,以及由此带来的士人生活的富足、生活范围的空前扩大,是盛唐山水田园诗歌出现的外在社会物质基础。盛唐士大夫阶层大多拥有自己的庄园、"别业",有山有水,有田有居,丰衣足食,他们或在为政之暇,进而偃仰其间可平抚身体的劳累,或在官场失意之后,退而与世无争以抚平心灵的创伤。唐代士人中还流行漫游之风,大江南北,长城内外,甚至西域边关,都是他们踏足之地,这样既开阔视野,以广见闻,又广交天下英杰,以邀取名誉,此所谓终南捷径。唐代没有一家独尊之限制,儒、道、释三教并存,兼容并包,思想活跃,人们拥有一定的个性发展空间。广大士人对人格自由的强烈自觉与追求,则使他们唾弃齐梁以来的淫艳之美,发现自然的清丽,爱好自然的淳美,他们在大自然里同时栖息着身与心。他们或者欣赏山水风光,或者隐居于田园,既享受着盛世的安闲,也享受着精神的自由,又时不时在心中泛起一阵被边缘化而引起的落寞、忧郁或感伤。因此,盛唐田园诗既表现了山水之美和感性人生的享受,又表现了盛唐人对自由、高尚人格的追求。

对山水之美的表现,李白、杜甫无疑称雄。李白"五岳寻仙不辞远,一生好入名山游"(《庐山谣寄卢侍御虚舟》),他大量吟咏自然山水的诗歌就是他一生漫游的记录,从蜀中到荆楚吴越,从关中到齐鲁,从匡庐美景到吴越风情,每处多姿多彩的风物无不入其笔端。其《庐山谣寄卢侍御虚舟》诗云:

诗国花开
——唐诗美感的流变

登高壮观天地间，大江茫茫去不还。
黄云万里动风色，白波九道流雪山。

庐山高图（明·沈周）

俯仰天地的气势正是李白人格与风格的独特标志。李白独爱那种气势壮美的景物,《蜀道难》描写蜀道的险峻突兀,幽深崎岖;《望庐山瀑布》则表现庐山的磊落清壮;即使是优美的吴越山水也被他写得迷离彷徨,幽深莫测。李白写得最多的还是黄河,黄河那气吞万里的气势只有在李白的笔下才得到丰富而确切的表现:"君不见,黄河之水天上来,奔流到海不复回!""黄河西来决昆仑,咆哮万里触龙门!"特别是《西岳云台歌送丹丘子》:

水图(局部)(宋·马远)

西岳峥嵘何壮哉! 黄河如丝天际来!
黄河万里触山动,盘涡毂转秦地雷!
荣光休气纷五彩,千年一清圣人在!
巨灵咆哮擘两山,洪波喷箭射东海!

伟大的抱负,自信的性格,壮阔的胸襟,非凡的想象,和长河巨浪、五岳

摩天融为一体,水乳交融,元气淋漓,气势逼人！即使是普通的山水,在李白的眼中也呈现出雄奇的气质,如李白刻画长江岸边的两座夹江而立的天门山(《望天门山》):

> 天门中断楚江开,碧水东流至此回。
> 两岸青山相对出,孤帆一片日边来。

李白发挥他的艺术创造力,酣畅淋漓地呈现出一种雄奇的自然美。诗中的天门山既是自然的天门山,也是李白心中的天门山,是李白艺术加工的结果,亦实亦虚,亦真亦幻,境界阔大,增加了景物描写的内涵与魅力。天门山其实是静止的两座山,隔江对立而已,可是,李白化静为动,采用动态的视角进行呈现,他既想象地刻画出天门山的形成过程,也客观地展示自己坐船观察天门山的过程。在诗人笔下,天门山本来是关闭着的一堵高耸入云的大门,可是,江水急湍不断冲刷,某日大门轰然一声从中断开,两座山拔地而起,巍然耸立,从此江水得以浩荡奔流,夕阳下江上孤帆流动,一片宁静。诗人舟行江上,顺流而下,远处的天门两山似乎是扑面而来,显现出愈来愈清晰的身姿。因此,我们看到,这首诗不是单纯地刻画天门山的自然静态形象,而是动态地表现天门山的雄奇之壮美,非常生动、形象、有趣。李白的想象奇特,他将静态想象为动态,将现时想象为过去,而且将人间想象为天上,将无生命想象为有生命。诗歌的首句两个字"天门"是夸张,是表现天门山之高,这也是身为"谪仙人"的诗人发挥他出人意表的想象力,将天门山这一现场想象为"天"之"门"——从这里可以到天上仙界。因为这门已经属于天上,所以,江上一片孤帆在夕阳中从水天相接处飘逸而来,正似乎擦着太阳——太阳在天上,小舟自然也在天上！从首句的"天门"到尾句的"日边",意味着作者将天门山风景想象成非人间的天上的情景,这两个意象构成全诗所刻画景象的内在的统一性和完整性,也正是在这个背景上,中间两句所呈现的"门开""山出"这两个细节,呈现了天门山的形成过程——正是这种想象及其细节,才赋予全诗的描写具有一种神奇、神秘的非写实的超越之美,具有一种脱俗的纯真之趣!

壮阔的山水而非世俗的官场乃至社会,才是李白精神自由的大地。且看其《陪侍郎叔游洞庭醉后》诗句:

潇湘图(五代·董源)

划却君山好,平铺湘水流。

巴陵无限酒,醉杀洞庭秋。

世俗岂能容得下李白那自由的个性?"划却君山好,平铺湘水流"的牢骚展示出诗人不受世俗拘束的天真、自然的个性。

当李白独坐在敬亭山上,孤独地吟唱道《独坐敬亭山》:

众鸟高飞尽,孤云独去闲。

相看两不厌,唯有敬亭山。

那孤独的远云是他的朋友,也是他的化身。当李白淡漠红尘仕宦,山水更是他心灵的慰藉:"有时白云起,天际自舒卷。心中与之然,托兴每不浅。"(《望终南山寄紫阁隐者》)"长风破浪会有时,直挂云帆济沧海。"(《行路难》)"常时饮酒逐风景,壮心遂与功名疏。"(《赠从弟南平太守之遥》)

诗国花开
——唐诗美感的流变

秋亭佳树图（元·倪瓒）

壁立千仞的华山，奔腾咆哮的黄河，表现了李白性格中的喜怒哀乐与躁动不安，那么，月亮就是他宁静性格的最好写照。据日本学者松浦友久统计，"在李白的作品中，以某种形式吟咏月亮的，差不多占全部作品的四分之一。"①在大千世界所有的自然景物中，李白对明月情有独钟。且看《把酒问月》：

青天有月来几时？我今停杯一问之。
人攀明月不可得，月行却与人相随。
皎如飞镜临丹阙，绿烟灭尽清辉发。
但见宵从海上来，宁知晓向云间没。
白兔捣药秋复春，嫦娥孤栖与谁邻？
今人不见古时月，今月曾经照古人。
古人今人若流水，共看明月皆如此。
唯愿当歌对酒时，月光长照金樽里。

月亮是宇宙永恒的象征，也是人生短暂的见证，自然成为李白生命思考的对象。月亮是清澈温润而又永远孤独的，这和孤独的诗人互为知音。《月下独酌四首》(其一)说：

① 松浦友久著、张守惠译《李白——诗歌及其内在心象》，陕西人民出版社，1983年，第37页。

花间一壶酒，独酌无相亲。

举杯邀明月，对影成三人。

月既不解饮，影徒随我身。

暂伴月将影，行乐须及春。

我歌月徘徊，我舞影零乱。

醒时同交欢，醉后各分散。

永结无情游，相期邈云汉。

孤清的明月不就是李白高洁人格的孤独的写照吗？

强烈的生活激情、出人意表的夸张和想象，使得李白诗歌中的山水自然呈现出独特的魅力。

杜甫不以山水诗名家，却和李白一样，一生也十分喜爱游历山水。早年他曾经"放荡齐赵间，裘马颇轻狂"（《壮游》），还东下吴越，流连忘返；中年、晚年辗转漂泊之时，也没有放弃追寻山水之美、寻幽访胜的习惯，他说过："江山如有待，花柳更无私。"（《后游》）他也创作了很多山水诗。杜甫和其他诗人一样，他绝不单纯地表现山水景物本身的美丽，而习惯将情感与景物融为一体，既表现景物，又抒发感情。

雨余烟树图（南宋·夏圭）

杜甫在蜀中时期避居草堂，乱中取静，享受到一段时间难得的宁静生活，他将田园生活与山水游览进行有机的融合。《春归》诗云：

苔径临江竹，茅檐覆地花。

别来频甲子，归到忽春华。

倚杖看孤石，倾壶就浅沙。

远鸥浮水静，轻燕受风斜。

世路虽多梗，吾生亦有涯。

此身醒复醉，乘兴即为家。

诗人命运多舛，不幸身逢乱世，他不再有驰骋天地的自由追求和理想抱负，而是以现实的宁静生活为理想，他将家常生活与身边景物诗意化。又如其著名的《绝句四首》(之一)云：

两个黄鹂鸣翠柳，一行白鹭上青天。

窗含西岭千秋雪，门泊东吴万里船。

柳溪春色图(宋·佚名)

黄鹂鸣翠柳、白鹭上青天之可喜,正是宁静、和平生活的写照。

杜甫亲身经历安史之乱,饱尝人生苦难,"感时花溅泪,恨别鸟惊心"(《春望》),以我观物,他所喜爱的景物沧桑并带有悲凉的色彩。如《登楼》:

> 花近高楼伤客心,万方多难此登临。
> 锦江春色来天地,玉垒浮云变古今。
> 北极朝廷终不改,西山寇盗莫相侵。
> 可怜后主还祠庙,日暮聊为梁甫吟。

对于忧国忧民的诗人,美丽的风景也能触动他悲伤的情怀。

最能显示杜甫性情与山水诗特色的还是《秋兴八首》和《登高》,秋天的萧条与肃杀更能感染诗人,后诗云:

> 风急天高猿啸哀,渚清沙白鸟飞回。
> 无边落木萧萧下,不尽长江滚滚来。
> 万里悲秋常作客,百年多病独登台。
> 艰难苦恨繁霜鬓,潦倒新停浊酒杯。

长江万里长卷(局部)(明·吴伟)

从宋玉以来,秋色秋景就受到诗人们的偏爱,可将秋意表现得如此动荡、如此萧瑟、如此富有神韵,可谓"前无古人,后无来者"！秋意的浩荡,与诗人遭遇的不幸、心境的沧桑,情景完全水乳交融,诗人将自己的生命忧患感受全部化为长江三峡江流的奔腾浩荡,化为铺天盖地而来的苍茫秋色。无论是秋色的表现、诗艺的创造还是情感的抒发,这首诗都属于中国诗歌史上咏秋的永恒杰作。

即使是春花烂漫的风景,在杜甫的眼里也是那么悲凉,如《江南逢李龟年》:

岐王宅里寻常见,崔九堂前几度闻。

最是江南好风景,落花时节又逢君。

落英缤纷应该是风景最美的时候,也是中古诗人最喜爱的春色,可是,在辗转漂泊的诗人眼里,却代表着美好事物无可奈何的消失,是盛世的飘零,是岁月蹉跎的象征。从这首诗我们可以看到诗人对自然风景的敏感,也看到伤春传统的生成。

受到道家传统思想深深影响的李白,是一个非常自我的诗人,追求个性自由,渴望自我实现。杜甫则关怀天下,忧国忧民,这是儒家传统思想在唐王朝极盛而衰的社会现实状况下焕发的结果。他们那鲜明突出的文化个性,是盛唐时代孕育的结果,又超越盛唐。李、杜这样的吞吐古今、地负海涵、壮浪纵恣的精神境界,绝非当时一般诗人可比,同样是山水田园题材,盛唐一般山水田园诗歌的意蕴与风格和李、杜之作相比就大不相同,李、杜显然不能被视为这一诗派的诗人。

在"开元盛世"和"盛唐之音"以及盛唐山水田园诗派的形成过程中,政治家张九龄的贡献无疑至为关键。在文学上他不仅提携一大批诗人,而且以其创作促进盛唐诗风的到来。张九龄具有正直高尚的人格和"动为苍生谋"的抱负、胆识以及才干,他的仕途也充满波折,他宁折不弯,影响所及。

他抛弃初唐宫廷诗人以文为戏的创作态度和淫艳、雕琢的创作传统,继承陈子昂诗歌的革新思想,恢复诗歌的"风骨",通过山水的引入,使得诗歌风格澄清疏朗起来。清人王士禛说:"夺魏晋之风骨,变梁陈之徘优,陈伯玉之力最大,曲江公继之,太白又继之。"(《古诗选·凡例》)由此可见张九龄的诗史地位。

其实,就具体的诗史贡献而言,张九龄直接开创盛唐山水田园诗派。胡应麟说:"张子寿首创清澹之派。盛唐继起,孟浩然、王维、储光羲、常建、韦应物,本曲江之清澹,而益以风神者也。"(《诗薮·内编》卷二)他直接提携王维,孟浩然与他也有过亲密无间的过往。如《自湘水南行》:

> 落日催行舫,逶迤洲渚间。
> 虽云有物役,乘此更休闲。
> 暝色生前浦,清晖发近山。
> 中流澹容与,唯爱鸟飞还。

明人邢昉云:"闲澹悠远,王、孟一派,曲江开之。"(《唐风定》卷十二)

张九龄生活在诗风大转折时期,他没有像陈子昂那样,为了提倡"汉魏风骨"而将六朝以来的艺术成就完全抛弃,他的诗有寄托又不失形象性。如《感遇》第一、第七首:

> 兰叶春葳蕤,桂华秋皎洁。
> 欣欣此生意,自尔为佳节。
> 谁知林栖者,闻风坐相悦。
> 草木有本心,何求美人折?
>
> 江南有丹橘,经冬犹绿林。
> 岂伊地气暖,自有岁寒心。

可以荐嘉客,奈何阻重深。

运命唯所遇,循环不可寻。

徒言树桃李,此木岂无阴?

诗歌中比兴艺术手法的使用显示出其与陈子昂《感遇》诗的一致,二者又同样受屈原楚辞的影响。陈子昂的诗感情激烈,语言比较质直,模仿前人的痕迹较重,而张九龄诗则"语言圆润清新,风格温压醇厚,寄托大多不着痕迹,不露圭角" [1]。清人沈德潜说:"正字古奥,曲江蕴藉。"(《唐诗别裁集》)显然,这是时代的差异,这种差异也表明张九龄对六朝以来重视诗歌艺术这一传统的批判吸收与借鉴。

由于时代因素的影响,山水田园诗是盛唐诗歌中非常普遍的题材,盛唐诗人中,无人没有山水诗,无人没有田园诗。每一个诗人都有其主要用力所在,从诗派的角度看,张九龄是盛唐山水田园诗的创始人,王维、孟浩然则为冠冕,同时,还有常建、储光羲、刘慎虚、綦毋潜、阎防、卢象、丘为、裴迪、崔兴宗、张子容等。他们或者通过彼此的交往而有意识地学习,或者有着相同的生活经历而臭味相投,在诗歌创作上都不自觉地偏爱山水田园,形成一个以擅长描写山水田园为特色的诗人群体。

三、田园的宁静与动荡

孟浩然(689—740)是一个纯粹的诗人,他是盛唐第一位形成个人风格的诗人,被盛唐其他诗人视为隐逸诗人。孟浩然除了晚年在张九龄幕中做过短期的幕僚之外,一生主要在乡居和游历中度过。他年轻时隐居于家乡襄阳山中,游山玩水,同时,以亚圣孟子为榜样,苦读诗书,释难解纷,以建立名誉,为出仕做准备。开元年间,孟浩然先后两次满怀信心来到京洛参加考

---

[1] 乔象锺、陈铁民:《唐代文学史》上册,人民文学出版社,1995年,第270页。

试，竟然都名落孙山，但他的朗朗风神却给世人留下深刻印象，在秘书省以"微云淡河汉，疏雨滴梧桐"诗句名动京师，与京城诗人如张九龄、王维、王昌龄等结下深情厚谊。孟浩然自京归乡时，有《留别王维》诗："寂寂竟何待，朝朝空自归。欲寻芳草去，惜与故人违。当路谁相假，知音世所稀。只应守寂寞，还掩故园扉。"无功而返，流露出极度的失望，以及与王维的深情厚谊，表达回归田园的无可奈何。孟浩然告别了科举考试，却也走出襄阳一隅，广泛游历，足迹遍及吴越、岭南和长江沿岸的广大地区。

科场失利在孟浩然的心理上造成终生的阴影，不过，从总体来看，他的心情还很平静、超脱，他更像是一个盛世隐士。政局稳定，生活上衣食不愁。他随性而行，与同好交往，到处游历，饱览山河秀色。宋人葛立方《韵语阳秋》记载，王维曾经为孟浩然画像，同代人张洎评论说："观右丞笔迹，穷极神妙。襄阳之状，颀而长，峭而瘦，衣白袍，靴帽重戴，乘款段马，一童总角，提书笈、负琴而从。风仪落落，凛然如生。"孟浩然长相确有大丈夫气，豪气凛然，胸气浩然，有一种超然物外之风神，所以，李白赞美说："吾爱孟夫子，风流天下闻。红颜弃轩冕，白首卧松云"（《赠孟浩然》）。

孟浩然的诗描写田园的宁静、生活的富足、盛世的安闲。如《过故人庄》：

> 故人具鸡黍，邀我至田家。

桃花源图（明·周臣）

绿树村边合,青山郭外斜。

开轩面场圃,把酒话桑麻。

待到重阳日,还来就菊花。

　　这是一次普通的对朋友的访问,生活朴素而又富足,环境单纯而又优美,朋友相交随意却又深情,不拘礼俗却非常周到、醇厚。作者如实写来,没有任何评论点染却意韵悠长。

　　又如《秋登兰山寄张五》:

雪堂客话图(南宋·夏圭)

北山白云里,隐者自怡悦。

相望试登高,心随雁飞灭。

愁因薄暮起,兴是清秋发。

时见归村人，沙行渡头歇。

天边树若荠，江畔舟如月。

何当载酒来，共醉重阳节。

我们姑且把这首诗当成一封邀友相聚的书简。作者自称隐者:我住在白云缭绕的北山里，心情很好。我想念你的时候，就站到高处，遥望着你那个方向。鸟儿飞过，我的心就随着鸟儿一直飞呀飞，飞到看不见，飞到你的身边。一天将尽，顿起我的愁绪;秋高气爽，又引起我的兴奋之情。这时，只见晚归的人们正在岸边，待渡口暮色沉沉，岸边的树影越来越小，而江上的小舟形如弯月。你什么时候也从这江上乘船载着酒来，我们一起共度重阳佳节、一醉方休呢? ——这首诗明白如话，没有刻意地雕琢和华丽的字句，它的诗意在哪里呢? 就在这生活本身。不需要灯红酒绿，不需要高官厚禄，平常的景象，悠闲的生活，却诗意盎然。为什么? 因为衣食不愁，自在;因为绝无干扰，自由。这无疑要得益于盛世之盛，同时，诗人也有一颗自足、纯洁的心灵，他爱自由甚于富贵，爱清净甚于热闹，重精神超过重物质。

孟浩然的田园诗追求整体的意境，不刻意描写某种事物，只是淡笔勾勒，似乎只是将自己的生活体验如实写出而已。如名作《春晓》:

春眠不觉晓，处处闻啼鸟。

夜来风雨声，花落知多少?

诗歌写的是每个人春天某一个早晨都有过的经验。春睡宜迟，但兴奋的鸟儿叽叽喳喳地鸣叫，唤醒诗人。诗人不免下意识地自问:昨夜的风雨不知又摧落多少花儿呢? 春来花开，鸟鸣啁啾，风雨无意，可见诗人

薇亭小憩图(宋·赵大亨)

诗国花开
——唐诗美感的流变

步溪图（明·唐寅）

的生活是多么稳定舒适，诗人不仅在享受着这种生活，而且在仔细体味、享受生活的美好。诗人这种生活有着盛世的影子，而能欣赏落花之美，正见盛唐诗人情趣之高雅。唐末诗人皮日休在《郢州孟亭记》里说浩然的诗："遇景入咏，不拘奇抉异，令龌龊束人口者，涵涵然有干霄之兴，若公输氏当巧而不巧者也。"现代诗人闻一多说："淡到看不见诗了，才是真正的孟浩然，不，说是孟浩然的诗，倒不如说是诗的孟浩然，更为准确。在许多旁人，诗是人的精华，在孟浩然，诗纵非人的糟粕，也是人的剩余。在最后这首诗（指《万山潭》诗）里，孟浩然几曾做过诗？他只是谈话而已。甚至最要紧的还不是那些话，而是谈话人的那副'风神散朗'的姿态。"（《唐诗杂论·孟浩然》）

孟浩然有时也不免落寞，在他的诗中能看到他高尚其志的情绪。如《夜归鹿门歌》：

山寺钟鸣昼已昏，渔梁渡头争渡喧。
人随沙岸向江村，余亦乘舟归鹿门。
鹿门月照开烟树，忽到庞公栖隐处。
岩扉松径长寂寥，惟有幽人自来去。

人们在渔梁渡头争渡而起喧嚣,而诗人则独自一人回归鹿门,显示诗人的超然、不合流俗。诗人的知音不是争渡的俗人,而是庞德公。尽管庞德公已不在人世,但诗人似乎从岩扉松径感到他的存在。

有时,他的山水田园诗中甚至出现悲凉慷慨之气。《与诸子登岘山》诗云:

> 人事有代谢,往来成古今。
> 江山留胜迹,我辈复登临。
> 水落鱼梁浅,天寒梦泽深。
> 羊公碑尚在,读罢泪沾襟。

羊公指西晋名将羊祜,他镇守襄阳时,常在风景佳日登览岘山,饮酒赋诗,感慨良多。他曾对随从说:"自有宇宙,便有此山。由来贤达胜士,登此远望,如我与卿者多矣,皆湮灭无闻,使人悲伤。如百岁后有知,魂魄犹应登此也。"随从说:"公德冠四海,道嗣前哲,令闻令望必与此山俱传。"(《晋书·羊祜传》)羊祜卒后,襄阳人民为感念他的功德,便在岘山上为之立碑,岁时以祭。望其碑者莫不坠泪,杜预名之为坠泪碑。任何人可以不在乎个体与社会的矛盾,但却无法逃脱生与死的宿命,而作为个体意识非常强烈的知识分子,这两对矛盾在他们的心灵深处交织在一起,他们无法超越这种天人之际的问题。如果说,羊祜是悲伤人生有限而宇宙无穷,那么,孟浩然更多了一份感慨与焦虑:羊祜有所作为,身虽灭而精神不朽,但自己呢? 今之视昔,犹后之视今,自己尚无所作为,名随形灭,这不能不教他焦虑,难怪他一反常态,读碑而坠泪,难以自持。

《宿建德江》是他漫游吴越时的作品:

> 移舟泊烟渚,日暮客愁新。
> 野旷天低树,江清月近人。

观潮图（明·周臣）

景象比较灰暗、凄寒，而诗人的情绪弥漫着淡淡的忧伤，是客愁？是寂寞？总之不是达观和淡然。

尽管社会限制文人的个性自由，社会的黑暗也不能为文人所容忍，他们却还是无法离开社会，其生存离不开社会，精神也离不开社会，只有社会才给他们提供实现自我、永存精神的机会。孟浩然翩然南北，最终还是正式出仕为张九龄幕僚，这说明他心中仍然保存着积极用世的一面，其用世之心难灭。从某种意义上说，他那气格宏伟的山水诗就是以上心灵之音的外现。有趣的是，他的《望洞庭湖赠张丞相》（一作《临洞庭》）正好把这种心灵之音与山水的壮美统一在一起：

八月湖水平，涵虚混太清。
气蒸云梦泽，波撼岳阳城。
欲济无舟楫，端居耻圣明。
坐观垂钓者，徒有羡鱼情。

这是古代常见的干谒诗，即使从这一角度看，这首诗亦不失上乘，它的妙处在于即景即事，不粘不滞，由湖水写到舟楫，由垂钓引到汲引，非常自然，非常含蓄，但明眼人一眼就明白其干谒之意，这样既表达了意思，也照顾了双方的情面，有高超的传意技巧。清代纪昀就说："此襄阳求荐之作。前半望洞庭湖,后半赠张相公,只以望洞庭托意,不露干乞之痕。"(李庆甲《瀛奎律髓汇评》卷一)这种婉转表达的方式本身也说明孟浩然人格的伟岸,他不愿"露干乞之痕"。但是,这首诗的好处并不是教人如何体面地干谒。从中我们还看到,作者具有非凡的气魄和把握宏大壮美景象的笔力,前四句不仅表现了诗人的语言表现力,也是诗人开阔胸襟、非凡抱负的外现。他不会满足于一丘一壑的安闲,前四句对洞庭湖浩渺无际、波澜壮阔景象的描绘,暗含下句说的"圣明"之意,言下之意说,生在这样一个千帆竞发、风云际会的时代,自己也希望有所作为,从而才需要提拔,这样一说,请求汲引就绝无干乞之嫌。沈德潜说:"读此诗知襄阳非甘于隐遁者。"(《唐诗别裁集》卷九)此语不虚,但如果仅仅着眼于后四句,孟浩然还只是一个俗人,那还没有看到孟浩然人格的伟岸和志向的高远。

孟浩然的山水田园诗总体上还是以朴素宁静为主要特征,思想纯净,清雅冲淡,意境清新,体现盛唐诗人的一般品格,也表现盛唐诗歌的一般特征。孟浩然古体诗较多,而年龄稍后于他的王维近体诗就多了。

四、山水的恬淡与超越

仕与隐是古代士人面临的普遍矛盾,但同样是面对这对矛盾,每个人的经历、处境、思想不同,具体的表现也不一样。孟浩然终生在经受着仕进无门的苦闷,越到后来,他对于岁月飘忽却无所作为的焦虑就更加凝重,而王维则更多的面临官场倾轧、政治黑暗与个人自由、纯洁理想的尖锐冲突。开元十五年(727年),孟浩然京城科举不第,郁郁而返,王维写《送孟六归襄阳》:"杜门不复出,久与世情疏。以此为良策,劝君归旧庐。醉歌田舍酒,笑读故人书。好是一生事,无劳献子虚。"对孟浩然的回归故庐予以肯定,透露出王维的人生志趣,两人对科举不第的态度竟然相反。这当然是由于处境的不同所造成的。借用钱锺书先生《围城》的妙喻,孟浩然还在"城外",不知"城内"究竟,为不能顺利进入"城内"牢骚满腹,而王维早已在"城

内"，已经历过"城内"的风波曲折，虽不一定想完全出"城"，但他向往、怀念"城外"自由自在、与世无争的生活。

王维(701—761)多才多艺，诗名早播，精通音乐，还是丹青妙手。他少年得志，名声很早就在京城上流社会传播，出入王府，交接名流。开元九年(721年)，他登进士第，释褐为太乐丞，正式步入仕途。但是，官场险恶，不久因为某种原因，王维被贬出京城，到黄河下游的偏僻州县济州等地担任末等小吏。岁月荏苒，约在开元十七年(729年)，他才回到长安。开元二十三年(735年)，王维已过不惑之年，他有幸得到前一年(734年)升任宰相的张九龄的青睐，被引入阁僚，他也指望有一番大作为。但世事难料，口蜜腹剑、阴险毒辣的李林甫获得唐玄宗的信任，正直的张九龄第二年被贬，这对王维来说是更大的打击，善与恶、好与坏完全颠倒，从此，他的官越做越高，他却丧失进取之心，随遇而安，亦官亦隐，在山水田园中聚友赋诗，啸咏终日。尽管王维千方百计逃避是非，但他一生的不幸还没有到此为止：安史乱起，他逃避不及，被安史叛军抓至洛阳并迫授以伪职。唐肃宗收京后，问罪担任伪职人员，他因陷贼中曾赋诗表达对李唐王朝的忠心，再经其弟王缙主动降官为他赎罪，最后他并没有像其他人那样遭到惩戒，不过他对人世的是是非非却彻底淡漠，独对青灯，礼佛参禅，非此无以心安。

盛唐山水田园诗派诗人基本上都有隐逸的生活经历，而王维喜好山水与其他诗人有所不同。就他创作山水诗最多的时期而言，他主要受到盛唐时期开始流行的佛教禅宗的影响，换言之，同样是描写山水自然，除了表现傲世独立的精神品格和欣赏山水声色之外，还特别表现山水之禅意，正因为带着这样一种思想，才形成王维的山水诗特有的艺术风神。

佛教对王维的生活产生深刻影响。他家世奉佛，其母亲就是虔诚的佛教徒；后来在社会上经历的坎坎坷坷、看到的是是非非，更使他觉得万事皆空。在《叹白发》诗中，他痛苦地自诉："一生几许伤心事，不向空门何处销？"在徜徉山水自然的宁静、独对青灯经卷的孤寂之中，不幸的诗人似乎才销释精神的痛苦，获得心灵的安顿。《终南别业》：

中岁颇好道,晚家南山陲。
兴来每独往,胜事空自知。
行到水穷处,坐看云起时。
偶然值林叟,谈笑无还期。

踏歌图（南宋·马远）

诗人生活在一个人迹罕至的地方,没有达官贵人,只有樵夫,诗人却洒脱自如,表现出诗人孤寂却自足的生活情趣。

王维的生活经历比较复杂,既曾积极进取、干政入世,又有长期超然出世、隐居的生活体验,这使得他的诗歌内容非常丰富多样,既有现实性非常强的政治抒情诗、边塞诗以及其他现实性题材的诗歌,同时,又创作大量的山水田园诗。在诗史上,他以山水田园诗出名,创作清淡风格的诗歌,和孟浩然并称,开山水田园诗诗派。由于佛教对他思想行为的影响极深,他的山水田园诗整个的格调也大不同于孟浩然。且读《辋川闲居赠裴秀才迪》诗:

寒山转苍翠,秋水日潺湲。
倚杖柴门外,临风听暮蝉。
渡头余落日,墟里上孤烟。
复值接舆醉,狂歌五柳前。

裴迪是王维隐居终南山时的好友。五柳指田园诗的开拓者、晋末愤世嫉俗的陶渊明,陶渊明《五柳先生传》说:"先生不知何许人也,亦不详其姓字,宅

辋川闲居赠裴秀才迪（南宋·夏圭）

边有五柳树,因以为号焉。"魏晋时期,世家大族当权,重门第、重地望,而陶渊明自称五柳先生,表示自己甘贫乐道和对流俗的蔑视,绝不同流合污,以脱尘拔俗、高风亮节自诩。王维亦自称五柳先生,当然不像陶渊明那样敝屣富贵、轻视高门士族,不过,仍然保持批判世俗、高尚其志、重视精神自由的内涵。寒山苍翠,秋水潺湲,环境清新,诗人没有任何功利之心,他倚杖柴门,临风听蝉,静观落日,生活简单之至,却也愉快之至。《山居秋暝》:

> 空山新雨后,天气晚来秋。
> 明月松间照,清泉石上流。
> 竹喧归浣女,莲动下渔舟。
> 随意春芳歇,王孙自可留。

莲舟新月图(元·佚名)

秋雨过后,空气清新,月光更加柔和如水,而山上的泉水,流得潺潺作响。人们愉快地享受着这种宁静的生活,喧闹声由竹林外传来,原来是浣女回家;莲叶浮动,走近一看,原来是捕鱼船归来。作者仔细地品味着这里清新的空气、与世无争的生活乐趣。最后一联用《楚辞》典故,《招隐士》说:"王孙兮归来,山中兮不可久留!"作者反其意而用之,表达回归自然的愿望。

王维的山居生活是怎样的呢?且读其《山居即事》:

寂寞掩柴扉,苍茫时落晖。
鹤巢松树遍,人访荜门稀。

莲溪渔隐图(明·仇英)

　　嫩竹含新粉,红莲落故衣。
　　渡头烟火起,处处采菱归。

鹤巢松树,柴扉独掩,人迹罕至,这是诗人生活的环境;黄昏夕阳,暮色苍茫,一天将尽,又触动诗人的诗情。然而,诗人在寂寞的环境中,感到另一种生命的律动和充实:嫩竹正破土而出,红莲已然老去,新陈代谢,生生不息,而人们也在愉快地享受着等闲的生活,家中温暖的灯光已经点亮,采菱歌声还在天际回荡。这就是诗人的所看所想。诗人绝非心如枯井,他在寂寞的生活中感觉更加敏锐,他尽情体会自然的价值,发现自然的平淡和自足的乐趣。这样一种生活趣味完全打破宫廷诗人对声色的陶醉,甚至像"吴中四士"诗中那种愤世嫉俗的情绪也不再明显。思想纯洁了,心情平静了,这就是盛唐人的心态;语言淡雅,这就是典型的盛唐诗歌。

　　田园对王维来说不仅是超然世俗的空间,也是一个充满生机的世界。如下三首诗《春中田园作》:

　　屋上春鸠鸣,村边杏花白。
　　持斧伐远扬,荷锄觇泉脉。
　　归燕识故巢,旧人看新历。
　　临觞忽不御,惆怅远行客。

《积雨辋川庄作》:

　　积雨空林烟火迟,蒸藜炊黍饷东菑。
　　漠漠水田飞白鹭,阴阴夏木啭黄莺。
　　山中习静观朝槿,松下清斋折露葵。
　　野老与人争席罢,海鸥何事更相疑。

《山中》：

> 荆溪白石出，天寒红叶稀。
> 山路元无雨，空翠湿人衣。

色彩丰富艳丽，声音和谐动听，却没有那扭曲人心灵的风尘争斗。

这种生活环境并非诗人想象的产物，它有社会现实基础。盛唐时期政治相对稳定，经济比较繁荣，士大夫可以广占山水田园以为私家别墅，这样既有经济效益，又自成个人空间，在这里可以栖息偃仰，游山玩水。王维的辋川别业就在长安附近的终南山麓，依山傍水，风景秀丽。如《渭川田家》诗写道：

> 斜阳照墟落，穷巷牛羊归。
> 野老念牧童，倚杖候荆扉。
> 雉雊麦苗秀，蚕眠桑叶稀。
> 田夫荷锄至，相见语依依。
> 即此羡闲逸，怅然吟式微。

为徽王作山水（清·石涛）

像这样富足、悠闲的农村生活，不是作者的想象，而是其庄园的实际一角。

孟浩然只写田园生活的简单、朴素，而王维从中看到生机，这是一个声色俱美的世界。敝屣富贵并不等于生活枯寂，轻视世俗恰恰是为了更自由地放任精神，享受生命本真的丰富多彩。不必为了一些物质功利而限制自

渭川田家(宋·佚名)

己的行动、委屈自己的精神,从这个意义上说,王维对自然的态度更接近于谢灵运。这种对自然色彩的重视正是绘画所长。苏轼提出王维"诗中有画,画中有诗"的见解,王维是丹青妙手,画家观察视角和对色彩、造型的敏锐感受,自然影响其诗歌创作。我们还要考虑王维所受佛学的影响作用,佛家常说"一花一世界,一叶一如来",佛家并不彻底否定世界,只是要求人要摆脱七情六欲,摆脱世俗功利之心,把自己还原为一个和大自然一样的普通生命,此时再观察自然,那也是一个充满活力的灵动的世界。王维《辋川集》中的那些山水小诗,呈现的就是这样的生命境界。如《竹里馆》:

> 独坐幽篁里,弹琴复长啸。
> 深林人不知,明月来相照。

诗人独坐竹丛之中,他既弹琴,复又长啸,颇为自得。他孤寂吗?不,明月像人一样体贴,悄悄地穿越竹丛,洒下点点滴滴柔和的月光。再如《鸟鸣涧》写道:

> 人闲桂花落,夜静春山空。
> 月出惊山鸟,时鸣春涧中。

云壑观泉图(明·文徵明)

夜静人语绝,似乎万籁俱寂。大自然真的沉睡了吗? 不,桂花在悄悄地飘落,而月亮也悄悄地爬出山岭,已经栖息的鸟儿被这黑暗乍明的变化惊醒,纷纷出巢,在潺潺出声的溪流上空鸣叫不已。《辛夷坞》诗写道:

辛夷(清·八大山人)

> 木末芙蓉花,山中发红萼。
> 涧户寂无人,纷纷开且落。

花开花落,没有意识,也不需要人的欣赏,一切顺从自然,却又自足、充实,富有生机。《过香积寺》:

> 不知香积寺,数里入云峰。
> 古木无人径,深山何处钟。
> 泉声咽危石,日色冷青松。
> 薄暮空潭曲,安禅制毒龙。

他把周围的环境表现得极富禅趣,意境幽妙,禅意盎然。

王维的山水诗并不是要人脱离世界,而是要人以超然的眼光反观生活,发现世界超然的乐趣、宁静的美好、自足的充实,这对人摆脱世俗的烦恼、平静躁动的心灵,无疑大有好处。何况人生在世,有一些追求利己损人,有一些欲念既损人也不利己,更多的是欲念不切实际,抛弃这些欲念,超越它们带来的烦恼,对维持整个世界的平衡也是积极的。人生在世有很多困难,甚至有很多痛苦,这种达观也是保持乐观心态所必需的。从本质上来说,人之一生,确实如同草木之一秋,谁也无法超越大自然生生死死的规律,大自然的有情在于,通过万物的生生死死保持世界的无穷活力,而对个体却是无情的,谁能超越生死大限?近代学者梁启超就说过,要以出仕的精神从事入仕的事业。王维在这些诗中表达的人生哲学,其负面性比较明显,他在政治上遭遇挫折,不敢反抗,便以消除是非之心来麻木自己,用退让、逍遥的态度自娱自乐。王维说过,"苟身心相离,理事俱如,则何往而不适?"(《与魏居士书》)

树色平远图(北宋·郭熙)

王维也有一些山水诗大气磅礴、气势雄伟,表现大好河山的壮美雄奇。如《汉江临泛》:

楚塞三湘接,荆门九派通。

江流天地外,山色有无中。

郡邑浮前浦,波澜动远空。

襄阳好风日，留醉与山翁。

　　汉江在江汉平原上，长江上游的来水以及三湘之水都汇聚于此再下泻奔流东去，自古号称"水泽之国"。起笔一联，就简约传神地概括这样的印象。又因为身在船上，人贴近水面，他从一个很低的视角观察过去，周围的一切都被放大，一片水泽，天水相连，远方的城市如浮在水面上，水汽氤氲，远山黛色若有若无。面对这样一片河山，王维从大处着墨，显示了胸襟之开阔，而视角的选择，又让我们看到他身为画家在构图时对视点的精心考虑。再看《终南山》：

　　　　太乙近天都，连山到海隅。
　　　　白云回望合，青霭入看无。
　　　　分野中峰变，阴晴众壑殊。
　　　　欲投人处宿，隔水问樵夫。

　　诗歌书写从远望、登山到下山的过程。一座大山，巍然屹立，亘古如斯。终南山在唐朝首都长安之南，上至王公贵胄，下到普通百姓，都喜

湖山清晓图（五代·刘道士）

欢到终南山纵游极目。诚如学者们常指出的,此诗写景的技巧非常出色,王维以动写静,突出终南山的气象万千;以小见大,突出终南山的壮伟雄奇。此诗的章法也显示出王维作为画家,对于构图和视点的注意、控制。如果仅写其高、叹其大,那就不是思想深刻、目光卓异的王维。王维有一种与众不同的视野,他还从大自然似乎无意的创造中看到神秘的力量:终南山高耸入云,似乎接近天帝住处;它横亘壮阔,似乎绵延不绝。白云缭绕,缥缈不定;沟壑纵横,阴晴不同。终南山不仅崇高雄伟,气象万千,而且其中还蕴含着一种超然的力量,令诗人向往,所以有最后一联。历来大多数学者认为最后一联与全诗意境不谐,而沈德潜看出王维的用心:"今玩其语意,见山远而人寡也,非寻常写景可比"(《唐诗别裁集》卷九)。从此既见出王维审视自然的心理特点,也可看到王维借景传情的高超技艺。

从总体看,王维的山水田园诗突出自然的幽静,色彩斑斓,构图讲究,注重气象、气韵,意境空灵、幽远。

五、山水田园诗的多样性及发展

盛唐山水田园诗人不止王维、孟浩然,王、孟之外,较有影响的山水田园诗人还有储光羲、常建等,他们各有特点。盛唐山水诗,如山水风景,移步换形,"山重水复疑无路,柳暗花明又一村"。

储光羲(约706—763)和王、孟都有过交往,他曾间断地有过隐居的经历。他田园题材的作品也较多,有一些和王、孟作品格调相似,歌颂田园生活的单纯、宁静、安闲。如《钓鱼湾》:

> 垂钓绿湾春,春深杏花乱。
> 潭清疑水浅,荷动知鱼散。
> 日暮待情人,维舟绿杨岸。

松溪独钓图（宋·佚名）

　　花开春深，环境优美，诗人清潭独钓，可见其志趣之高洁。诗人对环境的刻画不像王、孟那样富有情韵，比如"潭清疑水浅，荷动知鱼散"，就非常细腻，不过，这种景色与诗人的感情并没有融合起来，他对环境的观察更为客观，从而才更为细腻、准确。再如《田家杂兴》(其七)：

　　　　梧桐荫我门，薜荔网我屋。
　　　　迢迢两夫妇，朝出暮还宿。
　　　　稼穑既自种，牛羊还自牧。
　　　　日旰懒耕锄，登高望川陆。
　　　　空山足禽兽，墟落多乔木。
　　　　白马谁家儿，联翩相驰逐。

　　他不仅隐居田园，而且亲自参加农业劳动，种收庄稼，放牧牛羊，他对农村生

活的描写远比王、孟丰富。正因为此,田园生活对于他而言,就减少了追求精神超越、人格自由的意义,尽管他也自视清高,以"梧桐""薜荔"这种传统意象表明自己的高洁。他的田园体验比较接近普通的农民或农村地主,比如"日旰懒耕锄",已经大不同于陶渊明"种豆南山下""晨兴理荒秽"的新鲜感。

风雨归牧图(宋·李迪)

从某种意义上说,他的田园诗既有陶渊明追求自由的影响,但又同时更多地具有《诗经》、乐府关心现实民生疾苦的精神,具有较强的现实性,一定程度地反映出农村的实际状况甚至社会矛盾。如《田家即事》诗云:

蒲叶日已长,杏花日已滋。

老农要看此,贵不违天时。

迎晨起饭牛,双驾耕东菑。

蚯蚓土中出,田乌随我飞。

群合乱啄噪,嗷嗷如道饥。

我心多恻隐,顾此两伤悲。

拨食与田乌,日暮空筐归。

亲戚更相诮,我心终不移。

诗歌反映了当时农村中的贫富反差问题。面对嗷嗷道饥,诗人动了恻隐之心,表明对现实社会问题的关注。诗歌语言朴实,颇有乐府旧风。这在盛唐诗歌中还不多见。

王维曾作有《偶然作六首》,如其二说:"田舍有老翁,垂白衡门里。有时农事闲,斗酒呼邻里……得意苟为乐,野田安足鄙。且当放怀去,行行没余齿"。赞美田园生活的超脱。储光羲的诗歌恰成对照,其《同王十三维偶然作十首》(其一)说:

仲夏日中时,草木看欲燋。

田家惜工力,把锄来东皋。

顾望浮云阴,往往误伤苗。

归来悲困极,兄嫂共相诮。

无钱可沽酒,何以解劬劳。

夜深星汉明,庭宇虚寥寥。

高柳三五株,可以独逍遥。

储光羲关心的是农业收成,他与王维兴趣点之不同昭然若揭。殷璠《河岳英灵集》对他的评价是:"格高调逸,趣远情深,削尽常言,挟风雅之

诗国花开——唐诗美感的流变

迹,得浩然之气。"所谓风雅之迹,就是指此种特点。

常建也是盛唐时期著名诗人。其名作《题破山寺后禅院》:

清晨入古寺,初日照高林。
曲径通幽处,禅房花木深。
山光悦鸟性,潭影空人心。
万籁此俱寂,但余钟磬音。

破山寺在今江苏常熟虞山北麓。尽管作者不加一字评断,一切似出于无意,古寺、高林、竹径窈然、花木深深,一派清幽、宁静,没有红男绿女的喧嚣,没有市井红尘的俗气,却展示出别样生机。山光明丽,连鸟儿也格外喜欢;潭水清澈,似乎荡涤内心的尘垢。这时,在万籁俱寂中,佛寺钟磬之声格外悠长,具有一种透彻人心的力量,把人心底最后一丝凡俗洗去。全诗极为传神地刻画了禅院的环境、气氛,清境幻思,兴象深微。

常建另外一首著名的诗就是《宿王昌龄隐居》:

溪山清远图(局部)(南宋·夏圭)

清溪深不测,隐处惟孤云。
松际露微月,清光犹为君。
茅亭宿花影,药院滋苔纹。
余亦谢时去,西山鸾鹤群。

常建喜欢大段地描写环境,以突出气氛和情调,表现人的情趣,此诗也不例外。溪清而不见底,周围安静清闲,只有一片孤云在飘动。满山松木覆盖,林木葱茏,夜里从树叶缝中洒下的点点月光,似乎也专为人而设。这里人迹罕至,茅亭里晃动的是花的影子,而药院的地面上则生出莓苔。尽管没有正面着墨隐居者的身影,其孤傲高洁、脱略凡俗的品格却已跃然纸上。殷璠《河岳英灵集》专选盛唐诗人诗歌,该诗集首列常建之作,并称赞:"建诗似初发通庄,却寻野径,百里之外,方归大道。所以其旨远,其兴僻,佳句辄来,唯论意表。"赞美的就是常建诗歌出落凡俗、意境幽妙、志趣高洁的艺术品格。

祖咏并非只写山水田园诗,他还写边塞诗,因《终南望余雪》被公认为是山水诗的佳作,因此他也被认为是山水田园诗派诗人:

> 终南阴岭秀,积雪浮云端。
> 林表明霁色,城中增暮寒。

据《唐诗纪事》记载,此诗乃应试之作。按规定,应试诗一般要写六联,可祖咏只写四句就交卷。别人问他为

群峰霁雪图(北宋·李成)

139

什么不写完,他干脆地回答说:"意尽。"从这则逸事可见,祖咏不仅诗作得好,意尽笔停,而且自信,有个性,不落俗套,不把功利放在心头,这也反映了盛唐士人的普遍性格。清人吴乔就赞美祖咏"重意,不顾功令","自重如此"(《围炉诗话》卷一)。《唐诗纪事》还记载,开元中,进士唱第尚书省,过关者即释褐为官,而落第者则功亏一篑。祖咏则咏曰:"落去他,两两三三戴帽子,日暮祖侯吟一声,长安竹柏皆枯死。"稍嫌夸张,但可见其不以功名为意的开朗胸怀。

既然是应试之作、命题之文,那就必须把题目作足。终南山是长安人熟悉的景象,所以每个人都有发挥的余地。如果要求正面写终南山之美,每个人都可以大加发挥,显不出构思的区别。这个题目的难处,也就是其妙处,在于"余"字。何谓余雪? 就是雪化未尽,犹有残余。首句点明"阴岭",说明有余雪之故,阴岭就是山的北坡,阳光不能直照,故积雪融化得速度较慢。但毕竟在融化,只是融而未尽,所以,终南山高耸入云,那残雪在云端里也分外耀眼。这两句处处扣住"余"字写实,非常准确到位。如果就此做下去,实而不化,诗就会缺少余味,就像拉弓,弓总有一定的极限,一味拉下去就会弓断弦落。所以,高明的诗人笔锋一转,避实就虚。既然是余雪,那天气一定晴朗,雪化初晴,远山历历如睹,"下雪不冷化雪冷",余雪返照,带给人的不是温暖,而是寒冷的感觉。这样写,非常真实,感受细致入微。前两句正面描写雪景,后两句写雪融未尽时人的感觉,虚实结合,由实返虚,激起读者的同感,笔到而止,让人联想不尽,言尽意远,余味无穷。清人王士禛将此诗与陶渊明、王维等人的咏雪诗并列,赞为"古今雪诗"之"最佳"者,不为虚誉。

这首诗展示了山川秀丽景色。一般来说,寒冷、暮色往往让人产生比较灰暗、低调的情绪,而祖咏此诗,却是以一种新鲜、好奇的眼光,体验大自然赐予的另一种难得一见的美,表明盛唐诗人精神的健旺,自信,开朗,乐观向上,热爱生活,激情洋溢,这是士人主体精神旺盛的表现。

创作山水田园诗的诗人,并不是遗落世事之人。他们心性高洁、爱好自由,故歌咏田园山水之纯洁;他们不满社会政治的黑暗,愤激于理想无法实现,才退而归隐于山水园林。热爱自然山水、追求精神自由、崇尚高洁人格、渴望有所作为,是盛唐诗人的共有性格。因此,山水田园诗派当然只有相对的意义。从总体上来说,盛唐山水田园诗歌咏山水田园的优美、清新,歌颂人格追求的自由、高洁,代表盛唐士人的精神,也代表中国古代士人高尚精神的一个重要方面。山水田园诗派所运用的这种诗歌题材以及浑融、圆美的艺术风格,在盛唐之后因历史的惯性还得以延续,"大历十才子"的基本风格就是如此,可是,由于缺少盛唐的社会基础与人生理想,大历诗人对王维的学习便沦为模仿,其艺术价值也就不能不大打折扣。

第七章　孰知不向边庭苦　纵死犹闻侠骨香
——盛唐边塞诗派

一、边塞战争与边塞诗派

　　山水田园诗反映了盛唐诗人关注自我、追求自由、恬静自然的人生观念,边塞诗则反映了盛唐诗人关心国事、积极进取、昂扬奋发的社会立场。边塞诗是盛唐诗歌百花园中的奇葩,宋代诗论家严羽曾指出:"唐人好诗,多是征戍、迁谪、行旅、离别之作,往往能感动激发人意。"(《沧浪诗话·诗评》)他把"征戍"诗列为唐代"好诗"之首。征戍诗是边塞诗中最有特色的一类,突出地反映了边塞诗的一般面貌,展现出国力空前强盛的大唐的时代精神特点,比如爱国主义的精神、视死如归的豪情等,这些诗使人深受感染、备受鼓舞,具有独特的历史不可重现性。

　　人类社会的历史是一部充满战争、血腥和死亡的历史,当阶级、民族、国家乃至个人间的矛盾激化到一定程度的时候,就非得用战争和流血解决不可。今天,要判断、衡量古代每一场战争的性质,并且明确划出正义或非正义的性质相当困难。在中华民族形成的漫长历史过程中,战争是构成多民族国家必经的阶段,也是解决民族矛盾甚至是构成民族联系的一种方式。凡是为了维护民族和国家的安全利益,保卫人民的生命财产安全的战争,就是正义战争。战争对于一个集团无疑是有利的,而参战的战士以及与这些战士有关的个人无疑代表着悲剧和牺牲,战争把一个个宝贵的生命投入死亡,使鲜活的生命之花似突遭严冬摧残纷纷凋零。战争是生命力的直接交锋,它需要力量和智慧,更需要"天下兴亡,匹夫有责"的责任感,需要保家卫国、视死如归的献身精神,需要大义凛然、气壮山河的慷慨勇气,贪生怕死必然导致卖国求荣。战争意味着牺牲、死亡,不值得歌颂,战争中所体现的精神、价值观和对待生命的态度,却是任何一个强大的社会或希望强大的集团所必需的,一个强大的国家和民族必然会高扬"孰知不向边庭苦,纵死犹闻侠骨香"(王维《少年行》)的尚武精神。

在中华民族的形成过程中,战争不可避免,反映战争的文学作品(这个名称包含的内容非常多,当然不限于描写战争本身)也很多。早在先秦时期,《诗经》中既有歌颂勇于献身、甘赴国难的《秦风·无衣》,也有反映战争残酷的《豳风·东山》,而大诗人屈原的一曲《国殇》,酣畅淋漓地展示了战争的凄惨,也展示了忠贞爱国、死亦为鬼雄的力量和激情。两汉魏晋南北朝时期,有关战争的内容逐渐演变成一种独立的诗歌题材,这种内容的诗歌由民间歌唱上升到宫廷贵族手中,不仅丧失了鲜活丰富的生活内容和激情,僵化为一种诗歌程式,也失去了其尚武的精神,比如,齐梁陈隋时期的很多宫体诗,就是在战争背景下以描写怨夫思妇、旷夫怨女为名而大写柔靡甚至色情内容。隋代著名诗人薛道衡的名诗《昔昔盐》:"垂柳覆金堤,蘼芜叶复齐。水溢芙蓉沼,花飞桃李蹊。采桑秦氏女,织锦窦家妻。关山别荡子,风月守空闺。恒敛千金笑,长垂双玉啼。盘龙随镜隐,彩凤逐帷低。飞魂同夜鹊,倦寝忆晨鸡。暗牖悬蛛网,空梁落燕泥。前年过代北,今岁往辽西。一去无消息,那能惜马蹄。"其中"暗牖悬蛛网,空梁落燕泥"被时人叹为佳句。雕章琢句,涂脂抹粉,极尽华艳,毫无气骨。面对群雄逐鹿、狼烟四起的形势,以这种"见花垂泪,睹月伤心"的精神状态,难怪无所作为!

边境问题并非一个远在边境的问题,边境上发生的事情会影响内政乃至中央政权的稳固,而国内政治状况也直接决定着中央政府处理对外关系和边境问题的策略,内政与边境政策互相影响,这在唐代表现得极为鲜明。

陈寅恪先生在《唐代政治史述论稿》中指出："盖中国与其所接触诸外族之盛衰兴废,常为多数外族间之连环性,而非中国与某甲外族间之单独性也。"在唐代,自始至终都伴随着边境战争,即使在盛唐也不例外。由于初、盛唐统治者对内采取开明政策,经济发展,国力大为增强,处理与周边少数民族政权的关系,也采取了积极有为的策略,六朝以来积贫积弱的形势得到彻底改观。由于六朝后期各民族融合的形势已经形成,周边各少数民族势力都很强大,唐王朝建立之后,周边少数民族政权(包括东北、西北、西南)和唐王朝的矛盾就不可避免,而战争往往是解决这一矛盾的手段。唐朝开国以后战争形势有几个阶段,初、盛唐时期主要是自卫战争,而且占据战争的主动位置。

隋初,突厥分化为东、西两部,他们控制了北方的广大地区。由于势力强大,经常南侵,对新建的唐王朝构成极大威胁。622 年,突厥兵长驱直入,一直打到晋州(今山西临汾),一路攻破大震关(在今甘肃陇西),在唐王朝朝野引起很大震动。626 年 8 月,唐太宗刚刚即位,突厥兵就打到距离长安四十里的渭水便桥北,兵临城下。但是,唐太宗临危镇定,亲率部队,奔赴前线迎敌。突厥见唐军有备而来,军容严整,便不战而退,双方言和,这算是"不战而屈人之兵"。巩固了大位之后,唐太宗改变了对突厥一味求和的政策,积极修文厉武,秣马厉兵,准备彻底解决突厥问题。630 年,突厥内乱,唐太宗看时机成熟,兵分几路,积极向北推进,彻底降服了突厥政权。这场胜利展示了大唐的实力,北方少数民族政权纷纷来降,奠定了唐北部及西北部边境几十年稳定的基础,丝绸之路也得以重新开通。贞观后期,唐太宗还发动了征高丽的战争,损兵折将,不过,这场失败的战争对唐朝国内政局没有影响。

高宗前期,边境局势还比较稳定。高宗后期和武后统治时期,突厥余部再次兴起,同时,青藏高原上的吐蕃势力也日益强大,东北的契丹也不断骚扰唐朝边境,严重威胁唐朝的利益与安全,战争再次成为举朝关注的焦点。

唐玄宗即位后,国力增强,再次采取了主动的政策,边地战争十分频繁,

基本上阻遏了少数民族政权的入侵。唐玄宗统治后期，荒淫昏聩，好大喜功，发动了一些不义战争，激化了民族矛盾，举措失当，引狼入室，最终导致对周边少数民族政权的失控，外患强化了内忧，使得唐王朝从此一蹶难振。

从唐建到盛唐，周边少数民族的入侵一直是唐王朝的心腹大患，这种紧张的形势使得最高统治者不能不把抵御外侵作为政权建设的重要任务。唐代统治者积极抵御外侵，实行了奖励军功的政策，激励了全社会的斗志。相比初唐、盛唐时期，中唐以及晚唐内患复杂，最高统治者已经无暇顾及外患，面对外侮只得以和为安，苟且偷生，一味退让。

正是在战争频仍及奖励军功政策的背景下，广大士人中涌现出投笔从戎、立功边塞的积极人士。"将军三箭定天山，壮士长歌入汉关。"（《旧唐书·薛仁贵传》）初唐四杰之一杨炯的《从军行》诗："烽火照西京，心中自不平。牙璋辞凤阙，铁骑绕龙城。雪暗凋旗画，风多杂鼓声。宁为百夫长，胜作一书生。"这种昂扬慷慨的从军志气显然与初唐的战争形势密切相关。慷慨赴边，抵御外侮，投笔从戎，从军边塞，直接效力于国家，建立赫赫战功，满足他们关怀国是的心理需求，同时，也尽情展示自己的人生意气，可以绕过科场，不必匍匐于王公贵胄之前，仰人鼻息，为小利禄而委曲求全。陈子昂在武后时期就有过先后两次从军幽燕的经历，正是在这实际的经历中，他亲身经历了庸才当道、壮志难酬、国患不解、岁月易逝的焦虑。他出征前的期望是："平生白云意，疲苶愧为雄。君王谬殊宠，旌节此从戎。接绳当系虏，单马岂邀功。孤剑将何托，长谣塞上风。"（《东征答朝臣相送》）开元初，宰相宋璟担心，"以天子好武功，恐好事者竞生心侥幸"（《资治通鉴》卷二一一），由此也可见，从边尚武风气之浓厚。岑参《送祁乐归河东》诗云："天子不召见，挥鞭遂从戎。"其实，恰恰是因为"圣主赏勋业，边城最辉光"（岑参《东归留题太常徐卿草堂》），而且大有先例，"一从受命常在边，未至三十已高位"（岑参《送张献心充副使归河西杂句》），在盛唐，从张嘉贞开始，"王晙、张说、萧嵩、杜暹皆以节度使入知政事"（《旧唐书·李林甫传》）。奖励军功的政策对士人心理、精神的影响是非常深刻的，它不仅直接调动了诗人对边关战争形势的密切关注，而且激发了士人积极参政的政治热情。

　　这样丰富的社会生活,反映在诗歌上,就是边塞诗的大量涌现。边塞生活在盛唐士人的社会经历中具有普遍性,占有重要地位,从而边塞题材才成为盛唐诗歌的重要内容。从诗歌题材的历史继承性来说,魏晋南北朝时期有关战争题材的诗歌,无疑是唐代边塞诗的文学类型渊源,然而,二者的文化精神却迥然大异。历来的学者一般只用"边塞诗"称呼唐代的诗歌,以示此期有关战争的诗歌与历史上以及后代同类题材诗歌的差异。严格说来,即使在盛唐,也没有一个专门写作边塞诗的群体,边塞是当时非常流行的诗歌题材,除了高适、岑参、王昌龄等人之外,其他诗人也创作了很好的边塞诗。而边塞诗派这一说法,不仅强调了作为这类诗歌创作主体的诗人人数众多,形成群体,而且在精神上具有某些共同的时代内容,那就是盛唐诗人对国家、社会的强烈关怀。换言之,边塞诗在盛唐的大盛,反映了士人强烈的入世热情和积极的政治关怀,以及由此带来的独特的尚武精神和豪迈意气——"一身转战三千里,一剑曾当百万师"(王维《老将行》)。

二、爱国豪情与阳刚之气

　　战争考验战士的勇气和国家的力量,战争也激发人们的入世热情,磨炼、陶冶民族精神。唐代边塞诗中有一个题目"出塞曲",就是壮行曲。宗白华先生说:"那士兵们既已出塞,看着那黄沙蔽日,塞外的无垠荒凉,展开在眼前。当着月儿高高地照在长城之上,飒飒的凉风扑面吹来,此时立在军门之前,横吹一曲短笛,高歌一曲胡笳,无论你是一个怎样的弱者,也会兴奋起来,身上燃烧着英雄的热血,想着所谓'誓开玄冥北,持以奉吾君'了!"(《唐人诗歌中所表现的民族精神》)。千载之下,读着这些"出塞曲",我们可以想象那是怎样的苍凉和壮烈! 如杜甫的《前出塞》:

　　　　磨刀呜咽水,水赤刃伤手。

欲轻肠断声，心绪乱已久。

丈夫誓许国，愤惋复何有。

功名图麒麟，战骨当速朽。（其三）

挽弓当挽强，用箭当用长。

射人先射马，擒贼先擒王。

杀人亦有限，列国自有疆。

苟能制侵陵，岂在多杀伤。（其六）

驱马天雨雪，军行入高山。

径危抱寒石，指落层冰间。

已去汉月远，何时筑城还。

浮云暮南征，可望不可攀。（其七）

单于寇我垒，百里风尘昏。

雄剑四五动，彼军为我奔。

掳其名王归，系颈授辕门。

潜身备行列，一胜何足论。（其八）

《后出塞》（其一）：

男儿生世间，及壮当封侯。

战伐有功业，焉能守旧丘。

召募赴蓟门，军动不可留。

千金买马鞭，百金装刀头。

闾里送我行，亲戚拥道周。

斑白居上列，酒酣进庶羞。

少年别有赠，含笑看吴钩。

战争是残酷的，参加战争就是要求战士随时奉献生命。战争是生命的

碰撞,是鲜血的挥洒,是为了民族的整体利益而奉献自己最后的一分力量。唐代的边关战争主要发生在北方的边关大漠,对于来自中原的战士来说,与敌人的战斗是生与死的考验,而置身于滴水成冰、朔风凛冽、飞沙走石的艰苦环境中,实际也是生与死的考验。告别亲人也就是接近死亡,当端起亲人们准备的那杯壮行酒时,痛苦的岂止战士?杜甫作为一个理想的人文主义者,当他提起笔时,他对战争、对参加战争的战士,肯定有着非常复杂的情感,既有对战争的无奈和控诉,又有对战士保家卫国、慷慨赴难的英勇精神的赞叹和欣赏。

边关战争的胜利、少数民族政权的归附,激发起全社会的民族自豪感。《旧唐书·玄宗纪》记载:"于斯时也,烽燧不惊,华戎同轨。西蕃君长,越绳桥而竞款玉关;北狄酋渠,捐毳幕而争趋雁塞。象郡炎州之玩,鸡林鳀海之珍,莫不结辙于象胥,骈罗于典属;膜拜丹墀之下,夷歌立仗之前,可谓冠带百蛮,车书万里。"乾元元年(758年)春天,安史叛军已被赶出长安,中央朝廷刚刚从外迁回长安,就在这年春天,同时在朝为官的贾至、岑参、王维、杜甫偶然一次赋诗唱和。其时,整个国家正在经历一场浩劫,元气大伤,真可谓"国破山河在,城春草木深"(杜甫《春望》),但人们的心情依然充满着乐观向上的情绪,对国家的前途、对皇帝的统治力量充满信心。王维《和贾至舍人早朝大明宫之作》诗云:"绛帻鸡人报晓筹,尚衣方进翠云裘。九天阊阖开宫殿,万国衣冠拜冕旒。日色才临仙掌动,香烟欲傍衮龙浮。朝罢须裁五色诏,佩声归到凤池头。"所谓"九天阊阖开宫殿,万国衣冠拜冕旒",是指唐王朝国力强盛,不战而胜,四海升平,万国来朝,这是怎样激动人心的景象啊!这种场面引发了人们的民族自豪感和及时建功立业的豪情壮志,增强了社会的凝聚力,培养了全社会奋发有为、积极进取的正能量,人们胸襟开朗、乐观向上,而这种空前强盛的国力和时代的社会心理氛围,正是后代一直艳羡、追怀、向往的治世之音、大唐雄风、盛唐气象。

"长剑一杯酒,男儿方寸心。"(《赠崔侍御》)李白任侠的性格,决定了他的淑世情怀和对立功边塞的向往,其《塞下曲》(其一)说:"愿将腰下剑,直为斩楼兰。"因此，当统治者的边境政治失措，身为诗人的李白敏感地发现问题，并痛加指陈。天宝八载（749年），哥舒翰以数万士卒的性命作为代价，攻下吐蕃据守的石堡城，李白便在《答王十二寒夜独酌有怀》中严加谴责："君不能学哥舒，横行青海夜带刀，西屠石堡取紫袍。"反映战争、描写边塞的诗歌，并不是一味地不分青红皂白地赞美战争，其实，诗人从其仁爱之心出发常常是反战的。

　　盛唐士人承接汉末以来的重视个体、个性的思想倾向，他们既不是彻底看淡人生和社会的意义，隐居出世（如佛教徒），也不是一味贪图感性生命的享受、及时行乐（如六朝高门士族），他们较好地处理了个体与社会的相互依存又相互矛盾的关系。他们追求个性自由和高洁人格，所以，热爱山水田园；他们追求个人的自我实现，渴望实现个人精神的永恒，所以，又积极入世，关心并参与社会事务。他们对社会事务关心的形式是多种多样的，关怀边塞形势仅是其中一个方面，歌颂光明理想、批判黑暗政治的政治抒情诗是他们心系现实的最直接表现形式。比如李白，他的激情、愤懑、牢骚、痛苦，无不源于他的用世之心，而诗圣杜甫的忧患感，就来自"穷年忧黎元，叹息肠内热"（《自京赴奉先县咏怀五百字》）的人间关怀，边关和战的形势更让他牵肠挂肚。清代诗论家叶燮有这么一段精彩的议论："千古诗人推杜甫，其诗随所遇之人、之境、之事、之物，无处不发其思君王、忧祸乱、悲时日、念友朋、吊古人、怀远道，凡欢愉、幽愁、离合、今昔之感，一一触类而起，因遇得题，因题达情，因情敷句，皆因（杜）甫有其胸襟以为基。"（《原诗·内篇下》）杜甫对于人生与社会、普通人民与国家社稷、世界甚至宇宙万物的关心，使得他的心灵承受了巨大的负荷，可是，他绝对没有退缩，他的千余首诗歌就是他痛苦的心灵之音，就是他割舍不掉的人间情怀和牵挂。杜甫和李白，之所以能够超越一家一派的拘囿，不仅在于他们创作的丰富性——任何一家一派都能在他们的创作中找到相近处，更重要的在于他们思想的深刻性，他们对各种社会问题的见识要远远高出同时代的人，比如他们对边关战争就不像岑参那样一味歌颂，杜甫就说过"苟能制侵陵，岂在多杀伤"（《前出塞》其六），他们之所以

能够提出如此远见卓识,一个重要的原因是他们和岑参不同,他们没有通过边塞战争获取个人功利的打算。他们的见识超越时代,但他们本身又是盛唐时代培养出来的士人,士人参政的政治积极性是盛唐文化的核心内容,正是这种文化精神孕育出天才诗人地负海涵的博大胸襟和深沉炽热的人间情怀。

盛唐边塞诗最深层的文化精神,是士人对国家的关怀和忧患。边塞诗人往往能够从理性的高度来认识民族关系、唐王朝与周边政权的关系和边塞战争以及一切社会现实问题,盛唐诗人对边塞战争就不单纯是一味地歌颂,对于具体政策他们既有歌颂,又有批判,作者的态度是复杂的,触觉敏锐,内容丰富。在边塞诗或反映战争题材这一大题目之下,诗人的笔触,既歌颂战士英勇杀敌的飒爽英武和斗志豪情,也写到他们思念家乡愁肠百结的内心世界;既描写边关大漠的壮丽风光、异域风情,也抒发闺阁思妇的似水柔情;既歌颂正义的保家卫国的战争,又批判最高统治者的穷兵黩武;既描写战争的严整、威严,也揭露军中苦乐不均的黑暗。但有一种精神却是共同的,那就是甘赴国难的爱国主义和视死如归的英雄主义,以及正义凛然的勇气、豪气。

边塞诗的发展贯穿整个唐代,但由于时代精神的不同,不同时期、不同阶段的边塞诗在精神气骨方面自然有所不同;而从审美价值来看,盛唐边塞诗最具有神韵,盛唐边塞诗是盛唐士人入世精神的重要体现,反映了那个时代昂扬向上的精神。

三、战争的复杂性与高适之诗

高适(? —765)是边塞诗派重要的诗人。他少负大志,但长期仕进无门,生活在社会下层,"混迹渔樵",广泛游历,对社会底层生活体验极深,因此,他同情民生疾苦。天宝八载(749 年),他年近半百,才举有道科中第,被授予封丘县尉。这样一个官职,对"喜言王霸大略,务功名,尚节义"的诗人

来说，真是莫大的讽刺。按照政府的职能规定，县尉"主盗贼案，察奸宄"，不可避免地还要经常鞭打普通群众。高适不堪其职，不久即辞去。他在《封丘县》一诗中说："我本渔樵孟诸野，一生自是悠悠者。乍可狂歌草泽中，宁堪作吏风尘下？只言小邑无所为，公门百事皆有期。拜迎官长心欲碎，鞭挞黎庶令人悲。归来向家问妻子，举家尽笑今如此。生事应须南亩田，世情付与东流水。梦想旧山安在哉？为衔君命且迟回。乃知梅福徒为尔，转忆陶潜归去来。"他愤然辞官，这与他作为盛唐诗人对人格自由的追求有关。高适后半生是极其顺坦的，《旧唐书》本传就说"有唐以来诗人之达者，唯适而已"。

在盛唐诗人中，高适就是通过从军边塞而得以进仕的典范。早年他曾游历过东北的燕赵边境；天宝十二载（753年），他入河西节度使哥舒翰幕掌书记，再历边塞生活。他的边塞题材的诗歌有二十余首，反映了其亲身所经历的丰富、复杂的边塞生活内容。高适的边塞诗也有和时人一致之处，比如描写闺怨思妇的惆怅、边塞的壮丽风光等，其《营州歌》还写到少数民族风情："营州少年厌原野，狐裘蒙茸猎城下。虏酒千钟不醉人，胡儿十岁能骑马。"《塞上听吹笛》："雪净胡天牧马还，月明羌笛戍楼间。借问梅花何处落，风吹一夜满关山。"情韵悠长。不过，这类诗歌不是高适所长，他比不过王昌龄、岑参。高适的边塞诗，正面刻画边塞士兵的生活，反映他们的心理和情感，士兵的勇敢精神、悲剧命运也引起他的注意，他更习惯于从整个战争形势的角度评价战争。这类诗的抒情主体，与其说是他替士兵们代言，不如说是他自己心情的直接表达，是他理性的思考。作为一个具有远大抱负、善于思考的诗人，他在诗歌中表现出的立功边塞的愿望格外强烈，这正是他的心音。《送李侍御赴安西》诗云：

行子对飞蓬，金鞭指铁骢。

功名万里外，心事一杯中。

虏障燕支北，秦城太白东。

离魂莫惆怅,看取宝刀雄。

盛唐人都有强烈的功名心,而以高适为最,我们不能按照今天的标准对此予以完全否定。盛唐人的功名观念实际就是以"功"取"名",他们对事功的追求正是他们拼搏进取的巨大动力,赋予他们一往无前的力量。国家需要安边,立功边塞也就要慷慨赴国难。"离魂莫惆怅,看取宝刀雄",充分表现了诗人的侠肝义胆、壮志豪情。

高适的边塞诗带有他对边塞问题的思考,边塞中存在的问题总是引起他的忧患意识,这些诗具有苍凉、悲壮的美感。如《蓟中作》:

策马自沙漠,长驱登塞垣。

边城何萧条,白日黄云昏。

一到征战处,每愁胡虏翻。

岂无安边书,诸将已承恩。

惆怅孙吴事,归来独闭门。

《塞上》:

东出卢龙塞,浩然客思孤。

亭堠列万里,汉兵犹备胡。

边尘涨北溟,虏骑正南驱。

转斗岂长策,和亲非远图。

惟昔李将军,按节出皇都。

总戎扫大漠,一战擒单于。

常怀感激心,愿效纵横谟。

倚剑欲谁语,关河空郁纡。

他还在《自蓟北归》诗中写道:

> 驱马蓟门北,北风边马哀。
> 苍茫远山口,豁达胡天开。
> 五将已深入,前军止半回。
> 谁怜不得意,长剑独归来。

边境风景一片苍凉,而诗人的情绪同样苍凉悲壮,因为他的壮志不得伸展,"长剑独归来",可见作者之风骨凛然。

《蓟门行五首》:

> 蓟门逢古老,独立思氛氲。
> 一身既零丁,头鬓白纷纷。
> 勋庸今已矣,不识霍将军。(其一)
> 黯黯长城外,日没更烟尘。
> 胡骑虽凭陵,汉兵不顾身。
> 古树满空塞,黄云愁杀人。(其五)

作者深感焦虑的是边境形势危急而朝廷却用人不当,这种强烈的忧患感形成全诗的气势。严羽就说:"高岑之诗悲壮,读之使人感慨。"(《沧浪诗话·诗评》)

高适最有名的边塞诗就是《燕歌行》,此诗将他对边塞的各种观察和思考熔炼在一起,气韵沉雄,体现了其边塞诗的一般特点:

> 汉家烟尘在东北,汉将辞家破残贼。
> 男儿本自重横行,天子非常赐颜色。
> 摐金伐鼓下榆关,旌旆逶迤碣石间。

诗国花开
——唐诗美感的流变

校尉羽书飞瀚海,单于猎火照狼山。

山川萧条极边土,胡骑凭陵杂风雨。

战士军前半死生,美人帐下犹歌舞。

大漠穷秋塞草腓,孤城落日斗兵稀。

身当恩遇常轻敌,力尽关山未解围。

铁衣远戍辛勤久,玉箸应啼别离后。

少妇城南欲断肠,征人蓟北空回首。

边风飘飘那可度,绝域苍茫更何有。

杀气三时作阵云,寒声一夜传刁斗。

相看白刃血纷纷,死节从来岂顾勋。

君不见沙场征战苦,至今犹忆李将军。

此诗前有小序,说:"开元二十六年,客有从御史大夫张公出塞而还者,作《燕歌行》以示适。感征戍之事,因而和焉。"一般认为此诗是刺张守珪,其实,是综合了作者游幕幽蓟一带所见所闻创作而成的,因此其内容更丰富。

诗歌首先表现了广大士兵在国难当头的危急时刻义无反顾慷慨赴边的豪情壮志,"男儿本自重横行,天子非常赐颜色",危难关头授人以大任,这也是知遇之恩,轻生死、重然诺,自古就是侠士的信条。开元二十六年(1738年),张守珪率部伐奚,完全是唐玄宗兴之所至的盲目开边行为,是没有必要的,严重恶化了与周边少数民族的关系。高适亲身到过东北边境,当然会意识到东北战场上有些战争的不义性。这里指出"天子",就暗含讽刺,讽刺皇帝一味开边黩武,置士兵生死于不顾。唐汝询就指出:"言烟尘在东北,原非犯我内地,汉将所破,特余寇耳。盖此辈本重横行,天子乃厚加礼貌,能不生边衅乎?"(《唐诗解》)

战争最直接的受害者就是士兵,何况是参加一场不义之战。作者用同情的笔调描写了战场那阴森凄惨的景象:百草凋零,山川萧条,一片死寂,突

然胡骑凭陵，如风雨骤至，顷刻间，战鼓阵阵，杀声震天，短兵相接，血刃翻飞，血流成河。战争的受害者不止战士，当战士们开赴前线，亲人们就与他们一起共担这战争带来的痛苦，"铁衣远戍辛勤久，玉箸应啼别离后。少妇城南欲断肠，征人蓟北空回首"，闺中少妇忍受着久别相思之苦。

作者的笔触还突破战争描写，他写到军中统帅的腐败，反映军中的苦乐不均。当战士抛头颅、洒热血，置生死于度外奋勇杀敌之时，统帅们却在军帐中寻欢作乐，陶醉于美人的歌舞之欢。这不仅视士兵的生命如草芥，而且视战争如儿戏，在这样统帅的领导下，战争只会失败，士兵的血只会白流。

"燕歌行"是乐府旧题，建安时期曹丕的《燕歌行》描写了秋风萧瑟之时闺中少妇的相思之苦。高适大大扩展了这个乐府旧题诗歌的内容，所涉及的内容广阔，敢于揭露社会问题，言辞尖锐，具有深刻的思想性。诗歌展现作者同情以至于悲伤的情思，批判中透出愤激，不作泛泛之论，态度鲜明，激情迸发，刚劲有力。殷璠《河岳英灵集》评论说："（高）适诗多胸臆语，兼有气骨，故朝野通赏其文。至如《燕歌行》等篇，甚有奇句。"

高适半生不遇，长期生活于社会底层，对社会的阴暗面体验很深，形成了他观察和思考的独特视角。但他毕竟生活于盛唐时代，他胸有大志，希望有机会改变现状，不满、不平之中也透出昂扬奋发，这就是其边塞诗与众不同的根本原因。也许就因为他考虑问题比较实在，不像其他盛唐诗人浪漫而不切实际，所以他进入仕途之后，处事比较稳重，后半生仕途才一帆风顺。

四、边地生活与岑参诗的新奇

岑参(715—770)是另一位重要的边塞诗人。身为名门之后，岑参的入世愿望自然非常强烈，早年到处求官而未果；天宝三载(744 年)，终于进士及第，不过，官位甚低，且长期得不到升迁。天宝八载(749 年)，岑参赴龟兹(今新疆库车)入安西四镇节度使高仙芝幕府，天宝十载(751 年)回长安；天宝十三载(754 年)，岑参再赴西北边地，入北庭都护府封常清幕府任判官,至德二载(757年)回朝。亲身经历前后六年的边塞生活,岑参才创作出大量边塞题材的诗歌。

作为一个入世很深的诗人,岑参的生活经历比较丰富,诗歌内容广泛,除了边塞诗之外,他还有山水田园诗、抒发政治理想和不遇牢骚的诗歌,以及应酬赠答诗、反映社会风俗民情的诗,当然他留给诗歌史的最有影响的作品还是其边塞诗。

杜甫虚心学习前代以及当代诗人的艺术成就,对其他作家发表过非常深刻准确的评论。他曾说孟浩然"清诗句句尽堪传"(《解闷十二首》之六),一个"清"字概括了孟浩然诗歌的特点,思清、境清、语清,清高脱俗、清淡明丽、清爽朴素,这完全符合孟浩然其人其诗给我们的综合印象。杜甫和岑参兄弟是好朋友,彼此直接接触,杜甫也有一字来评论岑参,《渼陂行》诗云:"岑参兄弟皆好奇,携我远来游渼陂。"杜甫用一"奇"字概括岑参兄弟的爱好。岑参的边塞诗也证明了杜甫的观察之细、概括之准。岑参的边塞诗确实风格独特,诗人感兴趣的是奇特、奇异、奇妙,不是奇怪;面对外在景物,诗人的心理反应是好奇、惊奇,感觉新鲜,充满神奇,兴奋不已。

岑参独特的观察视野和审视世界的模式,既是岑参性格的体现,也是时代生活的折光。岑参在西北边地游幕的时候,如果唐王朝的军事实力就像中晚唐一样不足以威慑、控制西北,而是战乱连绵,甚至一战即败,丢盔弃甲,溃不成军,诗人哪能看到那奇异壮美的边塞风光?诗人哪有乐观向上的心境、斗志昂扬的豪情来体验、欣赏这种边塞生活?实际上,唐玄宗天宝后期,政治腐败导致边地管理失策,造成唐王朝由盛而衰的安史之乱就直接与边地政策失策有关,此时东北、西南以及西北先后都发生战争,战争的结果是唐军并不占主动,胜少败多。唯独在西北的中亚地区,唐朝还保持了强大的军事实力,形势稳定。岑参有幸在这一背景下完成他的西北之行,献身边塞,立功扬名,从而才给诗歌史留下不可多得的边塞诗作品。艺术脱离不了社会与时代,群体的诗人可以创造一个时代,而个别诗人遇上一个好的时代则只能凭其个人运气。

岑参《送郭乂杂言》诗说："功名须及早，岁月莫虚掷。"他早年辗转中原的经历证明，这只是他的一腔热望而已。于是，他的目光转向了边塞，"功名只向马上取，真是英雄一丈夫"（《送李副使赴碛西官军》）。在边关，"功"与"名"得到比较好的统一，真刀实枪，热血沸腾，保家卫国，建功立业，青史留名，酣畅淋漓地挥洒青春意气。所以，当岑参告别中原，也就告别那令他伤心的官场，军队的严整、战斗的胜利、火热的军营生活焕发出他高亢昂扬的爱国热情，他不免以一种新奇的眼光打量着西北边地。尽管西北边地的生活不免单调，远离了家乡的亲人、内地的朋友，西行的路上一则以喜，一则以忧，但主导的情绪还是耳目一新的新鲜感。且看《过碛》：

> 黄沙碛里客行迷，
> 四望云天直下低。
> 为言地尽天还尽，
> 行到安西更向西。

黄沙漫漫，一望无际，云幕低垂，天地相连，离中原越来越远，陌生的环境引起诗人的忧虑，可是，诗人的忧虑只是淡淡的，并不浓重：平日自己所看到的大地尽头其实是有限的，天广地阔，而现在自己就要到这新奇的地方去。诗人的胸襟也是天广地阔的。

昂扬的情绪、新奇的眼光，亲历边塞的岑参将西北边地的奇异风光、中亚大漠的异域风情统统摄入眼底、写入诗歌。且看《轮台即事》：

> 轮台风物异，地是古单于。
> 三月无青草，千家尽白榆。
> 蕃书文字别，胡俗语音殊。
> 愁见流沙北，天西海一隅。

又如《首秋轮台》：

> 异域阴山外,孤城雪海边。
> 秋来唯有雁,夏尽不闻蝉。
> 雨拂毡墙湿,风摇毳幕膻。
> 轮台万里地,无事历三年。

随着他行踪范围的扩展,奇异的边塞风景进入他的视野:"火山突兀赤亭口,火山五月火云厚。火云满天凝未开,飞鸟千里不敢来。"（《火山云歌送别》）写的是火山。"西头热海水如煮。海上众鸟不敢飞,中有鲤鱼长且肥。岸旁青草常不歇,空中白雪遥旋灭。蒸沙烁石燃虏云,沸浪炎波煎汉月。"（《热海行送崔侍御还京》）写的是地热。少数民族的生活器具、习俗文化也进入他的视野。西北边地的少数民族都能歌善舞,这在岑参的诗中有直接的反映。《酒泉太守席上醉后作》:

> 琵琶长笛曲相和,羌儿胡雏齐唱歌。
> 浑炙犁牛烹野驼,交河美酒归叵罗。

而《田使君美人如莲花舞北旋歌》展示了西北的民族舞蹈:

> 美如舞如莲花旋,世人有眼应未见。
> 高堂满地红氍毹,试舞一曲天下无。
> 此曲胡人传入汉,诸客见之惊且叹。
> 慢脸娇娥纤复秾,轻罗金缕花葱茏。
> 回裙转袖若飞雪,左旋右旋生旋风。
> 琵琶横笛和未匝,花门山头黄云合。
> 忽作出塞入塞声,白草胡沙寒飒飒。

翻身入破如有神,前见后见回回新。

始知诸曲不可比,采莲落梅徒聒耳。

世人学舞只是舞,姿态岂能得如此。

舞姿优美绝伦,诗人无法平心静气地加以描写,他情不自禁夸赞此舞的新奇和舞蹈者的身段漂亮、衣着艳丽、舞姿轻盈、动作优美。

当然,最激动人心的还是战争生活。西北地区艰苦的自然环境、紧张的战争场面在诗人的感觉中也充满浪漫色彩,展示了诗人爱国主义的精神、乐观向上的生活激情、自信勇敢的英雄气概。且读他的几篇名作,如《白雪歌送武判官归京》:

北风卷地白草折,胡天八月即飞雪。

忽如一夜春风来,千树万树梨花开。

散入珠帘湿罗幕,狐裘不暖锦衾薄。

将军角弓不得控,都护铁衣冷难着。

瀚海阑干百丈冰,愁云惨淡万里凝。

中军置酒饮归客,胡琴琵琶与羌笛。

纷纷暮雪下辕门,风掣红旗冻不翻。

轮台东门送君去,去时雪满天山路。

山回路转不见君,雪上空留马行处。

岑参的诗不在字句上见功夫,喜用歌行体,粗豪浑朴,气势酣畅。白草是西北特有的一种坚韧的草种,一般来说,风吹草偃,伏而难折。风吹草折,可见风势之大、之猛。还是八月,朔风过后,就漫天飞雪,一片迷茫。显然,如果没有亲历边地,很难写出这种景象。此诗起势突兀,颇有平地波澜之感,格调劲健奇荡,可见诗人的新奇与感叹。"忽如一夜春风来,千树万树梨花开",千树万树雪满枝头,犹如梨花盛开的香雪海。作者用生气蓬勃的

春光写大风奇寒、飞雪盖地,以暖写寒,想象奇妙,比喻新颖,显示了欣赏把玩的乐观和傲雪斗风的豪情,而这种浪漫的想象无疑来自对国力强盛的自信。前面写了边地的狂风、飞雪,接下来诗人再现了边地的寒冷。冷到什么程度? 且看,狐裘不暖、角弓难控、瀚海百丈冰、红旗冻不翻。在这冰天雪地之中,军营的生活却是那么热烈、豪迈,送别友人,中军置酒备宴,胡琴琵琶羌笛齐奏。当大雪依旧飘洒,皑皑白雪覆盖了天山的时候,友人在朋友那温暖的目光中登程了。这种生活富有诗意,更富有力量。

《走马川行奉送出师西征》是一篇浪漫主义的杰作:

> 君不见走马川行雪海边,平沙莽莽黄入天。
>
> 轮台九月风夜吼,一川碎石大如斗,随风满地石乱走。
>
> 匈奴草黄马正肥,金山西见烟尘飞,汉家大将西出师。
>
> 将军金甲夜不脱,半夜行军戈相拨,风头如刀面如割。
>
> 马毛带雪汗气蒸,五花连钱旋作冰,幕中草檄砚水凝。
>
> 虏骑闻之应胆慑,料知短兵不敢接,车师西门伫献捷。

这首诗描写了一场不战而胜的战斗。北方少数民族一般以游牧为生,经过一个春夏的休养,人肥马壮。寒冬时节,百草枯零,如果他们粮草储存不够,为了生存就会南侵抢掠。此诗的描写具有真实的生活基础。一开始,铺垫了环境:黄沙莽莽,一望无际。突然,狂风骤起,只见"一川碎石大如斗,随风满地石乱走",飞沙走石,天昏地暗,狂风、严寒、荒漠,就在这个气候非常恶劣的晚上,匈奴出动,妄图来一次突袭,这真叫人惊心动魄! 而汉军临危不惧,知难而进,沉着应战,将军金甲不脱,运筹帷幄;士兵顶风冒雪,紧张有序地开往前线,衔枚疾走,偶尔能听到兵器相碰的声音。这样的从容不惧,严阵以待,令匈奴不寒而栗,结果不战而退,落荒而逃,正是古兵法最推崇的"不战而屈人之兵"。自然环境描写不仅交代战事发生的背景,也为汉军雄壮的军威进行铺垫。军情的万分紧急、环境的异常艰苦,都表现了唐朝军队的威猛。作者精心刻画这场有惊无险的战斗,正是说明士气旺盛。以险为豪,以苦为乐,冲艰逆险,激昂奋发,充满着英雄主义;在矛盾中展开,用背景渲染,采用对比,注意气氛的渲染,色彩斑斓,大气磅礴,力透纸背。

再读《轮台歌奉送封大夫出师西征》:

轮台城头夜吹角,轮台城北旄头落。

羽书昨夜过渠黎,单于已在金山西。

戍楼西望烟尘黑,汉兵屯在轮台北。

上将拥旄西出征,平明吹笛大军行。

四边伐鼓雪海涌,三军大呼阴山动。

虏塞兵气连云屯,战场白骨缠草根。

剑河风急雪片阔,沙口石冻马蹄脱。

亚相勤王甘苦辛,誓将报主静边尘。

古来青史谁不见,今见功名胜古人。

这首诗是给人军出征送行,也是壮行,所以它重在气势的渲染、士气的鼓动。头四句交代军情紧张,接着描写大军出征时激动人心的场面。面对敌情,我军从容不迫,胜券在握地沉着应战:拥旄出征,吹笛而行,四面伐鼓,三军大呼。"四边伐鼓雪海涌,三军大呼阴山动",富有想象力的夸张,可谓撼天动地,展示出一往无前、所向披靡的军威。诗歌到此已从正面把气势做足,然后稍顿一下,换个角度来一回旋,为更高的冲刺作准备:"虏塞兵气连云屯,战场白骨缠草根。剑河风急雪片阔,沙口石冻马蹄脱。"描写战场敌军嚣张、白骨纵横的阴森甚至恐怖景象,而且环境也非常恶劣,风急雪大,天寒地冻,马蹄连连打滑,行军极其艰难,对我军极为不利。这几句非常实在。那么,是否就此气馁呢?作者巧妙地述之以理,"亚相勤王甘苦辛,誓将报主静边尘"——您可是皇帝欣赏的命官,您被委以重任前来靖边,这可是古今多少贤臣渴望的知遇之恩。最后,用一鼓励作结,再升华一层:"古来青

史谁不见,今见功名胜古人。"站在历史的高度发出激励,此战胜利,不仅有功于当代,而且青史留名,流芳百世,千古不朽。我们千万不要以为这是岑参临时想来的激励之语,这何尝不是岑参自己所渴望的呢?岑参《初过陇山途中呈宇文判官》诗云:"万里奉王事,一身无所求。也知塞垣苦,岂为妻子谋。"《送张献心充副使归河西杂句》诗:"未年三十已高位,腰间金印色赭然。前日承恩白虎殿,归来见者谁不羡?"这种渴望,既有追求现实富贵的功利动机,也有献身国家、回报知遇之恩以及青史留名等崇高的精神价值追求。

岑参的边塞诗展现边塞风光的奇异壮美,歌颂爱国主义和不畏艰苦、战胜困难、置生死于度外的英雄主义精神,气势雄健,热情奔放,刚健有力,想象丰富,浓墨重彩。和高适的诗比较,岑参以激情取胜,而高适则以理性深度见长。

五、盛唐边塞诗的丰富性与中晚唐边塞诗的发展

文学是情感的唯美表达,本身就带有一定的理想性,用诗人的思维来参与社会和生活,自然与实际大有距离,盛唐的诗歌成就突出,这同时注定盛唐诗人人生遭际上的坎坷。在盛唐诗人群中,王昌龄是一个心性高洁并且具有侠肝义胆品性的人,交游颇广,人缘极佳,诗名很大,但不知何故当时人们却说他"不矜细行",终致"谤议沸腾"(殷璠《河兵英灵集》)而被贬。作为边塞诗歌的重要作家,"诗家夫子"、"七绝圣手",王昌龄(约698—756)生平非常不幸。开元十五年(727年)好不容易才进士及第,旋被外放末等小官,后两次因事被贬往南方,长达近二十年;安史乱起,新旧易主,唐肃宗即位,大赦天下,已近花甲之年的王昌龄侥幸北归,谁知他路过亳州(今属安徽)谯郡时,不知何故又惹恼当地太守闾丘晓,遭闾丘晓杀害。他活得坎坎坷坷,死得也不明不白,生平如此悲惨,可是诗人留下的诗歌却是那么轻扬婉约。

王昌龄虽然到过边塞,但其诗与高适、岑参的不同,他的边塞诗并不全

面展示边塞生活,往往只取材一个生活片段或细节,更多的是发挥诗人的想象力来表现一些普遍、共通的情感,大多属于代言体;形式多采用绝句,情思婉转,情韵悠长。其边塞作品也表现战士为国戍边、英勇杀敌的豪情壮志。且读《从军行》组诗:

> 青海长云暗雪山,孤城遥望玉门关。
> 黄沙百战穿金甲,不破楼兰终不还。(其四)
> 大漠风尘日色昏,红旗半卷出辕门。
> 前军夜战洮河北,已报生擒吐谷浑。(其五)
> 胡瓶落膊紫薄汗,碎叶城西秋月团。
> 明敕星驰封宝剑,辞君一夜取楼兰。(其六)

作者的笔墨很简约,先刻画一个场景,然后由此生发,引出战士的心理活动。

战争是残酷的,面对外敌的入侵,当然要奋起保家卫国,但戍边不等于就能金戈铁马、披挂上阵、立功扬名,更多的时候倒是平淡无奇,在远离人烟的荒凉大漠,每天面对着一样的日升日落、月升月落,单调、孤独、寂寞考验着人的精神和灵魂。王昌龄对战士这种心理体会得很细,善于通过景象和对细节的精心选取,表现人物内心复杂的矛盾和微妙的情绪波动。且看《从军行》另两首诗:

> 烽火城西百尺楼,黄昏独坐海风秋。
> 更吹羌笛关山月,无那金闺万里愁。(其一)
> 琵琶起舞换新声,总是关山旧别情。
> 撩乱边愁听不尽,高高秋月照长城。(其二)

战士远在塞外,久戍边关,难免思念家乡和亲人。前一首,烽火楼头,夕

阳西下,瀚海万里,秋风劲吹,这时又传来羌笛那哀怨的曲调,这样的场景、这样的音乐声,怎不教人思绪万千?后一首,由琵琶声着笔,似乎是战士的自言自语,琵琶又弹奏出一个新的曲子,弹来弹去,总是那几个曲子,总是思念家乡这一主题。生活太单调,思念之情与日俱增。最后是秋月长城的画面,诗人巧妙地以虚笔作结,这是战士眼中的景象?还是诗人眼中的景象,战士也成为这景象的一个部分?作者化景物为情思,画面优美,诗味悠长。

王昌龄最为传诵的七绝还是《出塞二首》(其一):

秦时明月汉时关,万里长征人未还。

但使龙城飞将在,不教胡马度阴山。

此诗还被明代学者推崇为唐人七绝的压卷之作。这首诗涉及开元天宝时期戍守边塞任用主将不当这一重大主题。有些将领为了投皇帝之所好,不顾民族关系,一味开边邀功,不仅造成战争延宕遥遥无期,而且,指挥失措,造成士兵不必要的死亡,正所谓"一将功成万骨枯"。王昌龄借古讽今,以汉喻唐,以汉代有李广那样爱兵如子、用兵如神的名将作比,批评唐代缺少这样的好将领。

明月渺渺,关隘重重,岁月流逝,而士兵远在荒漠、戍边未归。明月关隘,是典型的边关景色,颇富画面之美。这两句绝非单纯写景,交代边关环境,而是亦史亦实,古今对照。上下两句合言,一指时间的绵长,一指空间的遥远,构成开阔的诗境。诗起笔高远,从遥远的历史破空而来,极尽感叹之意。有此作基础,后两句逼出感叹:如果有好的将领在,就不必如此。由此可见,此诗虽只有四句,但思想深刻,主题重大,内涵丰富,构思巧妙,诗境深邃。

其实,要做到深并不难,此诗的好处还在于化繁为简、寓深于浅,深入浅出、通俗平易。语言朴素,不刻意绘声绘色,通俗易懂,朗朗上口。所选取的意象也极其常见,其中积淀了丰富的情感,读起来极易调动读者的情绪体验,自然亲切。

王昌龄颇善解人意,深谙人情物理。前方战士思念家乡,后方的少妇更是哀怨声声。历来思妇诗甚多,思妇诗本身足可以成为一种独立的题材。王昌龄写了不少成功的反映女性心理的诗,最有名的还是《闺怨》:

> 闺中少妇不知愁,春日凝妆上翠楼。
> 忽见陌头杨柳色,悔教夫婿觅封侯。

一位闺中少妇,无忧无虑,在春气勃发的温暖季节,打扮得漂漂亮亮,满怀欣喜地登上翠楼。她放眼极目,忽然看见路边的杨柳不知什么时候都变成绿色,她的心不禁"咯噔"一下,想起远在边关久戍未归的丈夫,这时心中涌起的不仅是孤独、思念、哀怨,更多的是后悔——即使将来得到封侯之赏,而如此短暂而美好的青春不也白白浪费了?

诗歌所写的人物、场景、心理,都很模糊,是模式化的,闺中、春日、翠楼、陌头、杨柳皆是等闲之物,并非特指;这位女主人公也不知姓甚名谁。既然是少妇,正值青春,爱美之心便分外强烈,那陌头是往日惜别之处,而路边的依依杨柳更是真情、深情、定情之物,折柳送别是唐代的风俗,丈夫久出难归,她情不自禁睹物思人。这么说,此诗的好处还不明确。它描写生活中的一个片断,就这个故事的表层因素看,这已是一个很美的场面,美丽的人,美丽的季节,这么简单得不能再简单的因素却包含着变化和发展,具有丰富的戏剧性。花枝招展的主人公兴高采烈地上楼来,放眼远方,忽然眉头一皱,又郁郁下楼而去。没有对话,只有动作、场景,就像一幕无声的电影短片,却很有韵味。吸引人、触动人的还不止于此。《诗经·卫风·伯兮》就描写了一位思妇"自伯之东,首如飞蓬。岂无膏沐,谁适为容"的心理活动,青春短暂、韶华易逝以及"女为悦己者容",这是古人普遍的心理反应模式。当看到这位美丽女性可爱又令人伤感的种种表演时,不能不引起人们深层心理的普遍共鸣。开元天宝时期,唐王朝发动了不少边境战争,一些敏感的诗人

都对此发表了反战观点,从某种意义上说,这已经成为时代性主题。这首诗便从艺术的角度,触及这一时代心理之弦,模糊而又巧妙地反映了人们的厌战情绪。

王昌龄在世时就诗名籍籍,其绝句代表盛唐诗歌艺术的最高成就,边塞诗是其诗歌成就的重要构成部分。他的诗以普遍的情感经验为主题,写得情景交融、意境玲珑、情韵悠扬、深入浅出。

李颀(约690—751)也是盛唐边塞诗歌的重要作家。他和其他盛唐诗人一样,艺术成就不限于边塞诗。他长期生活于盛世之底层,强化了他对社会阴暗面的注意。他的边塞诗传世的只有5首。除了与众相同的慷慨激昂、许身报国的爱国激情之外,李颀的边塞诗还多了一份风骨凛然的侠气。如《古从军行》:

> 白日登山望烽火,黄昏饮马傍交河。
> 行人刁斗风沙暗,公主琵琶幽怨多。
> 野营万里无城郭,雨雪纷纷连大漠。
> 胡雁哀鸣夜夜飞,胡儿眼泪双双落。
> 闻道玉门犹被遮,应将性命逐轻车。
> 年年战骨埋荒外,空见蒲桃入汉家。

这首诗描写边战环境的极其阴暗恶劣,诗人却不像岑参那样用以陪衬战士的大无畏精神,而是说明战士付出代价之大。战士用生命换来了什么呢?"年年战骨埋荒外,空见蒲桃入汉家",这付出与所得相比,未免有些滑稽。历史非常复杂,作者的思考很理性。一场边塞战争,统治者看到的是成功,而作为一个关怀人间冷暖的诗人,看到的却是巨大的代价——普通士兵的死亡,普通百姓为了战争节衣缩食、献出亲人直至贡献生命。

又如《古意》:

男儿事长征,少小幽燕客。

赌胜马蹄下,由来轻七尺。

杀人莫敢前,须如猬毛磔。

黄云陇底白云飞,未得报恩不得归。

辽东小妇年十五,惯弹琵琶解歌舞。

今为羌笛出塞声,使我三军泪如雨。

　　侠客之令人尊重,就在其轻死生、重然诺的精神。长征未还,知恩未报,那是多大的痛苦！再听那辽东少妇弹奏出或铿锵、或幽怨的出塞之声,是思念,是哀怨,还是激励？三军泪落如雨,多少人心头的积蓄一泻而出。力拔千钧,悲慨淋漓。

　　众所周知的《登鹳雀楼》诗为王之涣挣得不少名声,很遗憾的是,据当代专家考证,此诗的著作权并非属于王之涣,而属于唐代另一位普通诗人朱斌。"白日依山尽,黄河入海流",展示北中国苍茫的景象,奔腾万里的黄河,烟波浩渺的大海,逶迤起伏的群山,血染长空的夕阳,壮阔无边,气势雄伟。黄昏意味着结束,楼层毕竟有限,壮阔的景象已经尽收眼底,似乎诗歌到此已经山穷水尽,且慢,作者笔锋一转,返实入虚,从不可做文章处再别开一境界——"欲穷千里目,更上一层楼",作者还要追求、冲刺,大有不舍昼夜的精神,真有览天下人人胸怀的气概。登高望远是古代的传统,触景生悲更是魏晋以来的习惯,而作者一变旧俗,弃低沉而取高亢,脱琐屑而入宏大,这种乐观开朗、积极进取的人生态度正是盛唐时代精神的折光,这是时代之光,更是心灵之光。这首诗本意不过是按照这类诗写作的惯例赞叹此楼之巍然高耸,客观上却展现出作者及盛唐时代特有的奋发有为的精神面貌。

　　尽管如此,王之涣也是盛唐诗坛上名声远播的著名诗人。薛用弱《集异记》记载的开元中王昌龄、高适、王之涣"旗亭画壁"的故事,不会是游根虚谈。如《凉州词》(二首)：

诗国花开——唐诗美感的流变

黄河远上白云间，一片孤城万仞山。

羌笛何须怨杨柳，春风不度玉门关。（其一）

单于北望拂云堆，杀马登坛祭几回。

汉家天子今神武，不肯和亲归去来。（其二）

第一首描写边关雄壮奇丽的自然风光：黄河与白云，颜色相间，多姿多彩；一片孤城与万仞高山，高矮相比，相反相成，而黄河向远处延伸，高山向长空耸立，空间无比辽阔，征人不必老是吹奏思念家乡的曲子，这里虽没有春风，却有边塞的雄壮和奇丽。可见作者视野开阔，胸襟乐观豪迈。第二首，借古赞今，和亲是不得已的办法，如今国家强盛，天子神武，不必再行和亲。

王翰的《凉州词》（其一）更是千古传诵：

葡萄美酒夜光杯，欲饮琵琶马上催。

醉卧沙场君莫笑，古来征战几人回。

葡萄美酒、夜光杯、琵琶，这些异域风物，使人想到战争的成果。又一场战争开始了，马上出征，又是一场生死考验，再饮一杯吧！似乎痛苦，又似乎洒脱，死是无可回避的，而活着也要好好地享受人生，醉卧沙场——古来能有几人这样洒脱？这就是盛唐人既现实又浪漫的人生态度。

《河岳英灵集》曾说崔颢"少年为诗，属意浮艳，名陷轻薄。晚节忽变常体，风骨凛然。一窥塞垣，说尽戎旅"。崔颢晚年曾从军辽西，写有不少边塞诗。《赠王威古》：

三十羽林将，出身常事边。

春风吹浅草，猎骑何翩翩。

插羽两相顾，鸣弓新上弦。

射麇入深谷，饮马投荒泉。

　　马上共倾酒，夜中聊割鲜。

　　相看未及饮，杂虏寇幽燕。

　　烽火去不息，胡尘高际天。

　　长驱救东北，战解城亦全。

　　报国行赴难，古来皆共然。

　　诗歌展示军中豪迈昂扬、洒脱不羁的生活，歌颂捐躯赴国难的壮志豪情。

　　《古游侠呈军中诸将》诗：

　　少年负胆气，好勇复知机。

　　仗剑出门去，孤城逢合围。

　　杀人辽水上，走马渔阳归。

　　错落金锁甲，蒙茸貂鼠衣。

　　还家且行猎，弓矢速如飞。

　　地迥鹰犬疾，草深狐兔肥。

　　腰间带两绶，转眄生光辉。

　　顾谓今日战，何如随建威。

　　仗剑杀人，飞鹰走狗，任侠豪迈，这种生活具有豪放之美，丝毫没有其《黄鹤楼》诗所表现的婉约深情。

　　祖咏今传唯一的边塞诗《望蓟门》，与其他题材的诗风格完全不同：

　　燕台一望客心惊，箫鼓喧喧汉将营。

　　万里寒光生积雪，三边曙色动危旌。

　　沙场烽火连胡月，海畔云山拥蓟城。

诗国花开——唐诗美感的流变

少小虽非投笔吏,论功还欲请长缨。

此诗最后一句堪称千古盛传,展示献身国难的豪情。在国家、民族面临危亡的关头,自然最需要抛头颅、洒热血的勇士。那种真刀实枪、短兵相接的战斗,更能直接展示生命的力量、勇气,更能使人感到回肠荡气、奔放淋漓。颔联"万里寒光生积雪,三边曙色动危旌",采用数字对,极其工整,展现边关景色的奇丽。

盛唐边塞诗歌承接魏晋南北朝时期的战争诗甚至思妇诗而来,却具有全新的时代精神,反映士人关注国是、积极进取的人生立场。中晚唐时期还继续产生着以边塞为题材的诗歌,这当然反映出诗歌发展的延续性,而唐王朝内乱不定,无暇顾及边关,一改边塞诗的精神和风格,再难见到盛唐边塞诗歌特有的英雄之气、爱国豪情,从而就失去了作为诗歌流派的标示意义与价值。

第八章　荒村带返照　落叶乱纷纷

——8 世纪后半叶的诗歌流派

一、"气骨顿衰"与众脉分流

如果把唐诗初、盛、中、晚的发展比喻成自然界的春、夏、秋、冬四季,初唐的诗歌创作如同春天,姹紫嫣红的花朵雨中初绽,尽管华艳美丽,却柔靡无骨;盛唐诗歌如阳光普照,万物勃发,大气磅礴,刚劲热烈,充满生命力;中唐如秋风劲吹,色彩开始灰暗;晚唐正如严冬,一片衰飒,格局狭小。比较而言,盛唐与中唐之间的变化最为突出。八年的安史之乱,不仅是唐代政治发展的转折点,也引发了文学发展的巨大变动,使盛唐与中晚唐文学形成鲜明的时代落差。初盛唐是走着一条上山的路,迎着阳光,兴高采烈,而中晚唐则走着下坡路,暮色沉沉,心情压抑。从总体上说,由于国势转衰,中晚唐诗歌气度狭小,已经失去盛唐的恢宏博大;感情伤感衰飒,不再昂扬奋发;艺术上也不再歌颂理想、以自然高妙为美,而是反映世俗生活、追求雕琢、变异之美。8 世纪后半叶,即从天宝(742—756)后期开始,中间经过大历(766—779)一直到贞元(785—805)中,这段时间正是唐诗发展由盛唐向中晚唐转变的重要时期。

盛唐时期,社会相对安定,诗人们得以纵情游览,广交朋友,但还没有形成明显的社交群。他们生活经历极其相似,一起呼吸着昂扬向上的时代空

171

气,因此,他们在诗歌创作上表现出更多的共同性,而田园山水诗与边塞诗之区别也不是绝对的,一般作家都有这两种题材的创作,只不过主要倾向、主要成就稍有不同而已。

唐开元末年,朝政渐趋腐败,最后导致安史之乱的爆发,战争破坏了社会的稳定,唐王朝从此一蹶不振。政局的演变引起文学的变化,政治的分野也必然造成文学家以及文学的分化。8世纪后半叶,诗坛上的诗歌流派比较复杂,既有空间上的共时性分布,也呈现出历时性的分布。具体来说,此期的诗坛可划分为几个比较有影响的诗人群落。从天宝后期到肃宗当政时期(756—762),奸臣当道、战争的动荡、局势的紧张、生活的艰难,使得诗人们求生不易,盛唐诗坛上活跃的诗人大部分在战前或战争中去世,幸存的诗人如李白、杜甫等因受时局影响不得不寄人篱下,四处漂泊,他们人数不多,且分散在各地,很少横向交往,很难互通声气。虽然他们还在惯性地歌唱,不过,歌颂理想被批判社会黑暗、感叹民生凋敝所代替,昂扬奋发被沉郁悲愤所代替,他们的声音已经很难形成一个影响全社会的文学主调。另一个比较自觉的诗歌流派,是由元结组织、号召并通过编辑《箧中集》而构成的诗人群体,他们敏感于政治的腐败、民生的艰难、特别是个人的失意,开始捡拾起儒家的诗教理论,提倡用文学干预社会生活,以诗歌反映社会问题。实际上,他们这类主题的诗歌创作活动在安史之乱尚未爆发的天宝后期已经开始,李白的牢骚与愤激、杜甫的沉郁顿挫也开始于基本相同的时代,杜甫和元结、孟云卿还有人际交往,甚至有诗歌赠答 (杜甫《同元使君春陵行》),李、杜的思想境界与生活视野却远非这一诗派诗人可比。

唐代宗大历(766—779)时期,安史之乱最终得以平定,尽管这时候内忧外患不断,皇帝毕竟回到长安,人们可以享受相对平静的生活。战争、分裂、争权夺利,各种社会矛盾积重难返,政治变得更加黑暗,奸臣当道,武人横行,主导社会的力量是武力、奸诈、险恶,而不是理性、正直、善良,因此,具有强烈自我意识和理想主义精神的文人很难发挥其社会作用,一部分文人为了生存,就会根据社会动向调整自己,这样就造就了一个新的依附于社会实力阶层的文人群体,也许他们人格低下,创作成就也不高,但因为他们和权力结合在一起,代表了京城官场诗风。这些台阁诗人,出入王公府第,依附于权贵豪门,有所不满却又心安理得地甘心当文人清客,应酬唱和,装点门面,取悦于人,以换取在京城蝇营狗苟而物质上却安定、舒适的生活,这批人中最有名的就是文学史家所称的"大历十才子"。大历十才子同时寄居于京城,彼此交往频繁。作诗相互攀比,声应气求,相互影响,尤其是和当权者搅和在一起,俨然文坛盟主、诗坛魁首,影响很大。

与十才子大约同时的还有一部分诗人,他们出生于盛唐且受到盛唐精神的熏陶,但还没有来得及登上盛唐诗坛。战争爆发之后,他们被迁出京城,年龄还不是太大,在外地为官,尤以江南为多,其时江南尚称安定,生活相对安闲,他们彼此有些诗歌唱和活动,对时局不满,但又不至于愤怒,以能保持人格自由为满足,啸傲山水,如刘长卿、韦应物等,也就是江南诗人群。

从大历(766—779)后期到德宗贞元(785—805)中期,政治上的极度混乱引起人们的忧患呼声,德宗也欲有所作为,在此背景下,朝廷内外涌动着一股革新振兴的思潮,文人在政治上又活跃起来,文坛状况也有所改变。最重要的变化就是古文运动演变为时代性的思潮,不过,唐代古文运动最重要的人物韩愈还没有成为中坚力量,这时候这种思想影响还不大。就诗歌而言,大历十才子已不占文坛领袖地位,同时,中唐的多种文学倾向、文学流派也在酝酿之中,此期已形成声势的就是吴中诗人群体,他们以皎然为首,活跃于京城之外的吴中地区。

相对于盛唐诗歌的气骨丰盈、饱满健旺、沉博绝丽,过渡时期的诗歌可谓"气骨顿衰"(胡应麟《诗薮·内编》),以十才子创作最为典型。刘长卿《碧涧别墅喜皇甫待御相访》诗句曰:"荒村带返照,落叫乱纷纷。"秋天意味着衰飒和凄凉,夕照是那么短暂而无力,这就是精神委顿者的视野;荒村是战乱的写照,而落叶乱纷纷,就不仅是秋气弥漫、朔风大起的自然景象,也是时代的动乱给诗人造成的心理印象。

二、感时怨世与《箧中集》诗人群

唐肃宗乾元三年(760年),安史叛乱的烟尘未息,元结(719—772)正在山南东道节度参谋任上,他在招降纳叛、安抚贫民的间隙编辑了一本诗集《箧中集》。此集收诗只有24首,元结在序中说是"尽箧中所有",当时兵荒马乱,诗人要务在身,不可能携带更多的书籍。在如此忙碌紧张的情况下,诗人携带着这些诗,还要编辑诗集以广流传,显然在元结看来,这件事非同寻常。

这个诗集收录七位诗人的诗歌,分别是沈千运、王季友、于逖、孟云卿、张彪、赵微明、元季川。除了孟云卿,其余都是些开元诗坛上不入流的名字,这些人的诗歌活动在安史之乱爆发前的天宝后期就已开始。和开元时期的诗坛巨子李白、王维、孟浩然、高适、岑参、杜甫等主流诗人相比,他们的吟唱无疑声音低微,很难受到时人注意,同时,他们彼此之间并没有多少直接往还,也难成声势。据孙望等学者考证,这几位诗人除了王季友、孟云卿担任过不大的官职之外,另外五人皆仕进无门,穷困潦倒,郁郁寡欢,布衣终生。元季川乃元结从弟,其他人皆为元结朋友,元结和他们有所交往。

元结在《箧中集》序中说:"吴兴沈千运独挺于流俗之中,强攘于已溺之后,穷老不惑,五十余年,凡所为文,皆与时异。故朋友后生,稍见师效,能似类者有五六人。呜呼!自沈公及二三子,皆以正直而无禄位,皆以忠信而久贫贱,皆以仁让而至丧亡。异于是者,显荣当世。谁为辨士,吾欲问之。天下兵兴,于今六岁,人皆务武,斯为谁嗣?"在元结看来,这七子人格高尚,具有正直、忠信、忍让等古儒之品德,却处贫贱、无禄位,且不保天年,元结有感于此,才刻其诗集,以广流传,以示同情。其实,历朝历代,能够飞黄腾达的毕竟是少数,不遇之人、不遇之诗所在多有,而元结面对这七个人的不遇却大洒同情之泪,原因还在于他有理想化的先入之见,他觉得自己义不容辞要为这些人、为解决此类社会问题而大声疾呼。显然,元结这种强烈的责任感、忧患感来自他对自身所处时代的基本判断。当元结这样的士大夫发现问题之后，他们就会思索问题产生的原因以及解决问题的办法，传统的儒学思想便成为他们进行社会批判的思想武器。其序说："风雅不兴，几及千岁。溺于时者，世无人哉？呜呼！有名位不显、年寿不将，独无知音，不见称显，死而已矣，谁云无之？近世作者，更相沿袭，拘限声病，喜尚形似，且以流易为词，不知丧于雅正然哉？彼则指咏时物，会谐丝竹，与歌儿舞女，生污惑之声于私室可矣。若令方直之士、大雅君子听而诵之，则未见其可矣。"在元结看来，这七人的不幸遭遇，就是由于儒学衰微所造成的，他们的诗具有风雅精神，比如不用近体，只写古体，社会却不欣赏。因此，他要重振儒学，目的就是要解决这类社会问题。元结后来任道州刺史，轻徭薄赋，安抚贫民，他的思想依据就是儒家的仁爱精神，同时，他作《春陵行》《贼退示官吏》，以述己志，以示官吏，用诗歌干预现实，显然也是继承、发扬儒家诗学传统。

元结的思想在当时具有代表性。重振儒学是大量社会问题出现后的必然回应，是士人必然提出的解决方案，是当时思想的大潮。与此同时，贾至等人在朝廷提倡革新制度，思想界有啖助、赵匡等人的《春秋》新学，而萧颖士（709—760）、李华（715—766）、独孤及（725—777）等则提出重振儒学、改变文风的观点。身为一位地方官员兼诗人，元结与他们不同之处在于，他不仅在政务活动中亲自实践自己倡导的理论，体恤民情，轻徭薄赋，招降纳叛，而且，创作上继承风雅传统，反映社会问题，并编辑诗集，弘扬这种精神。这七位诗人本身也并没有结成一个相与游历的群体，无非是相似的人生经验发而为诗，其诗也具有某些相似之处，而元结和他们都有着深厚的友情，故张大其词。元结的褒扬既宣传了其理论，也扩大了这种创作风格的传播，对后来的理论和创作产生巨大影响。沈千运等七位诗人本来是名不见经传的人物，通过元结的整理工作，客观上保存了他们的活动资料，使我们能看到在高官显贵、名家大家之外，还有这一批小人物组成的诗歌流派，他们用诗歌表达自己真实的人生体验，从而反映盛唐之后诗歌发展的一种新动向。

《箧中集》所收的第一首诗歌,是沈千运的《感怀弟妹》:

> 今日春气暖,东风杏花坼。
> 筋力久不如,却羡涧中石。
> 神仙杳难准,中寿稀满百。
> 近世多夭伤,喜见鬓发白。
> 杖藜竹树间,宛宛行旧迹。
> 岂知林园主,却是林园客。
> 兄弟可存半,空为亡者惜。
> 冥冥无再期,哀哀望松柏。
> 骨肉能几人,年大自疏隔。
> 性情谁免此,与我不相易。
> 唯念得尔辈,时看慰朝夕。
> 平生兹已矣,此外尽非适。

　　人生失意却又无可奈何,于是就采取得过且过的生活态度。生活固然不顺心,不过还活着,还有亲人的问候。作者的情绪并不激烈,他展示的是自己日常生活的平庸与琐碎。

　　于逖的《野外行》:

> 老病无乐事,岁秋悲更长。
> 穷郊日萧索,生意已苍黄。
> 小弟发亦白,两男俱不强。
> 有才且未达,况我非贤良。
> 幸以朽钝姿,野外老风霜。
> 寒鸦噪晚景,乔木思故乡。
> 魏人宅蓬池,结网伫鳣鲂。

水清鱼不来，岁暮空彷徨。

盛唐著名诗人也抒发自己的人生失意之感，但是，他们自信、豪迈、拥有理想、充满希望，他们不是伤感，而是愤怒和批判，立场坚决，果敢有力。此诗表达的生活态度完全不同，似乎是苟且偷生，情绪是自哀自怜。

孟云卿(725？—?)、于永泰(765—766)初进士及第，授校书郎，仕途最顺，也是七人中最有影响的诗人，他与著名诗人杜甫、韦应物都有些交往。唐乾元元年（758 年）杜甫被贬官华州前夕，孟云卿来访，杜甫写有《酬孟云卿》诗，极尽深情。杜甫晚年写《解闷十二首》(其五)，赞美孟诗"数篇今见古人诗"，肯定其诗有古风。孟云卿等人处于社会底层，亲身经历世事的艰难，对社会的苦难了解得比较清楚，容易做到同病相怜、感同身受，因此，战争的灾难、民生的艰难也进入他们的诗歌之中。孟云卿就在创作上自觉地发扬古乐府精神，反映民生疾苦。《伤时二首》(其一)：

徘徊宋郊上，不睹平生亲。
独立正伤心，悲风来孟津。
大方载群物，生死有常伦。
虎豹不相食，哀哉人食人。
岂伊逢世运，天道亮云云。

《悲哉行》：

孤儿去慈亲，远客丧主人。
莫吟苦辛曲，此曲谁忍闻。
可闻不可说，去去无期别。
行人念前程，不待参辰没。
朝亦常苦饥，暮亦常苦饥。

飘飘万余里,贫贱多是非。

少年莫远游,远游多不归。

诗歌的题材和艺术手法,都源自汉乐府。这种主题非常符合元结的诗歌理论。

与盛唐诗人相比,这些小人物确实生不逢时,此时战争烟尘不息,战乱不已,整个社会秩序都被打乱,哪有他们升迁的机会呢?他们不满意现实处境,却又缺少傲风斗霜的凌云壮志;他们遭遇不幸,调子低沉的吟唱更加重了心情的沉重。他们的诗既一定程度上反映了时代的灾难,同时又吟咏出自己平凡及平庸、不幸的生活。他们的诗歌还有意与诗坛主流对抗,不用近体,语言随意、朴实、毫不雕琢。

元结是这个诗派的领袖。有感于繁荣外表下掩盖的民生凋敝现象,元结较早地要求诗歌恢复、继承先代乐府传统,"极帝王理乱之道,系古人规讽之流"(《二风诗论》),形成自觉的诗歌理论,并在此理论指导下进行创作。唐天宝五载(746 年),他写有《悯荒诗》;天宝十载(751 年),写有《系乐府十二首》;后来,又写了《舂陵行》《贼退示官吏》等诗,博得杜甫的称赞。他的诗不仅直接反映社会问题,而且有意模仿古乐府,采用古体,语言朴实,不太讲究艺术形象,终究限制了其感染力。

这种步追风雅的诗歌精神,与当时京城中正流行的重视诗歌艺术、追求平丽秀雅的风气是相左的,很难获得上流社会的认可。不过,就像元结的诗歌理论虽在当时没有产生影响却在中唐被白居易等人继承一样,沈千运等人求朴俗、写哀苦的诗歌创作倾向后来也被孟郊、贾岛等韩孟诗派诗人所发扬光大。

三、大历十才子的幸运与不幸

当安史叛军被消灭,唐王朝从战争的烟尘中勉强振作起来,战争的胜利给社会带来空前的兴奋,使人们产生盛世重现的错觉,人们久经沧桑,似乎更加珍惜生活的享受,社会普遍陶醉在一片歌舞升平之中。盛世如落花流水,眼前的和平与宁静只不过是一种虚假的表象,内忧外患从此不断,战争彻底改变权力格局,阉寺干政、武人当权、军阀割据的局面已大致形成。此时的诗坛恢复了盛唐重文爱诗的社会风气,诗歌却不再是文人的自我欣赏与理想赞歌,逐渐变成取悦权臣的游戏,就像8世纪初的宫廷风气一样,诗歌再次与性情失去联系,沦落为一种装点门面、体现文化素养、提高生活品位的社交工具。且看常被学者引用的一条典型记载:"郭暧,升平公主驸马也。盛集文士,即席赋诗,公主帷而观之。李端中宴诗成,有'荀令''何郎'之句,众称妙绝。或谓宿构,端曰:'愿赋一韵。'钱起曰:'请以起姓为韵。'复有'金埒''铜山'之句。暧大出名马金帛遗之。是会也,端擅场。送王相公之镇幽朔,韩翃擅场;送刘相公之巡江淮,钱起擅场。"(李肇《国史补》卷上)郭暧,何许人也?其父就是安国定邦、有匡扶社稷之功的大将郭子仪。一次,郭暧在家中与其妻、代宗女升平公主争吵说:"尔倚父为天子耶?我父嫌天子不作。"就是由这样的人来组织诗人笔会。这样的文学爱好者、这样应酬遣兴的场合,当然不再需要高歌理想、愤世嫉俗、品性高洁的文人,但也很难产生激情洋溢的优秀诗歌。它需要的只是歌咏升平以满足人们的中兴之梦、清丽典雅,足以显示文学才华。人们推崇的是典故使用的水平。就是在这样的时代背景和社会环境下,诞生了一个寄生于高门府第、歌咏京城官场无聊应酬生活的诗歌流派。而也就在这同一时刻,诗人杜甫正穷老衰病、举家辗转漂泊于荆湘的一条破船上,他口中吟诵着"战血流依旧,军声动至今"(《风疾舟中伏枕书怀三十六韵奉呈湖南亲友》)的诗句而凄凉地离开人世。这批京城诗人的代表,就是名震当时的大历十才子。关于大历十才子具体指称哪些人,后代有不同说法。最早记载这一并称的是姚合,其《极玄集》(卷上)李端小传记载:李端"与卢纶、吉中孚、韩翃、钱起、司空曙、苗发、崔峒、耿沣、夏侯审唱和,号十才子"。宋人撰写《新唐书·卢纶传》采纳姚合的说法。后代的记载有些出入,不过,这些出入恐怕正透露出当时这类诗人不止此十才

子,而是一时文人风气。据学者考查,十才子最为活跃的时间就在大历初年,在当时那种京城风气之下,像十才子这类的文人肯定不少。十才子备受权贵宠爱,能够大名远扬,这算是他们的幸运还是不幸呢?

大历诗人不幸地生活于兵荒马乱、奸佞当权的时代,他们苟且偷安,不得不参与应酬。从总体上说,他们胸无大志,陶醉于眼前的富足,不关心国家的兴亡,更看不到潜在的忧患;他们人格都比较龌龊,对权贵不分好坏,一味吹捧颂扬。在《县中池竹言怀》中,钱起自诉道:"官小志已足,时清免负薪。卑栖且得地,荣耀不关身。自爱赏心处,丛篁流水滨。荷香度高枕,山色满南邻。道在即为乐,机忘宁厌贫。却愁丹凤诏,来访漆园人。"他虽然也追求精神自由,但更看重苟且偷安的生活。这就是十才子的普遍心声。赋诗的场合往往就在权贵安排的宴会上,他们得意于权贵的褒奖,彼此之间逞才耀能,似乎成为标明宴会档次的社交人物、公关人物。高仲武《中兴间气集》记载:"自丞相以下,更出作牧,二公(指钱起、郎士元)无诗祖钱,时论鄙之。"此书所选诗"起自至德元首,终于大历暮年",可见主要是这一批人的诗歌。有趣的是,高氏在序中还说:此书选诗标准是"因事造端,敷弘体要,立义以全其制,因文以寄其心,著王政之兴衰、国风之善否,岂其苟悦权右、取媚薄俗哉?"正可谓欲盖弥彰,其实,这些人"苟悦权右,取媚薄俗"的作品不少。这些诗人的不幸是生活于乱世,过着仰人鼻息的生活,缺少独立人格,只能有口无心地为人歌功颂德、糊里糊涂地歌舞升平。

他们另外一重不幸,就是生活在盛唐诗歌极盛之后,便错误地追步盛唐诗境,结果却不得盛唐诗歌之自然清新,而表现出模式化的平丽冲秀、清淡明丽、浮词套语。他们胸无大志,自以为可得王、孟的清新、冲淡,实际上只是称道隐逸、流连光景、故作文雅而已。由于他们的诗歌不见性情,所以诗风有趋同倾向。然而,他们毕竟亲身经历了这场战争,也写了反映时局战乱的诗,尽管这不是他们诗歌的主要倾向。蒋寅指出:"在诗歌的体式方面,大历诗人较重视近体,较重视五言,总的来说,他们古体的成就不如近体,七

言的成就不如五言,长篇的成就不如短章。"①正好与元结等人偏好古体的作风相反。

钱起(722?—780?),在十才子中年岁较长,与盛唐诗人有过交游。天宝年间,王维已隐居山水田园,钱起与之过从甚密,相与唱和,其诗歌受到王维诗风的直接影响。王维毕竟是以笔写目、以手写心,自然天成,而钱起只是有意识地学习、模仿,再加上才力不够,他的诗便存在有句无篇、诗意省净、清浅秀媚,却不免雕琢、较少韵味的毛病。《省试湘灵鼓瑟》不仅给他换来进士的头衔,也带来诗名:

善鼓云和瑟,常闻帝子灵。
冯夷空自舞,楚客不堪听。
苦调凄金石,清音入杳冥。
苍梧来怨慕,白芷动芳馨。
流水传湘浦,悲风过洞庭。
曲终人不见,江上数峰青。

这是一首试帖诗,题目取自《楚辞·远游》诗句"使湘灵鼓瑟兮,令海若舞冯夷",湘灵是传说中的湘水女神。由美丽多情的女神来鼓瑟,仙乐飘飘,那音调一定非常动听。这个题目很妙。钱起这首诗的别致之处有以下几点:首先,他紧扣题目出处的故事背景,增加作品的故事性。他没有脱离人物情绪来写音乐,在他的诗中,湘灵鼓瑟,表达的是幽怨之情,可谓如泣如诉,这种哀苦之声当然最能打动人。其次,他发挥想象力,用夸张、拟人等艺术手法,使本来很抽象缥缈的音乐被表现得很具体。再次,就是结尾一联的妙用。前面极尽笔墨正面描写湘灵鼓瑟之感人效果,这一联却避实就虚,由刚才的五音繁会一下回到一片空茫,余音不尽,这一突然的变化展示了神秘

① 蒋寅:《大历诗风》,上海古籍出版社,1992年,第63页。

空灵的气氛,而"江上数峰青",青山秀水,也是美不胜收。由此可见诗人精心构思、刻意寻找诗意的努力。

听琴图(宋·赵佶)

李端(? —785?)在十才子中与钱起、韩翃齐名。他的五言绝句《听筝》也是描写音乐的名作:

> 鸣筝金粟柱,素手玉房前。
> 欲得周郎顾,时时误拂弦。

因为诗人生活在贵族群中,所以他对具有贵族品位的华贵、华丽、精致的东西特别关注,对这类东西的感受也非常敏锐。另外,从展示个人的文学才华来说,他也喜欢采用铺叙描写的方法,作者有意用"素手""玉房"显示他对颜色的细微区别。按一般的写法,描写弹筝,肯定要对筝声大加描写,而诗人却没有陷入这一俗套,他只写弹筝者的失误动作,"欲得周郎顾,时时误拂弦"——越是想吸引听者的注意越出错,真实地刻画出这位美丽的弹筝者的心理,非常富有戏剧性。作者注意观察、用心捕捉生活中富有诗意的细节,从他们的诗中可见精心构思的痕迹。

韩翃的《寒食》也是名作:

> 春城无处不飞花,寒食东风御柳斜。
> 日暮汉宫传蜡烛,轻烟散入五侯家。

据孟棨的《本事诗》记载,当时驾部郎中知制诰缺额,中书省提请御批。唐德宗批曰:与韩翃。当时江淮刺史也叫韩翃,中书省再以二人同进,德宗亲书此诗,批曰:与此韩翃。可见此诗影响之大。后代多以为此诗寓讽刺之意,其实未必。寒食节是唐代的一个大节日,一律禁火,为了庆祝节日,官员们也都放假。前两句描写寒食节到来时的自然环境,到处鲜花盛开,花"飞",可见花之多、花之盛,真可谓万紫千红、落英缤纷,故作者不称长安或京城,直接称"春城"。寒食时节,和煦温暖的东风轻轻吹拂,柳树随风轻舞,到了日暮时分,皇帝特赐火种于五侯,蜡烛轻烟袅袅。春光明丽鲜亮,作者写得却是如烟似水,整个画面也不清晰,他的本意也许是渲染春天气氛的浓烈,而且还显示皇恩浩荡,赐火于近臣,给人一种醉醺醺、暖洋洋的感觉。从诗人这种感觉和视野中,我们也可以看到诗人的精神状态不是昂扬刚劲的,他企图表现的是一种整体的氛围,他陶醉的也是那种懒懒散散的生活情调,这是整个时代精神的自然反映。这种心理印象实际上是一个时代的感觉特点,他们不像盛唐人自信、自强,充满力量,而他们的心灵都很敏感,自然景物的一点点变化都能激起他们强烈的情绪反映。

司空曙(720?—794?)的名诗、名句也能体现这一点,如其《喜外弟卢纶见宿》:

> 静夜四无邻,荒居旧业贫。
> 雨中黄叶树,灯下白头人。
> 以我独沉久,愧君相见频。
> 平生自有分,况是蔡家亲。

诗写的是自己的可怜:静夜无邻,荒居贫寒,陪伴自己的是雨中的黄叶树,自己也是红颜已逝、来日无多,就在这样寒碜的处境下,您还经常来看我,真不愧是亲戚。其中"雨中黄叶树,灯下白头人"为名句。作者采用移情入景,人、物对照(树与人、黄与白)的手法,以及善于夸大,把事物推到极

诗国花开——唐诗美感的流变

点(如树——黄叶树——雨中黄叶树,人——白头人——灯下白头人),激起读者共鸣。也许他们经受太多的人生艰难,很容易触景生悲。

卢纶(748 —800?)的《和张仆射塞下曲六首》甚为出名:

鹫翎金仆姑,燕尾绣蝥弧。
独立扬新令,千营共一呼。(其一)

林暗草惊风,将军夜引弓。
平明寻白羽,没在石棱中。(其二)

月黑雁飞高,单于夜遁逃。
欲将轻骑逐,大雪满弓刀。(其三)

野幕敞琼筵,羌戎贺劳旋。
醉和金甲舞,雷鼓动山川。(其四)

调剑又呼鹰,俱闻出世能。
奔狐将进雉,扫尽古丘陵。(其五)

亭亭七叶贵,荡荡一隅清。
他日题麟阁,唯应独不名。(其六)

这组诗,歌颂了守边将士的英武,展示了国威,其二、其三更是名诗。这组诗历来备受推崇,贺裳赞美说:"《塞下曲》六首,俱有盛唐之音。"(《载酒园诗话又编》)诗人自觉确定的思想主题,确实反映了盛唐边塞诗的豪壮之气,不过,诗人的艺术表现手法往往具有更强的时代性,它涉及人的感觉习惯,而诗人一般来说对此无法自觉地选择,从这个角度看,此诗到底还是流露出与

盛唐诗歌的不同。卢纶确实有从军边塞的经验,不过,第二首并不是他的亲身体会,用的是汉代名将李广的故事,而盛唐边塞诗人很少单纯借一个典故发挥成文。盛唐诗人也用典故,典故只是其中增强表现力的手段之一,他们更重视自己的生活实感。盛唐边塞诗喜欢直接写血与火的场面,富有战斗的激情,而其二、其三这两首诗所写都不是激烈的战斗场面,作者能够借用盛唐诗的技巧,却无法展示盛唐边塞诗才有的豪情。

　　总体来说,大历十才子情绪偏于伤感,格局狭小,在艺术上追求情景交融的表现,步武盛唐却失于模式化。从某种意义上说,正是他们把盛唐的经验变成了僵化的模式,使诗歌丧失表现力,从而物极必反,中唐诗人才弃雅向俗,让诗歌与现实生活、感性人生相结合,重新恢复诗歌的活力。

四、"窃占青山白云、春风芳草"的诗人群体

　　傅璇琮先生指出:"我们如果对肃、代时期的诗歌作一个综合的研究,将会发现,在当时众多的诗人中,除了李白、杜甫、高适、岑参、元结少数杰出的以外,大致可以分为两大群体,一是以长安和洛阳为中心,那就是钱起、卢纶、韩翃等大历十才子诗人,他们的作品较多地呈献当时的达官贵人;一是以江东吴越为中心,那就是上文所举的刘长卿、李嘉祐等人,他们的作品大多描写山水风景。"[①]这后一诗人群体的活动在当时就引起人们的注意,中唐诗论家皎然说:"大历中,词人多在江外,皇甫冉、严维、张继、刘长卿、李嘉祐、朱放,窃占青山白云、春风芳草以为己有。吾知诗道初丧,正在于此,何得推过齐梁作者?"(《诗式》卷四)从皎然这段话可以看出两点:第一,这些诗人确实形成一个相对独立的群体,且与京城诗人即"大历十才子"不同。第二,皎然对这种诗歌倾向是否定的,尽管皎然也生活于"江外",与这一批诗人不可避免有所交往,但皎然的诗歌观念却不同于他们,皎然属于另一个诗

---

①　傅璇琮:《唐代诗人丛考》,中华书局,1980年,第232页。

诗国花开——唐诗美感的流变

人群体。

安史之乱席卷整个中原地区,战争的烟尘以及朝廷内部白热化的权力斗争,使得会聚于京城的大批诗人纷纷离开长安。战争爆发之后,关中以及中原、东北、西北、西南,到处弥漫着战争的烟尘,只有江东还算相对稳定,江东不仅成为中央朝廷赖以生存的经济支柱,也成为大批诗人的避难所。《新唐书·权皋传》记载:"自中原乱,士人率渡江。"当战乱平定不久,那些在盛唐诗坛上活跃的诗人年事已高,且饱经战乱,先后谢世,重新在京城文坛上活跃的已不是往日诗坛主角,这部分人就是前述以大历十才子为代表的附庸文人。其实,大历十才子也先后奔走过南方,最后他们又都汇聚于京城,匍匐于权贵膝下,把庸俗当时髦,附庸风雅,优游卒岁。另一部分曾经亲□□□□江东之后,他们的诗歌活动也就在□□□东为生活与创作背景的这批地方官诗人群,如皎然所说,主要作家有刘长卿、皇甫冉、严维、张继、李嘉祐、朱放等。皎然把这批诗人活动的时间限定在大历(766—779)年间,就这个时间来说,刚好与大历十才子平行。这批诗人活动的时间实际上都延伸出大历,而且又有新的诗人如韦应物的加入,时为地方官的戴叔伦、戎昱也和他们有同好。和十才子比较,这些诗人对时代生活的反映相对全面、真实,战乱、民生疾苦是他们吟咏的一个重要内容;他们向往人格高洁,歌咏自然山水,虽然情绪低沉,但不像人

寒林骑驴图(北宋·李成)

格卑猥的十才子有意把自己的生活写得寒碜以博得人们的同情。

刘长卿(714？—790？)可谓这群诗人之首,在当时名声很大,曾自诩"五言长城",可见其孤傲之气。他曾两遭贬谪,故其诗多抒发抑郁哀伤之感,虽然诗境萧瑟,但可见心性之高洁。《碧涧别墅喜皇甫侍御相访》:

> 荒村带返照,落叶乱纷纷。
> 古路无行客,寒山独见君。
> 野桥经雨断,涧水向田分。
> 不为怜同病,何人到白云。

夕阳荒村,落叶纷乱,荒野上的一座小桥也断了,涧水横流,冲田毁地,满目萧条,毫无生气。在这样的环境中,孤独的诗人心境悲凉。诗人虽然孤独,却并不可怜,他心中还保留着一种自足的精神,正如那远山上悠闲的白云卷舒自如。

又如《寻南溪常山人山居》:

> 一路经行处,莓苔见屐痕。
> 白云依静渚,芳草闭闲门。
> 过雨看松色,随山到水源。
> 溪花与禅意,相对亦忘言。

睹物思人,写景见心。景色清新,悠闲自足,颇有脱俗之气。禅是主人心情宁静之源,安史之乱也给佛禅的传播提供了机会,此一时期的士大夫文人大多信佛,佛禅对清淡诗境的形成具有重要作用。

名作《逢雪宿芙蓉山主人》:

> 日暮苍山远,天寒白屋贫。

柴门闻犬吠，风雪夜归人。

云关雪栈图（宋·佚名）

这首诗被千古传诵。它非常真实地刻画了远游者的一种生活体验：环境是那么凄寒，生活条件也是那么简单以至贫寒，天寒日暮，夜里还是风雪交加，这时候传来一阵阵狗吠声——总算找到一户人家。环境确实简陋，从风雪中过来，即使再简陋的条件也给人一种强烈的温暖感。这种感受只有久经乱世、饱经艰难才能深有体会，贫寒中透出温情，冷静中包含热烈。作者采用以景衬情、反衬等手法，不加评断而意余言外。

由于刘长卿在诗中总是有意克制自己，不让情绪直接倾泻，而是自觉地移情入景，通过景色的渲染、形象的塑造来传达情绪，所以，他的诗歌画面优美，情韵悠长。但由于作者的心胸不够开阔，精神压抑，情绪低沉，感觉不丰富，且缺少骨力，同时，作者的艺术观念比较单一，偏爱某种固定的意象，因此大大地限制了作者的艺术开拓,不可避免造成诗歌意象的千篇一律、诗歌意境的雷同。中唐高仲武评刘长卿诗云:"诗体虽不新奇,甚能炼饰。大抵十首以上,语意稍同,于落句尤甚,思锐才窄也。"(《中兴间气集》)

韦应物(733?—792?)是这一诗派的又一大家,曾经亲侍过"太平天子"唐玄宗,早年狂放不羁,后遭遇挫折而折节读书,担任地方官颇能体察民情,政绩突出,深受百姓爱戴。韦应物的思想与言行风格前后表现出明显的变化,由昂扬奋发到收敛锋芒,由浪漫到现实,这其实反映了时代精神的深刻变化以及士人人格心理的自觉调整。韦应物既有对现实的分外关注,对民生疾苦的强烈同情,却又不像杜甫那样全力以赴地关注,他还追求精神的自足和宁静。前一类就是反映现实的诗,如人所盛称的《睢阳感怀》《经函谷关》《杂体五首》等,如《寄李儋元锡》,不仅表达对百姓的同情,还有深深的自责:

> 去年花里逢君别,今日花开又一年。
> 世事茫茫难自料,春愁黯黯独成眠。
> 身多疾病思田里,邑有流亡愧俸钱。
> 闻道欲来相问讯,西楼望月几回圆。

诗人的矛盾心情,既来自于人生虚幻的体验,也产生于对百姓的关怀。宋人黄彻说:"韦苏州《赠李儋》云:'身多疾病思田里,邑有流亡愧俸钱。'《郡中燕集》'自惭居处崇,未睹斯民康'。余谓有官君子,当切切作此语。彼有一意供租,专事土木,而视民如仇者,得无愧此诗乎?"(《碧溪诗话》卷三) 黄彻只看到诗人体察民情的一面,却没有看出诗人内心的矛盾。

实际上,韦应物的诗更多是为了平衡自己的心理,典型的风格就是高雅闲淡,在那种偏僻而又幽美的山水境界里,诗人自我舔抚着受伤而敏感的心灵。如《寄全椒山中道士》:

今朝郡斋冷，忽念山中客。

涧底束荆薪，归来煮白石。

欲持一瓢酒，远慰风雨夕。

落叶满空山，何处寻行迹。

山楼来凤图（南宋·佚名）

这里没有盛唐王、孟之田园诗那样温馨的生活,景色清寒,心情孤寂,境界空灵。

又如《滁州西涧》:

> 独怜幽草涧边生,上有黄鹂深树鸣。
> 春潮带雨晚来急,野渡无人舟自横。

画面美则美矣,而黄昏孤鸟、雨后横舟等意象,显示出诗人内心的孤寂、惆怅。

从宏观上看,古代士人自汉末从君权下解放出来,出现人格的独立之后,把对外在事业功名的追求一直当作自我实现的重要手段,这种生命的激情在盛唐发展到顶点,可是,现实并不像他们所想象的那样,依旧还有战争,个人还是失意,就好像一个人在经历人生的大起大伏之后才明白生命不过如此一样。作为一个群体,士人在盛唐之后进一步觉醒,于是从理想中回到现实社会中来,他们既不是完全的悲观失望,也不是一味沉湎事业功名,他们既现实,又理性;不再是"穷则独善其身,达则兼济天下",而是做着"兼济天下"的事情,追求"独善其身"的人格境界。韦应物等人的心理状态,反映了这一巨大的历史变迁,代表着古代士大夫的心灵、人格发育的阶段性特点。他们发展了王、孟诗歌的清淡倾向,而走向孤寂。这是一个时代性思潮,刘长卿、韦应物如此,同时代,尤其同一诗派的其他诗人也不例外。

张继(725?—779?)传世的作品并不多,但他在后代一般读者中的知名度却并不亚于李、杜、王、孟,这主要得力于《枫桥夜泊》:

> 月落乌啼霜满天,江枫渔火对愁眠。
> 姑苏城外寒山寺,夜半钟声到客船。

这首诗可谓家喻户晓,甚至传到东邻日本,寒山寺钟声也成为一大景观。对于这首诗的艺术性,人们已经说了千言万语,在此似乎不必再赘言,而这首诗的传播已构成一种意味深长的文化现象,后代人们对它格外地垂青,反映一些深刻的社会文化心理,值得深思。这首诗充分显示出经过盛唐诗歌的大盛,积累了丰富的艺术经验和良好的艺术感受力之后,诗人善于撷取景物,构造意境,把情绪打入景物之中。与众不同的是,张继注意声音的表现效果。自初唐开始,随着佛教的传播和影响的不断扩大,佛寺钟声也逐渐进入诗人的思想与审美视野,盛唐诗人常建《题破山寺后禅院》诗最后写"万籁此俱寂,但余钟磬音",不过,这种声音引起的还是佛教的出世之想,和一般人的人生体验存在距离。张继将钟声与各种复杂的现实人生体验汇入一处,这钟声让人想到客愁,想到相思,想到时光的流逝、岁月的消磨,想到生命的神秘等等,完全实现了审美化。所以,此诗不仅表明经过战争与动乱,佛教在中唐传播的日益广泛和深入人心,而且说明人们对佛教的接受、理解,更多地与自身生活相联系,使得佛教染上强烈的世俗色彩,大大增加对人们日常生活的渗透力、亲和力。此外,这首诗之所以受到后代人的喜爱,还有一个重要的原因,就是它哀而不伤、情中带思、寓悲于美的情感模式、美学风范,这种模式非常符合中国人的文化心理,它也受到儒家中庸精神的影响,把抽象的思辨和玄理艺术化、情感化,更能打动人。如前所述,此一时期士人心理的发育,奠定了中国古代封建社会后期文人的心理模型和人格规范,此诗所表达的人生体验自然对后代读者具有异乎寻常的亲切感、亲近感。

这一诗派诗人普遍厌倦社会的喧闹,他们心情苦闷,既不追求大红大紫,也不大声批判,他们僻居于山水之间,舐抚着自我受伤的心灵,欣赏空灵、渺远的艺术境界。戴叔伦就明确说过:"诗家之景,如蓝田日暖,良玉生烟,可望而不可置于眉睫之前也。"(司空图《与极浦书》)诗歌艺术的发展与他们人格的转变密切相关,他们的心理代表士人群体的深层心理和人格模式在盛唐之后的新变化、新发展,具有深刻的文化意义。

五、皎然与吴中诗人群

和盛唐诗人相比，江南地方官诗人群人格的变化要大于诗艺的变化，前者变多承少，后者变少承多，而以皎然为首的吴中诗人，则更自觉地寻求诗歌艺术的改变，其核心人物就是诗僧皎然。

皎然（720？—800？）出生于吴中。虽早就皈依佛门，与世人却颇多来往，他曾经漫游中原，与各地文人交往密切。他的交往范围广泛，在他周围就有不少佛徒、道士，包括著名的似道似娼式的女诗人李冶，他与江南地方官诗人群中的主要诗人刘长卿、韦应物的关系也很密切，德宗时期的贞干之臣颜真卿和他关系也很好。除了日常交往之外，以皎然为中心的这个诗人群还举行大规模的诗会活动，据学者考察，前后有两次，第一次是大历八年至十二年（773—778），颜真卿在皎然家乡湖州担任刺史之时，组织文士修订《韵海镜源》一书，同时唱和联句，切磋诗艺。第二次是贞元五年（789年）前后，皎然结束在外地的游历，回到湖州，与人唱和①。与他最为接近的诗人，还有顾况、秦系、灵澈、朱放、陆羽等，后来成为韩孟诗派的重要人物的孟郊曾经也是皎然诗会活动的座上宾，其《送陆畅归湖州因凭题故人皎然塔陆羽坟》诗云："昔游诗会满，今游诗会空。"对当年的诗会盛况念念不忘，可以想象当年在那种场合所学得的诗歌理论和经验对他后来的诗歌创作发生很大的影响。

这是一个非常注重理论的诗人群体。盛唐诗人的诗歌创作是性情的自然流露，那么，在他们已取得杰出的成就之后，别人再进行创作必然要追随甚至模仿他们，大历十才子就是如此。当十才子把盛唐的经验凝固成一种模式，变得浮薄雷同，必然造成人们的反感，刺激人们的思考，皎然对十才子

---

① 赵昌平：《"吴中诗派"与中唐诗歌》，载《赵昌平自选集》，广西师范大学出版社，1997 年。

就做过直接的批评。大历之后的诗人都在思考这一问题,这就是当时不少诗人都或多或少发表一些有关诗歌创作理论的原因。此外,在盛唐之前,也有一些理论探讨,比如初唐的上官仪等,不过,上官仪等的探讨还主要限制于诗歌韵律问题。这个过渡时期的诗歌理论讨论非常全面,涉及诗歌创作的许多理论问题,中国古代诗歌意境理论在这个时期走向成熟。他们在诗会唱和之时必然对诗歌理论进行研讨,皎然是这批诗人的精神领袖,他的理论著作如《诗式》等,对具体的诗歌做法以及诗歌史问题进行评论,倡导自然风格和提出诗歌意境问题,反映了诗歌理论的发展。

这个诗派的出现,除了诗歌经验的积累之外,佛教宗派及其理论对他们的理论思维、理论倾向也发生重要作用。皎然姑且不论,颜真卿也是一位居士,而顾况的信道佯狂更是众所周知。

仔细研究他们有关的诗歌言论还会发现,他们对诗歌并没有形成一致的意见,不过,有一个共同点是,他们对大历十才子诗歌一味模仿的浮薄浅丽倾向都进行否定。这样一来,就为诗歌上的多种创新提供背景,多种倾向并存相安,曾写过非常尖锐地暴露社会问题诗歌的顾况居然和讲求诗歌艺术的皎然臭味相投,追求自然之美的皎然与好写穷愁的孟郊也彼此友善。由于这个诗会活动囿于声势,虽然在作家的具体创作上还反映不出某种统一风格,但它却是中唐诗坛求变尚奇、标新立异、以手写心艺术创新精神的渊薮,而且,确实通过某些具体作家后来的社交活动如孟郊等人,将这种精神传承下去、传播开来。

总体来说,8 世纪后半叶,诗歌领域具有过渡时期的特征,理论的成就大于实际创作的成就,诗歌思想丰富,流派纷呈却缺少大家,呈现出一种不稳定的态势。其价值也许不在于创作甚至理论的成就,而是在盛唐极盛之后,探索、开拓一条诗歌进一步前进的道路和方向。

第九章　狂波心上涌　骤雨落笔前

——韩孟诗派

一、中唐政局与文人活动的群体性

安史之乱结束之后,中唐党争、藩镇割据与宦官专权三大问题全面暴露,皇权与中央朝廷的控制力逐渐减弱,文人活动范围扩大,官僚文人间的交往逐渐活跃,文人的酬唱活动增多,这种政治斗争的集团化与交往的群体性进一步造成群体性诗歌活动的生成。

推陈出新是文学自身发展的重要规律,而外在社会条件更是文学变革与演进的基础。在文学与政治密切关联、文学有可能影响社会政治的观念的作用下,中国古代的文学变革常常和政治变革联系在一起,政治变革必然需要相应的文学变革,而更多的时候,文学变革的呼声往往成为政治变革的前奏,文学变革被文人视作解决社会问题、消除社会积弊的突破口。在安史之乱爆发前夕,盛唐表面上还是一片花团锦簇,但一些敏感的文人已经感受到潜在的严重社会问题,他们提出通过倡导复兴儒学来解决现实社会问题,形成了文学上的复古思潮。在诗歌领域,就是元结所倡导的恢复乐府传统、反映民生疾苦的自觉努力;在散文领域,就是萧颖士以及稍后的独孤及等人倡导古文的努力。肃、代、德宗时期,社会矛盾更趋激化,内有宦官专权、牛李党争与各地的藩镇割据,外有周边的少数民族如吐蕃、回纥等不断的入

侵,皇权旁落,朝政黑暗,民不聊生,唐王朝的统治几乎到了难以维系的地步。因此,在有责任心的文人中间,这股思潮迅速发展,到了德宗贞元(785—805)年间,这股思潮终于演变成现实的社会力量,推动实际的政治改革,如永贞革新。作为与人的心灵活动密切相关的文学,其变化有时并不是当事人所自觉的,当主体心理发生变化,人的审美观念就会随之而悄悄地变化,尽管它是潜在的,但却是全局的、深刻的。从盛唐开始,当一部分人自觉地发出改革号召时,另外有一些诗人的诗歌创作已经在不自觉地发生变化。前者的变革是一种断裂式的急变,后者的变革则是一种渐变,是从传统逐渐过渡到创新的变化。在盛唐后期诗坛上,元结的乐府诗属于前一种情况,而杜甫的开拓属于后一种形态,他们不约而同地反映文学风气变化的趋势。诗歌创作中静悄悄发生的革新,在代宗时期、德宗贞元前期继续推进,即使在那些缺少以天下为己任政治责任感、远离政治、淡漠政治的诗人作品中,变革的倾向也存在着。皎然等人组成的吴中诗派诗人的创作,就表现出明显的求变倾向。这两种自觉、不自觉的文学革新倾向,在元和时期终于汇成时代大潮,在作家创作中全面地表现出来,形成全新的创作局面,正所谓"诗到元和体变新"。元和诗坛的诗歌盛况是唐代诗歌发展中继盛唐之后的又一次大繁荣,名家甚众,大气磅礴,气势雄伟,二者的美学形态大不相同。盛唐诗人崇尚高洁自由的人格,渴望政治上建功立业,高歌理想,富有激情,追求自然清新的艺术美,其诗歌风骨与声律兼备,洋溢着浪漫主义色彩。中唐诗人生于乱世,需要实际的政治才能,他们用文学干预生活甚至政治,具有一种现实主义精神。

一般认为,中唐主要有两大诗派,除了元、白通俗诗派暨新乐府诗歌运动以及个性较为鲜明的诗人柳宗元、刘禹锡之外,在韩愈、孟郊周围也聚集一群诗人,他们声应气求,臭味相投,以"苦吟"或"吟""苦"著称,诗风深险怪僻,史称韩孟诗派。严格说来,两大诗派的活动时间与规模不尽一致。首先,作为群体性的诗歌活动,韩孟诗派出现的时间要早于元、白通俗诗派暨新乐府诗歌运动。韩、孟交往与诗歌唱酬活动早在唐德宗贞元前期已经开始,贞元七八年(791、792),孟郊(751—814)在长安应试时结识韩愈(768—824),孟郊"性孤僻寡合,韩愈一见以为忘形之契"(《旧唐书》本传),从此二人开始文字之交。由于当时政治黑暗,仕途蹭蹬的士子很多,他们彼此同情,很快形成一个社交集团。而白居易与元稹等于贞元十九年春(803年)同以书判拔萃科登第,授秘书省校书郎,从此二人过从甚密,忘形尔汝。贞元二十年,李绅入长安应试,与白居易、元稹等结为诗友。李绅后来作《新题乐府二十首》,宪宗元和四年(809年)元稹读之而和作十二首,白居易受二人启发,也陆续写出他的新题乐府,此后新乐府诗创作才产生声势。其次,元白诗派自然以元、白为主,参与诗人不太多,而韩孟诗派诗人甚众,有韩愈、孟郊、贾岛、卢仝、刘叉以及姚合、李贺等。划分这一时期的诗歌流派还有很多争论,比如郑振铎甚至将张籍、李贺、王建等独立出来,"他们是复兴了宫体的艳诗,而更加上了窈渺之情思的"[1],从而视之为与元白、韩孟两大诗派平行的一个创作群体。实际上,且不论张籍、王建,但说李贺,他一生短暂、落拓,遭遇坎坷,甚至衣食不继,与韩门诗人多有相同之处;李贺与韩愈个人关系也甚为密切,韩愈曾经为了帮助李贺争取应进士试的资格专门写了《讳辩》一文;李贺的诗歌云谲波诡,迷离惝恍,但它和韩、孟诗风一样,都是一种生活的变态,只不过李贺更加推向极端而已,仍然可以将李贺视作韩孟诗派诗人。

与此前诗派不同的是,中唐时期的诗派大多有中心人物,这些中心人物不再是帝王,诗人们围绕某位或某些大诗人而不断交往逐渐形成纯文人群体,并且有自觉的理论追求。韩孟诗派的中心人物无疑非韩愈莫属。明人胡震亨《唐音癸签》(卷七)说:"自张文昌(籍)、(孟)郊、(贾)岛、长吉(李贺)以至卢仝、刘叉,并一时游韩公门。"韩愈才大气雄,为人果敢,乐施好善,同情疾苦,乐于提携,好为人师,敢于仗义执言,一些疾苦之士乐与之交,自然成为这批诗人的领袖。诗歌史上历来韩、孟并称,韩在孟前,就韩、孟交往诗

---

① 郑振铎:《插图本中国文学史》,人民文学出版社,1957年,第363页。

文来看,韩愈似乎具有老师的身份,而实际上,孟郊年辈较韩愈大。韩愈《送孟东野序》云:"唐之有天下,陈子昂、苏源明、元结、李白、杜甫、李观,皆以其所能鸣。其存而在下者,孟郊东野,始以其诗鸣……从吾游者,李翱、张籍其尤也。三子者之鸣信善矣,抑不知天将和其声而使鸣国家之盛耶?"勉励、安慰有加。韩孟诗派的奇险瘦硬诗风在孟郊诗歌创作中较早出现,却是通过韩愈的组织号召、推波助澜,才形成理论,造成声势,扩大影响。大历诗歌步追盛唐,"神情未远",却丧失盛唐诗歌的精气神,"气骨顿衰"(胡应麟《诗薮》内编卷三),精神萎靡不振,情绪伤感低沉,内容平板单一,诗风华贵平庸,境界狭小,意象重复,形式圆熟,颇有模式化倾向。韩、孟与元、白对此都深为不满,他们根据自己的生活品位力图对大历诗人的创作倾向有所校正,将诗歌与实际生活联系起来,充实以新鲜的生活感受,增强诗歌的力量。二者都大变传统文人诗歌的典雅、优美乃至自然,但是前进的方向并不一致。由于人格观念的演变,或受到生活的压抑发而为苦涩险怪之声,或迎合世俗大众而为平易浅俗,相对于盛唐诗歌而言,这都是变革。通俗地说,一变为"阳春白雪",变为陌生乃至怪涩;一变为"下里巴人",变为通俗乃至浮薄。前者更加深入内心,直至描写心理印象;后者偏重于外在,越来越倾向于写实、叙事。从诗歌自身发展规律来看,韩孟诗派的求奇尚怪倾向在盛唐后期诗歌创作中已经有所表现,尤以杜甫的诗歌最为突出。杜甫《秋兴八首》之八说:"香稻啄余鹦鹉粒,碧梧栖老凤凰枝。"打破正常的语序,通过对句式的调配突出一种与众不同的印象,从而构筑诗意,这种倾向在李贺的诗歌中得到突显和发展;杜甫晚年的夔州诗大量以俗语入诗,用议论写诗,显然是韩愈诗歌创作的样板,而杜甫诗歌大量描写自己生活的穷困,自然是孟郊、贾岛"郊寒岛瘦"的先驱。杜甫自诩"为人性僻耽佳句,语不惊人死不休"(《江上值水如海势聊短述》)、"读书破万卷,下笔如有神"(《奉赠韦左丞丈二十二韵》),重视内在精神气度,强调以才学为诗,追求思想的深度,这实开韩孟诗派苦吟的先声。以杜甫诗歌为代表的这种诗歌新变倾向在 8 世纪后半叶继续发展,并且开始上升为自觉的理论思辨,比较突出的就是以皎然为首的吴中诗派的诗歌诗会活动。韩孟诗派重要人物孟郊，年轻时曾经就是皎然主持的诗会活动的座上宾，也正是通过孟郊，皎然倡言新变的文学精神对韩愈等人的诗歌活动才发生重要作用。

　　生活是艺术创造和艺术革新的源头活水，韩孟诗派尚怪诗风的形成与这批诗人艰难的生活经历有关。盛唐之后，政治日趋黑暗，各种社会矛盾错综复杂，士人的官场经历更加曲折，韩孟诗派诗人都饱尝仕途蹭蹬之苦。社会的危机使他们忧患不已，而个人的坎坷不幸更使他们焦躁难平。韩愈（768—824）幼年孤苦，后"四举于礼部乃一得，三选于吏部卒无成"，"颠顿狼狈"，"辱于再三"；登朝之后，又刚肠疾恶，棱角分明，数遭打击，两贬蛮荒。孟郊（751—814）四十六岁第三次应进士试才好不容易及第，已年近半百却只得了个县尉的微职，依然穷困之极，年老又遭丧子之痛，最后暴疾而卒。贾岛（779—843）出身卑微，早年为僧，法名无本，后还俗应进士试，也是屡试不第，其《戏赠友人》诗云："书赠同怀人，词中多苦辛。"这种"苦辛"，固然包含着作诗之苦，但更多的还是生活之苦。姚合（779？—846？）乃贾岛诗友，其晚年仕途通达，不过，早年也备尝艰难，其《武功县中作三十首》（其三）诗云："微官如马足，只是在泥尘。到处贫随我，终年老趁人。"李贺（790—816）徒有满腔抱负、一身才华，却因礼法规定避父讳而不能应进士试，穷困终生，英年早逝。其一首诗题作"文人沈亚之元和七年以书不中第，返归吴江，吾悲其行，无钱酒以劳，又感沈之勤请，乃歌一解以劳之"，是同情别人，亦是感慨自己，正所谓同病相怜。这与元、白官至卿相、衣食无忧的经历真有天壤之别。苦难的人生遭遇使得他们无法心平气和地咏唱优美宁静，张祜《投韩员外六韵》诗云："狂波心上涌，骤雨落笔前。"笔底波澜正是生活波澜、心底波澜的写照。现实的生活感受为他们提供了艰难苦涩的诗歌素材，使得他们的诗歌洋溢着一股勃郁不平之气，也造成变异甚至变态的审美趣味。他们的诗歌写穷酸、写丑陋，甚至写怪异、写鬼魅；在艺术上，"以文为诗"打破字句的和谐匀称，采用散文化句式，大发议论，这种偏激狂狷的生活视野和险怪奥峭的艺术趣味显然是遭遇挫折之后的心灵变异。清

人沈德潜《姜自芸太史诗序》说："大抵遭放逐,处逆境,有足以激发其性情,而使之怪伟特绝,纵欲自掩其芒角而不能者也。"那种艰难的生活、怪异的感受都进入其笔端。韩愈提出具有实用主义倾向的散文理论"文以载道",但他的诗歌理论"不平则鸣"(《送孟东野序》)说则强调用诗歌抒发人生的不平,反对和平稀薄之音,要求诗歌内容富有激情,这种理论无疑是其诗歌创作的反映,改变传统诗以道志的价值观念和优美的诗美理想。

韩孟诗派尚奇求变的诗歌风格,是他们的变革精神在文学上的反映,也是他们的社会关怀与政治情结的必然结果,当时政治腐败却尚有活力现实的反映。中唐社会百病丛生,矛盾交织,内忧外患不断,却还不至于像晚唐那样一蹶不振,风雨飘摇,最高统治者还希望并力图有所振作,社会上还是以正直占主导地位,政治上保持着一定的活力,中唐时期贯穿着不断的改革呼声。这种特殊的时代条件造成寒士文人的心理特点。盛唐文人群体高歌理想,意气飞扬;大历以还过渡时期文人群体,如大历十才子一味追名逐利,寄生于权贵门下,毫无气节可言,而江南地方官诗人则淡漠政治,僻居于青山白云之间流连伤感。身为接受儒学熏陶的新一代寒士文人群体,中唐士大夫文人不同于其前辈,他们既现实又理性,既躁竞功利,又似乎胸怀宽广,既讲究现实的功利性和个人的享受,同时又具有强烈的社会责任感和浓厚的忧患意识,关心社会问题,要求改革弊政,渴望有所作为,不愿随遇而安,社会的进步理想和个人的荣华富贵追求同时焕发他们精神的力量和斗志,造成他们情绪的强烈震荡,最终形成丰富的诗情。元、白的新乐府诗是直接以文学干预现实政治,而韩、孟的奇崛险奥也是现实政治的间接反映。韩愈《归彭城》诗云："我欲进短策,无由至彤墀。刳肝以为纸,沥血以书辞。上言陈尧舜,下言引龙夔。言辞多感激,文字少葳蕤。"他们的遭遇引发愤激情绪,这种挫折造成他们畸变的审美心理。李贺诗以描写鬼魅世界著称,即便如此,后代仍有学者认为"其命辞命意命题,皆深刺当世之弊,切中当世之隐"(姚文燮《昌谷集注序》)。他们胸怀大志,才有壮志难酬的愤激与痛苦;他们充满理想,才不满现实的黑暗与腐朽。他们的"不平之鸣",他们心灵的不安与躁动，恰恰充满奋斗的力量，具有进步向上的气质，和盛唐诗歌有一脉相承的关系。如果中唐诗人丧失政治的激情，远离现实的社会生活，他们的诗歌就不会具有那种生气，也就丧失与盛唐诗歌双峰并峙的品格。文学被政治利用往往会降低文学的品格，文学家脱离政治，缺少社会责任感，对人生社会漠不关心、麻木不仁，其文学创作不会有多大的价值。

中唐诗变具有重大的文化和诗学意义。盛唐政治是古代士人政治理想的极致，盛唐诗歌的雄壮浑厚、情景交融、意象玲珑、情韵悠长、自然优美是士人自由人格的追求与锐意社会进取和谐统一的外化，而中唐韩孟诗派诗人对变异之美的青睐，根本上源自个体与社会的矛盾，源自士人人格自由与社会进取之间不可调和的巨大矛盾，他们的诗歌充满躁动不安，相应地造成全新的诗歌风貌。这种士人人格的转型意义深远。韩愈的人格、诗风无疑是这派诗人的典型。陈寅恪先生《论韩愈》一文云："综括言之，唐代之史可分前后两期，前期结束南北朝相承之旧局面，后期开启赵宋以降之新局面，关于政治社会经济者如此，关于文

溪山兰若图（北宋·巨然）

化学术者亦莫不如此。退之者,唐代文化学术史上承先启后转旧为新关捩点之人物也。"对这种诗风的评价往往与对该种人格的评价紧密相连,如果我们意识到这种硬派诗风是时代发展造成的士人人格的必然反映,就不会苛责古人。这种诗风完全不同于盛唐诗歌,也缺少盛唐诗歌豪迈自信、自由飞扬的精神,它不依傍前人,另起炉灶,具有可贵的独创精神,符合艺术发展规律,而且,大气磅礴,刚劲有力,激情勃发,想象奇特,成功地在盛唐诗之外开创一种诗美形态,具有震撼人心的审美魅力。从诗歌史角度看,韩孟诗派诗歌直开宋调,影响至为深远。清人叶燮《原诗》说:"唐诗为八代以来一大变,韩愈为唐诗一大变,其力大,其思雄,崛起特为鼻祖。宋之苏、梅、欧、苏、王、黄,皆愈为之发端,可谓极盛。"

与韩、孟等人诗歌活动相表里,他们还自觉地推动散文革新,发起古文运动。如果说元、白等人创作新乐府诗是具有明确的政治目的,标志着儒家诗学的复兴,那么,韩愈发动古文运动也具有鲜明的政治功利目的,要求文以载道。韩愈说:"思古人而不得见,学古道则欲兼通其辞。通其辞者,本志乎古道者也。"(《题欧阳生哀词后》)亦标志着儒家思想在与佛教斗争过程中的复兴。可是,韩、孟等人的诗歌活动却不受儒家狭隘诗教观念的拘束,不追求"美刺",而抒发个人情感,表现自己独特的生命体验,这就是韩愈在《送孟东野序》中提出的"不平则鸣"说,这是对古代诗学思想的重要发展。

二、"不诗之为诗"

金代赵秉文《与李孟英书》说:"少陵知诗之为诗,未知不诗之为诗。及昌黎以古文浑灏溢而为诗,而古今之变尽。"虽然"古今之变尽"的说法未免夸张,但"不诗之为诗"的概括大致准确。他们突破传统的文学观念,描写不美之美,抒写奇诡、怪异的生命感受。李贺《高轩过》诗云:"笔补造化天无功。"摒弃天然、自然的艺术理想,尚奇好险,开创了另一个全新的艺术美世界。

同样是尚奇好险,每个作家的表现也不尽相同,其中,韩愈诗歌的新变最为明显。欧阳修说:"退之笔力无施不可,而尝以诗为文章末事,故其诗曰'多情怀酒伴,余事作诗人'也。然而,资谈笑,助谐谑,叙人情,状物态,一寓于诗,曲尽其妙。"(《六一诗话》)韩愈对传统尚雅的诗歌观念和浑融优美的意境进行了彻底的突破。韩愈在《送孟东野序》中提出"不平则鸣",他的诗就写这种"不平"的生活经历、生活感受和受到刺激所引起的反常、变态的心理反应,以往不可入诗的内容都被他当成新的诗歌题材。如其代表作《山石》诗:

> 山石荦确行径微,黄昏到寺蝙蝠飞。
> 升堂坐阶新雨足,芭蕉叶大栀子肥。
> 僧言古壁佛画好,以火来照所见稀。
> 铺床拂席置羹饭,疏粝亦足饱我饥。
> 夜深静卧百虫绝,清月出岭光入扉。
> 天明独去无道路,出入高下穷烟霏。
> 山红涧碧纷烂漫,时见松枥皆十围。
> 当流赤足踏涧石,水声激激风吹衣。
> 人生如此自可乐,岂必局束为人靰。
> 嗟哉吾党二三子,安得至老不更归。

方东树《昭昧詹言》说此诗"只是一篇游记,而叙写简妙,犹是古文手笔"。山石荦确,芭蕉叶大,山红涧碧,松枥十围,景象粗犷,色彩秾丽,这些都不是优美的景象,而诗人赤足踏涧,水激风吹,也并不舒服。这种景象、这种生活却深得其喜爱,表现出诗人对精神自由的珍视,对平凡野趣的爱好。

《南山诗》极尽想象,把终南山描写得凌厉怒张,颇具怪异之美:

> 微澜动水面,踊跃跳猱狖。

诗国花开——唐诗美感的流变

惊呼惜破碎,仰喜呀不仆。

山阴道上图卷(局部)(明·吴彬)

以动写静,神秘莫测,诚如韩愈《赠张秘书》所谓"险语破鬼胆"。
韩愈甚至把恐怖、丑陋作为诗歌的题材。如《雉带箭》:

原头火烧静兀兀,野雉畏鹰出复没。

将军欲以巧伏人,盘马弯弓惜不发。

地形渐窄观者多,雉惊弓满劲箭加。

冲人决起百余尺,红翎白镞随倾斜。

将军仰笑军吏贺,五色离披马前堕。

王维的《观猎》重在表现一种英武洒脱的力量之美,而韩愈此诗则直接
写将军箭发雉落,虽然也企图表现一种力量和气势,却有一种血腥之气。
《答孟郊》是一首应酬诗:

规模背时利,文字觑天巧。

人皆余酒肉,子独不得饱。

　　才春思已乱,始秋悲又搅。

　　朝餐动及午,夜讽恒至卯。

　　名声暂膻腥,肠肚镇煎炒。

　　古心虽自鞭,世路终难拗。

　　弱拒喜张臂,猛拿闲缩爪。

　　见倒谁肯扶,从嗔我须咬。

《赠刘师服》:

　　羡君齿牙牢且洁,大肉硬饼如刀截。

　　我今牙豁落者多,所存十余皆兀臲。

　　匙抄烂饭稳送之,合口软嚼如牛呞。

　　妻儿恐我生怅望,盘中不饤栗与梨。

　　作者把前人不屑于写进诗歌的那些人生苦况和痛苦的感受,皆用冷峻
之笔写出,颇见其变态之气。

　　韩诗不仅在内容上写不美之美,在诗歌形式技巧、艺术构思上也是“唯
陈言之务去”,僻字生词,光怪陆离;押用险韵,格调拗折;好议论,用长句,
追求散文化。方东树《昭昧詹言》说:“凡汉魏六代至唐之熟境、熟意、熟词、
熟字、熟调、熟貌,皆陈言不可用。”又如《嗟哉董生行》诗:

　　淮水出桐柏山,东驰遥遥千里不能休。

　　泚水出其侧,不能千里百里入淮流。

　　寿州属县有安丰,唐贞元时县人董生召南,隐居行义于其中。……

　　嗟哉董生,谁将与俦?

　　时之人,夫妻相虐,兄弟为仇,食君之禄,而令父母愁。

亦独何心？嗟哉董生无与俦。

长短夹杂，骈散并用，佶屈聱牙，不仅没有形象，甚至连句式的流利、匀称也被有意放弃。难怪宋人陈师道《后山诗话》引黄庭坚的话说："诗文各有体，韩以文为诗，杜以诗为义，故不工尔。"清人赵翼《瓯北诗话》(卷三)云："寻摘奇字，诘曲其词，务为不可读，以骇人耳目。"上述现象既表现韩愈诗歌自觉求变的创新精神，同时也显示他与世俗、流行、时尚做斗争的精神追求和勇气。

韩诗险硬峭拔，气势粗放，想象奇特，格局宏大，纵横捭阖，大有拔岳扛鼎之势，回旋着勃郁不平之气。这种精神自由飞扬的广度、忧患现实的深情，无疑与盛唐诗人李白、杜甫一脉相承。其《调张籍》诗云："李杜文章在，光焰万丈长。"对李、杜极尽推崇，显然，他把李、杜视作自己的精神偶像。所以，韩诗虽然思想内容稍有逊色，风格怪异奇崛，但其精神、力度、诗境仍不失大家风范。

三、"郊寒岛瘦"

孟郊、贾岛历来并称。欧阳修《六一诗话》说：二人"皆以诗穷至死，而平生尤自喜为穷苦之句"。不过，二者仍然有所区别。苏轼在《祭柳子玉文》中说"郊寒岛瘦"，指出郊、岛之间的微妙差别，堪称的评。贾岛好写瘦，其《秋夜仰怀钱、孟二公琴客会》诗云："独鹤耸寒骨，高杉韵细飔。"可谓奇瘦。这是一种风度，是一种人所罕见的美，诗人并不是以痛苦的心情而是以欣赏的态度表现这种奇瘦。孟郊好写"寒"，其《苦寒吟》诗云："天色寒青苍，北风叫枯桑。厚冰无裂文，短日有冷光。敲石不得火，壮阴正夺阳。调苦竟何言，冻吟成此章。"气候寒冷，生活贫寒。由此看来，孟郊多写生活的艰难，而贾岛好写生活中不平常的景象，二人心情并不一样。其实，贾岛生平坎坷，但他是出家之人，较少以世俗之心看待生活，所以，尽管生活艰难，但他仍具超然之心。

孟郊、贾岛皆以"苦吟"著称，孟郊之诗可谓"吟""苦"，是吟咏生活之苦。孟郊生活于社会底层，深知人情冷暖，饱经世态炎凉，如其名作《游子吟》：

> 慈母手中线，游子身上衣。
> 临行密密缝，意恐迟迟归。
> 谁言寸草心，报得三春晖。

孟郊至孝，长期与母亲相依为命。在饥寒交迫的生活境遇下，母爱给他无限的温暖，也带给他强烈的诗情。没有深刻的生活体验，他写不出这种朴素而诚挚的诗。

孟郊《夜感自遣》诗：

> 夜学晓未休，苦吟鬼神愁。
> 如何不自闲，心与身为雠。
> 死辱片时痛，生辱长年羞。
> 清桂无直枝，碧江思旧游。

他要把人生屈辱吟咏出来，使鬼神也能发愁。因此，孟郊诗在饥寒苦贫之外，还洋溢着一种桀骜不驯之气。

其《上张徐州》诗云：

> 一不改方圆，破质为琢磨。
> 贱子本如此，大贤心若何。
> 岂是无异途，异途难经过。

韩愈《荐士》评孟郊诗云："横空盘硬语,妥帖力排奡。"这种"硬"既指孟诗语言上的奇崛生新,更指其内容上的孤贫愤激之气。

贾岛"苦吟",毋宁说"吟"作诗之"苦"。贾岛《戏赠友人》诗云:

> 一日不作诗,心源如废井。
> 笔砚为辘轳,吟咏作縻绠。
> 朝来重汲引,依旧得清冷。
> 书赠同怀人,词中多苦辛。

据说贾岛为了"推敲"一联诗"鸟宿池边树,僧推月下门"而冲撞了时任京兆尹的韩愈,使得二人得以定交,当代学者多疑其附会,不过,无风不起浪,反映出贾岛对诗歌艺术的沉湎。韩愈《送无本师归范阳》评贾岛诗:"奸穷怪变得,往往造平淡。"贾岛不断地推敲、苦吟,有时候也能达到平淡流畅。如《剑客》诗:

> 十年磨一剑,霜刃未曾试。
> 今日把示君,谁有不平事?

洋溢着剑侠豪气。

又如《忆江上吴处士》诗中的名句:

> 秋风吹渭水,落叶满长安。

此诗融情入景,气韵悠长,甚至带有一定的盛唐诗歌思维的韵味。

从总体上看,贾岛具有戏观人生的生活态度,以苦为乐,随遇而安,心情比较平静。当士大夫文人无法改变现实的时候,贾岛这种生活态度就往往得到士大夫文人的共鸣。贾岛通过钻研诗歌艺术来寄托身心,也是士大夫

文人在政治上寻找不到出路时的一种普遍选择。在晚唐动荡的社会局面之下，贾岛甚至成为许多坚守节操、对社会绝望却不愿阿世取容的士大夫文人的精神偶像。闻一多《贾岛》一文说："由晚唐到五代，学贾岛的诗人不是数字可以计算的，除极少数鲜明的例外，是向着词的意境与辞藻移动的，其余一般的诗人大众，也就是大众的诗人，则全属于贾岛。从这观点看，我们不妨称晚唐五代为贾岛的时代。"（《唐诗杂论》）

孟郊与贾岛的并称是后代人所给的，而贾岛与姚合的交情在当世就为人所瞩目。两人为诗友，交情深厚，而且姚合自觉地追慕贾岛那种幽峭僻冷的诗歌境界。其《杭州官舍偶书》诗云：

> 钱塘刺史谩题诗，贫褊无恩懦少威。
> 春尽酒杯花影在，潮回画槛水声微。
> 闲吟山际邀僧上，暮入林中看鹤归。
> 无术理人人自理，朝朝渐觉簿书稀。

他身为政府官员，对政事却不感兴趣；他身在风景奇美的杭州，却对钱塘大潮置若罔闻。"闲吟山际邀僧上，暮入林中看鹤归"，俨然遗落世事。他们既享受"酒杯花影"，又享受心灵的超然宁静。他们越是生活富足无忧，却越要表明自己对物质的淡泊、对名利的藐视和对山野之趣的崇尚、对简单朴素的向往。这和盛唐诗人明确表明自己追求功名富贵的态度大相径庭，显示了文人性格的发展和时代文化的巨大落差。似乎豪华富贵是一种羞耻，可以拥有和享受，但绝对不能言说，一说便俗，这成为后代文人普遍的价值观，颇得后代士大夫的青睐，甚至演变为至今还在起作用的全民性的文化价值观念。

以俗为雅、俭朴疏野被视作一种风度、风流。姚合名诗《武功县中作三十首》主要就是吟咏自己这种安闲、淡泊、疏野的生活趣味和生活经历。如其名句："微官如马足，只是在泥尘。到处贫随我，终年老趁人。"如果说孟

诗国花开——唐诗美感的流变

郊、贾岛的苦吟还带有辛酸甚至愤激，那么，姚合对俭朴疏野的吟诵就是一种"富贵于我若浮云"的潇洒超然，一种闲云孤鹤的风流高趣，心情宁静自然。如其诗名句"马随山鹿放，鸡杂野禽栖""小市柴薪贵，贫家砧杵闲""吏来山鸟散，酒熟野人过""夜犬因风吠，邻鸡带雨鸣""读书多旋忘，赊酒数空还""山宜冲雪上，诗好带风吟""移山入院宅，种竹上城墙"等，不一而足。姚合后来的生活并不像其诗所写的那样寒碜、贫苦，他这样写只是一种心理的表现。可见，姚合的诗风已经和韩、孟诗歌有很大距离。

真正把韩愈奇崛险怪的诗风发展到极致的要算卢仝、刘叉、马异。他们性格也接近韩、孟，皆落落寡合。卢仝的代表作就是《月蚀诗》，此诗长达 1666 个字，高度散文化，内容也庞杂不堪。诗歌大力渲染月蚀的恐怖景象，以寓

事茗图(局部)(明·唐寅)

政治意义。《走笔谢孟谏议寄新茶》诗云：

柴门反关无俗客，纱帽笼头自煎吃。
碧云引风吹不断，白花浮光凝碗面。
一碗喉吻润，两碗破孤闷。
三碗搜枯肠，唯有文字五千卷。
四碗发轻汗，平生不平事，尽向毛孔散。
五碗肌骨清，六碗通仙灵。

七碗吃不得也,唯觉两腋习习清风生。

把饮新茶的感受写得栩栩如生,显示出作者笔力奔放,自由大胆,构思出落凡尘。

刘叉的《冰柱》《雪车》最知名,发想奇特,立意精警。即使是小诗,他也写得不同凡响,如《姚秀才爱予小剑因赠》:

> 一条古时水,向我手心流。
> 临行泻赠君,勿薄细碎仇。

此诗通篇以水喻剑,既有刚气,又颇具阴柔之美,表现出诗人的体贴。又如《偶书》:

> 日见扶桑一丈高,人间万事细如毛。
> 野夫怒见不平处,磨损胸中万古刀。

立意奇警,表现诗人的义胆侠骨,也展示出诗人离奇反常的想象力。

四、"鬼才"的生前与身后

明代学者谢榛在《四溟诗话》(卷四)中说:"予夜观李长吉、孟东野诗集,皆能造语奇古,正偏相半,豁然有得,并夺搜奇想头,去其二偏:险怪如夜壑风生,暝岩月堕,时时山精鬼火出焉;苦涩如枯林朔风,阴崖冻雪,见者靡不惨然。"孟郊诗确实"苦涩",而李贺诗也的确"险怪"。韩愈、孟郊、贾岛诗歌不写生活中的优美,而写离奇、丑陋甚至狞厉,已带有一定的变异、反常,而李贺的诗歌就更加走向极端,具有鲜明的变态特征,故后人才以"鬼才"称之。

　　李贺虽家道早衰,但皇族的出身以及出众的才华,使得他具有强烈的用世之心。他关心社会,创作出不少揭露社会黑暗、反映民生凋敝、同情民生疾苦的诗歌,如《雁门太守行》《老夫采玉歌》等。后来,他仕进无门,壮志难酬,生活无着,便醉心道教,心理逐渐流露出病态倾向。有时他甚至用非人间的景象来影射现实,如著名的《金铜仙人辞汉歌》:

> 茂陵刘郎秋风客,夜闻马嘶晓无迹。
> 画栏桂树悬秋香,三十六宫土花碧。
> 魏官牵车指千里,东关酸风射眸子。
> 空将汉月出宫门,忆君清泪如铅水。
> 衰兰送客咸阳道,天若有情天亦老。
> 携盘独出月荒凉,渭城已远波声小。

　　他更多的诗是表现自己绝望、悲观的人生体验,他大量描写鬼神幽冥世界。如《梦天》:

> 老兔寒蟾泣天色,云楼半开壁斜白。
> 玉轮轧露湿团光,鸾佩相逢桂香陌。
> 黄尘清水三山下,更变千年如走马。
> 遥望齐州九点烟,一泓海水杯中泻。

《天上谣》:

> 天河夜转漂回星,银浦流云学水声。
> 玉宫桂树花未落,仙妾采香垂佩缨。
> 秦妃卷帘北窗晓,窗前植桐青凤小。
> 王子吹笙鹅管长,呼龙耕烟种瑶草。

粉霞红绶藕丝裙,青州步拾兰苕春。

东指羲和能走马,海尘新生石山下。

仙山楼阁图(宋·佚名)

用仙界的永恒、美好来反衬人间生活的龌龊、渺小和短暂。诗境迷离、想象奇特。

李贺甚至写鬼神活动,写灵魂。如《苏小小墓》的诗句:"幽兰露,如啼眼。无物结同心,烟花不堪剪。草如茵,松如盖。风为裳,水为佩。油壁车,夕相待。冷翠烛,劳光彩。西陵下,风吹雨。"以及"漆炬迎新人,幽圹萤扰扰"(《感讽五首》)、"鬼灯如漆点松花"(《南山田中行》)等。这样的世界自然是他那种变态心理的感觉与印象。

李贺的诗歌创作还存在着一种唯美的倾向。李商隐《李长吉小传》记载:李贺"恒从小奚奴,骑距驴,背一古破锦囊,遇有所得,即书投囊中。及

暮归,太夫人使婢受囊出之。见所书多,辄曰:'是儿要当呕出心乃已尔。'上灯,与食。长吉从婢取书,研墨叠纸足成之,投他囊中。非大醉及吊丧日率如此,过亦不复省"。由此可见,李贺对诗歌艺术的爱好已到了废寝忘食的地步。现实的痛苦遭遇又促使他借诗歌以寄托身心。故朱自清先生《李贺年谱》指出:"大抵贺赋性怪僻,而多奇情异采;既遭谤毁,幽忧弥甚,遂出其全力为诗,要以求新意为急;杜牧所论'荒国陊殿,梗莽邱垄,不足为其怨恨悲愁','鲸呿鳌掷,牛鬼蛇神,不足为其虚幻荒诞',最为得之。"

正因为李贺苦心为诗,其诗歌极富独创性,开辟出诗歌前进的新领域。和韩、孟等人诗歌的奇怪比起来,李贺的诗歌境界阴森而神秘,大大拓展了诗歌的表现范围。韩、孟还是一种写实,尽管是只有他们感兴趣的、前人不屑于写的内容,而李贺所描写的则是自己心灵的感受和模糊的心理印象。这种注重内在感觉、表现印象的特点,无疑在后来李商隐的无题诗中得到继承和发展。

西晋诗人刘琨有诗云:"何意百炼钢,化为绕指柔。"(《重赠卢谌》)遭遇挫折之后纵情于声色犬马的感官享受,是士大夫文人中的普遍风气,这种倾向在中唐文人身上表现得非常突出。这是一种人格特征,也是一种生活态度。他们一方面纵谈国是,同时又沉湎歌舞声色。中唐时期,整个社会风气就比较浮华、淫艳。韩愈"文起八代之衰,道济天下之溺"(苏轼《潮州韩文公庙碑》),刚肠疾恶,一派坚强的正人君子形象,可是,《唐语林》卷六却有这样一条记载:"韩退之有二姬,一曰绛桃,一曰柳枝,皆能歌舞。初使王庭凑,至寿阳驿,绝句曰:'风光欲动别长安,春半边城特地寒。不见园花兼巷柳,马头惟有月团团。'盖有所属也。柳枝后逾垣遁去,家人追获。及镇州初归,诗曰:'别来杨柳街头树,摆弄春风只欲飞。还有小园桃李在,留花不放待郎归。'自是专宠绛桃矣。"人们只知白居易有樱桃、樊素二姬,其实韩愈也不能免俗。他们不仅过着似乎矛盾的生活,而且将此写入诗中,元稹的淫艳之诗颇得时人崇尚。有些学者指出,中唐时期齐梁色情诗风颇有复兴之势;林庚先生也指出孟郊"春芳役双眼,春色柔四肢"(《古别离》)等作品,"开始了晚唐感

官的彩绘的笔触"（《中国文学简史》）。确实，这种绮艳色彩是一种普遍的倾向，在当时诗人作品中或重或轻都有所表现，在李贺诗歌中表现尤为突出。如《宫娃歌》："蜡光高悬照纱空，花房夜捣红守宫……啼蛄吊月钩栏下，屈膝铜铺锁阿甄。梦入家门上沙渚，天河落处长洲路。愿君光明如太阳，放妾骑鱼撇波去。"色彩艳丽，格调柔美。适当者表现的是爱情、热情、深情、柔情，过者就是艳情、色情。明人许学夷《诗源辩体》（卷二六）说："李贺乐府七言，声调婉媚，亦诗余之渐。"所谓"诗余"，也就是后来长于写男女之情、声调婉媚的词。

杜牧所撰《李长吉歌诗叙》本身也是一篇绝美文字，其云："云烟绵联，不足为其志也；水之迢迢，不足为其情也；春之盎盎，不足为其和也；秋之明洁，不足为其格也；风樯阵马，不足为其勇也；瓦棺篆鼎，不足为其古也；时花美女，不足为其色也；荒国陊殿，梗莽邱垄，不足为其怨恨悲愁也；鲸呿鳌掷，牛鬼蛇神，不足为其虚幻荒诞也。"杜牧对李贺诗歌评价很高，由此可见，李贺诗歌对晚唐诗人影响很大，是中唐向晚唐过渡的标志。

诗国花开
——唐诗美感的流变

第十章　文章歌诗系民生　杯酒光景亦逍遥
——元白诗派

一、"诗到元和体变新"

中唐著名诗人白居易在《余思未尽加为六韵重寄微之》诗中说："制从长庆辞高古,诗到元和体变新。"后有自注:"微之长庆初知制诰,文格高古,始变俗体,继者效之也。""众称元、白为千字律诗,或号元和格。"白居易所说的"元和格",指的是元和年间,元、白彼此次韵相酬之长篇排律。元稹则说,其元和后期被贬官之时"唯杯酒光景间,屡为小碎篇章"以及"江湖间多新进小生,不知天下文有宗主,妄相仿效,而又从而失之,遂至丁支离褊浅之辞,皆目为元和诗体"(元稹《白氏长庆集序》及《上令狐相公诗启》)。据此可知,元稹将其作"艳曲"亦视为"元和体",而稍后李戡批评说:"纤艳不逞,非庄士雅人所为。流于人间,疏于屏壁,子父女母,交口教授,淫言媟语,冬寒夏热,入人肌骨,不可除去。"(杜牧《李戡墓志铭》引)作为元和诗坛上的两位主将,白居易和元稹对"元和体"所指称的对象、范围,显然理解不同。元、白同时代的李肇则说:"元和以后,为文笔则学奇诡于韩愈,学苦涩于樊宗师,歌行则学流荡于张籍,诗章则学矫激于孟郊,学浅切于白居易,学淫靡于元稹,俱名为元和体。大抵天宝之风尚党,大历之风尚浮,贞元之风尚荡,元和之风尚怪也。"(《唐国史补》卷下)五代张泊《张司业诗集序》云:"元和中,公及元丞相、白乐

天、孟东野歌词,天下宗匠,谓之元和体。"李、张将元和时期著名作家的创作都目为"元和体"。后代对于元和体的看法更是五花八门。上述诸人关于元和体具体所指的讨论,歧说纷出,恰恰表明这个诗坛个性鲜明、颇具独创精神的诗人很多。中唐诗坛涌动着一股矫迈前人、戛戛独造的诗歌精神。所以,我们可以不考虑白居易的本意,借用"诗到元和体变新",以描述整个元和诗坛一变盛唐、体格一新、百花齐放的状况。

历来人们把中唐诗坛划分为两大诗派,即元白诗派和韩孟诗派。实际上,从诗人的社会角色来看,中唐的政治斗争非常尖锐,这两派诗人都没有成为控制权柄的主要人物,他们都只是关心国事、议论国是的文人而已,换言之,复杂的权力斗争并没有分化他们。从文学本身看,他们都具有自觉的变革精神,都在探索,他们没有分门立户的意识,还没有形成你是我非的门户之见,有些诗人与两个诗派的主要人物关系都很好,两种特色的创作都存在。例如,张籍就属于这样的诗人,他仕途坎坷,曾受到白居易的同情,其乐府诗曾受到白居易的大力赞美,白居易《读张籍古乐府》诗云:"张君何为者,业文三十春。尤工乐府诗,举代少其伦。"褒扬有加。而张籍的人生经历与韩愈、贾岛等有颇多相似,他们之间的关系更为密切,他也写过抒发人生穷愁的诗歌。又如刘禹锡,早年与柳宗元关系密切,而晚年寓居洛阳期间和白居易交往甚密,彼此唱和,时人有"刘白"之称,可见二者诗风之相近。所以,研究中唐诗歌流派,固然要看到大致两个流派的存在,却不能把这种分派推到极端,还必须看到此期诗坛创作的多样性,看到兼具这两种倾向的诗人的存在,还要看到在他们之外还有不少自具面目的诗人。明人许学夷说:"盛世尚同,而衰世尚异。"(《诗源辩体》卷三十四)盛唐人是被一种共同的昂扬奋发、蓬勃向上的时代精神所感染、激励,生活确实具有多样性,但其精神具有相同性,而中唐混乱的形势呼唤人们的关心,政治观点彼此大不相同,思想互为歧异,每个人的心理状态也大不一样,从而也就造成文学上的多元性、多样性,近人陈衍就说中唐诗人"各人各具一种笔意"(《石遗室诗话》卷一八)。

二、以元、白为领袖的创作群体

　　一种比较流行的观点认为,元白诗派和新乐府运动所指一致,前一个概念指的是这个诗派的主要人物,后一个概念指的是这个诗派诗歌活动的主要内容。宽泛的意义上可以这么说,而严格说来,这个说法不太符合诗歌发展史的实际,没能把握诗史运动的复杂性。元、白在当时产生社会影响的诗歌可以分为两类,一类是元、白彼此酬答的"长篇排律",以及元稹所谓的"小碎篇章",这类诗是他们的新创并具有通俗特点,在元和年间形成声势,影响广泛;而另一类则是所谓"新题乐府"诗,其创作思想与艺术特点不同于前一类。新乐府运动作为一种思潮甚至一个诗歌活动,早在盛唐后期就已开始,中唐前期出现不少诗人创作如顾况、李绅以及张籍等,自从白居易、元稹加入之后,原来局限于文学领域的一股思潮才真正演变为一场声势浩大、引人注目的诗歌乃至政治运动,从此才出现所谓"元白新乐府运动"①。准确地说,"元白诗派"这一概念一般强调的是他俩彼此酬答的"长篇排律"以及所谓之"小碎篇章",这些诗歌风格的通俗性;而"新乐府运动"则是元、白在自觉的理论指导下,在前人已有的诗歌实践基础上,广泛开展的诗歌活动。为了扩大新乐府运动的影响,他们也注意通俗化。通俗化反映了更为深刻的诗歌演变的走向,而新乐府运动则是适应政治形势需要、人为发动的诗歌运动。这两个概念所指称的内容有所交叉,但并不重叠。

　　乐府,在汉代本来指的是一个政府机构,专门负责组织采集民间歌谣,

---

　　① 所谓"运动",据杜晓勤考察,最早是由胡适在其《白话文学史》中提出来的。显然,这个概念来自西学,如欧洲文化史上的文艺复兴历来被视作运动。此后被沿用很长时间,直到80年代中期,裴斐最早否定了中唐存在这个"运动"(《白居易诗歌理论与实践再认识》,载《光明日报》1984年12月18日《文学遗产》专版)。其实,当时存在"新乐府"诗创作风气则是不容置疑的(参见葛晓音《新乐府的缘起和界定》,载《中国社会科学》1995年第3期),而"运动"则强调这个风气规模较大,而且出于自觉的倡导,和政治思潮、运动结合起来,甚至演变成为社会运动,使用现代意义上的"运动"称呼之亦并非强加。

以满足统治者的文化娱乐需要,同时,以观风知政,了解民情,获知地方官员的施政情况。由于这种民间歌谣现实性比较强,"感时哀乐,缘事而发",获得汉儒诗学的充分肯定,被认为是继承《诗经》的现实主义精神,用文学的形式参与、干预社会生活、社会政治。此后,"乐府"概念逐渐脱离官署之意义,产生了新的内涵:一个意思是指模仿民间诗歌的诗歌形式,另一种则指反映民生疾苦的创作及其关心民瘼的精神。六朝时期,门阀贵族把对乐府民歌的模仿完全当成一种诗艺训练的方法,乐府民歌所具有的现实主义精神、关心民生疾苦的精神没有被继承下来。盛唐后期,随着社会矛盾日趋尖锐,民生凋敝,"乐府"引起少数诗人的注意,杜甫首先自觉继承《诗经》传统,采用汉乐府形式,自立新题,创作大量直接反映时代动乱与民生疾苦的诗歌,而与此同时,元结也不约而同地自觉继承传统乐府精神,运用诗歌表达对政治的批判。其《二风诗论》云:"客有问元子曰:子著《二风诗》,何也?曰:吾极帝王理乱之道,系古人规讽之流。"此后,创作这类反映民生疾苦现实的诗歌成为潮流,8 世纪后半叶的诗人或多或少都写过类似作品,影响较大者如顾况、李绅等。

贞元木,李绅赴长安应举,结识元稹、白居易,当时他们都跋涉在仕进途中,少不了纵议国是,切磋诗艺。后来,李绅创作《新题乐府二十首》,直接打出"乐府"旗号,且标明"新题"。元和四年(809 年),李绅入长安,除校书郎,元稹与其在京城中相遇,得以读到《新题乐府二十首》,颇为共鸣,于是创作了《和李校书新题乐府十二首》,白居易起而作《新乐府五十首》,从此确立"新乐府"之名,且不再沿用古乐府旧题,直接自立新题,反映时事。

元、白不仅亲自创作新乐府诗歌,而且据此提出系统的诗学理论,对于既有的乐府诗创作进行总结并加以倡导。白居易的《与元九书》是其中最为著名的一篇理论文献,他提出"文章合为时而著,歌诗合为事而作"的著名观点。元、白还通过交友,广泛传播其思想,在当时掀起巨大的创作新乐府诗的声势。除了元、白之外,还有张籍、王建、李绅以及其他一些诗人,其中"元、白、张、王"是文学史上著名的并称,这一并称正是着眼于他们创作新乐府诗的一致性。

当时新乐府诗人的创作态度并不完全一致,元、白的新乐府理论也存在严重的局限。白居易受古代儒家采风知政之政治理想传统的影响较深,还将诗歌创作和他的政治活动结合起来,他将新乐府诗创作与他身为谏官的工作结合起来,他几乎将新乐府诗当成"谏书"来写,不追求其审美效果。白居易的诗学观点是作为他的政治观点的一个部分而提出来的。在《策林》(第六十九)中,白居易提出要恢复古代"采诗以补察时政"的建议:"圣王酌人以言,补己之过,所以立理本,导化源也。将在乎选观风之使,建采诗之官,俾乎歌咏之声、讽刺之兴,日采于下,岁献于上也。所谓言之者无罪,闻之者足以诫。"这显然是一种政治浪漫主义的思想。其《与元九书》说:元和初,宪宗初即位,"宰府有正人,屡降玺书,访人急病。仆当此日,擢在翰林,身是谏官,手请谏纸,启奏之外,有可以救济人病,裨补时缺,而难于指言者,辄咏歌之,欲稍稍递进闻于上。上以广宸聪,副忧勤,次以酬恩奖,塞言责,下以复吾平生之志"。他不仅继承观风知政的理想传统,甚至还把诗歌等同谏书,这必然减弱诗歌的审美感染力,使讽谏诗徒有诗的形式而已。这种急功近利的观点,必然造成其乐府诗诗意的严重淡化。

白居易的观点遭到后代不少学者的反对。有人认为,他的诗歌理论背离重视抒情、重视艺术形象塑造的抒情诗传统,与其说是现实主义,不如说是实用主义,他的讽喻诗是实用的"谏官的诗"[①],不能被视为现实主义的诗歌艺术创作。正确评价白居易诗歌理论及其乐府诗的实践,包含两个层次的认识问题:第一个层次的问题是,如何面对和正确评价这种叙事诗或者叙事性倾向,这个问题我们将在下一节中集中探讨;第二个问题就是,如何正确地认识和公正地评价他的实用主义的诗歌观念。客观地说,作为一位富有责任感、正义感和同情心的人,白居易以诗作谏书,企图通过诗歌的功能

---

① 陈贻焮《从元白和韩孟两大诗派略论中晚唐诗歌的发展》,载《中国古典文学研究论丛》第 1 辑,《社会科学战线》杂志社编,吉林人民出版社,1980 年。

来修明政治,减轻百姓的负担,这样做的动机值得肯定,在当时更堪称难能可贵。确实,在人生与艺术孰轻孰重的问题上我们应该承认,前者更重要。当人民饥寒交迫、嗷嗷待哺,而同时贪官污吏在敲骨吸髓、鱼肉百姓时,如果还像当年杜甫在《石壕吏》或《兵车行》诗中的叙事主人公那样,仅仅是表达同情却无所作为,还不如利用诗歌口诛笔伐,奋起战斗。白居易这样做,当然有认识的局限,同时,我们也应看到,他这是在复杂的政治形势下所采取的变通之策、权宜之计,是不得已的办法。举一个极端的例子,现代作家鲁迅先生写过很多的小说,他后期只写论战性的杂文,直接参与社会思想领域的战斗,难道我们能说鲁迅先生的选择不正确? 当然,这样的比较是非常不科学的,却有助于说明问题。对白居易的否定还有两种观点:一种是20世纪50年代出现的,认为白居易提倡反映民生疾苦,根本上还是为了维护封建王朝的稳定,所以是反动的。其实,这种观点是反历史主义的,其荒谬性已不待辩。另一种观点是20世纪80年代出现的,认为从白居易整个人生经历来看,他的生活也很腐朽,人格也不算高洁。显然,这也是苛求古人,因为他的生活方式在当时具有普遍性,也并不算个人的严重缺陷,人类社会的道德观念也是不断发展的,不能以今律古。

总而言之,新乐府运动的理论有其不足,同时,要看到问题的复杂性。从诗歌角度看,元、白也有大量的好诗,而其他一些乐府诗人,因为没有受到急功近利创作目的的影响,其乐府诗多数写得比较成功。

三、新乐府运动与新乐府诗

白居易(772—846)的乐府诗主要有《新乐府》五十首、《秦中吟》十首,他在《与元九书》中称之为"讽喻诗",可见他完全是把这种诗当成反映社会问题以引起高度注意的奏疏看待,所以,其所反映的自然都是负面的社会问题,甚至是当时社会面临的严重问题。

具体内容,包括以下几方面:

第一类,就是表现农村农民受到严重剥削以至于民不聊生的作品。代表作品有《观刈麦》《杜陵叟》《采地黄者》等,而最为人称道的就是《红线毯》:

> 红线毯,择茧缫丝清水煮,拣丝练线红蓝染。
>
> 染为红线红与蓝,织作披香殿上毯。
>
> 披香殿广十丈余,红线织成可殿铺。
>
> 彩丝茸茸香拂拂,线软花虚不胜物。
>
> 美人蹋上歌舞来,罗袜绣鞋随步没。
>
> 太原毯涩毳缕硬,蜀都褥薄锦花冷。
>
> 不如此毯温且柔,年年十月来宣州。
>
> 宣州太守加样织,自谓为臣能竭力。
>
> 百夫同担进宫中,线厚丝多卷不得。
>
> 宣州太守知不知,一丈毯,千两丝。
>
> 地不知寒人要暖,少夺人衣作地衣。

作者极尽唱叹,可见问题之严重。

第二类,是揭露、批判统治阶级的骄奢淫逸。代表作品有《歌舞》《买花》《官牛》《轻肥》,最有名者是《卖炭翁》。《卖炭翁》具有直接的现实针对性。德宗时期,用太监到市场为宫廷采购,这些采购者名义上是购买,实际上是巧取豪夺。一位孤苦的老翁,辛辛苦苦地烧好一车炭,却被"半匹红纱一丈绫"换走,这哪是交易?分明是强盗,而这种事情竟然光天化日地发生在首都长安。白居易敢于冒犯宫廷,大胆揭露,这种可贵的同情心正是保证人类社会向前发展、进步的理性和力量。

第三类,是反映爱国主义和反侵略战争的诗歌,代表作品是《新丰折臂翁》。

第四类,是集中反映妇女问题的诗歌,代表作品有《上阳白发人》。

白居易的乐府诗叙事性强,结构清晰,好用对比,人物刻画生动。不足之处就是形象性不够,感染力受到限制,没有什么余味。

元稹(779—831)在乐府诗方面实际创作成就不及其理论成就,其《古题乐府十二首》中的名篇有《田家词》等,比较一般。

当时创作乐府诗的人很多,比较有影响的还有李绅、张籍、王建等。

李绅(772—846)的《新题乐府二十首》今已失传,其创作时间早于这组诗的《古风》(即《悯农》二首),至今可谓家喻户晓、妇孺皆知:

> 春种一粒粟,秋收万颗子。
> 四海无闲田,农夫犹饿死。(其一)
> 锄禾日当午,汗滴禾下土。
> 谁知盘中餐,粒粒皆辛苦。(其二)

这两首诗词句浅显明白,语言通俗易懂,几乎不要再加辨析,但这并不意味着此诗就没有艺术性,诗人就没有艺术匠心。从某种意义上说,如果我们不能体会其艺术,作者的思想深度就很可能被忽视,它在诗歌发展史上的深长韵味也将被忽略。

前一首实际上反映了非常重大的思想主题,即劳动者受剥削不得食的阶级矛盾。作者用"一"和"万"构成鲜明对比,后又用"四海",这几个数字非常富有表现力,结果还是"农夫犹饿死",在作者看来,问题明显不是天灾,而是人祸造成的,问题提得非常尖锐,触目惊心。作者倒不一定意识到阶级剥削、阶级压迫,但他对这一现象的关注已经表明,有人开始意识到这种制度的不合理性。儒家思想历来轻视体力劳动,有所谓"劳心者治人,劳力者治于人"的说法,东晋诗人陶渊明则肯定劳动的价值,而李绅则更进一步看到劳动者被剥削的残酷性以及极端的不合理性,应该说这种思想在中国古代民主思想史上占有重要地位,这种思想的提出也是现实的反映,李绅试图解决社会问题,是在广泛观察、思考的基础上无意得出的认识。

一般的诗歌选本只选第二首诗,其实,第二首并不是一般地谈论劳动的艰辛。第二首与第一首的主题是密切相关的。正因为作者同情劳动者,觉得劳动者不得食非常不合理,所以他进一步表现劳动的艰辛,换言之,表现劳动的艰辛还是为了说明劳动者不得食的不合理性。第二首诗在艺术上也有其匠心。诚如袁行霈先生指出的,作者是从汗滴的颗颗粒粒发想到粮食的颗颗粒粒,这里既有逻辑上的联系,形象也很相似(《魏晋南北朝隋唐五代文学史纲要》)。但作者的妙思还不止于此,作者还从味觉上进行发想。粮食吃在嘴里是十分香甜的,而作者说"粒粒皆辛苦",就是承前"汗滴禾下土"而来,粮食是汗水浇灌出来的,粒粒粮食就是粒粒汗珠,甜在嘴里,苦在心里,这也就是人们经常引用的成语"忆苦思甜"所包含的道理。

在这两首诗中,李绅抒发他的情感,对劳动者不得食充满不理解的怅惘,对劳动者充满同情,展示劳动的艰辛,但除此之外,两首诗还提供了他的重大发现:粮食来之不易,四海丰收而农民饿死。这是作者关注的事实,也是作者要表达的道理,从某种意义上说,后者才是作者表达的主要意思,作者的目的绝不仅仅是抒发一己的情绪感慨而已,他是要把这种令人触目惊心的社会现象揭示出来,以引起人们的注意。

张籍(766?—830?)、王建(766?—830?)历来被并称,所谓"张王乐府",前者的新乐府诗还受到过白居易的赞许,他们的作品甚多。与白居易的乐府诗大不相同的是,他们的诗具有较强的抒情性,更为通俗,有的甚至带有民谣风味。

新乐府诗虽然存在一些思想上的局限性和艺术上的不足,但是,其继承杜甫自立新题以写时事的新传统,关心现实、同情民生疾苦的精神,值得肯定。他们之前的乐府诗,如元结的诗,较多受到汉乐府诗的影响,不仅沿用其题,甚至语言都还模仿汉乐府,风格古奥,有的甚至用词艰涩,而白居易等人,为了扩大乐府诗的实际影响,发挥其作用,化繁为简,用通俗代替艰涩,以平易取代古奥。白居易《新乐府序》说:"其辞质而径,欲见之者易谕也;其言直而切,欲闻之者深诫也;其事核而实,使采之者传信也;其体顺而肆,可以播于乐章歌曲也。"它在艺术上也还有更重要的创造,新乐府在艺术上的最大特点就是叙事性,这是在抒情诗歌之外的一大开拓。传统抒情诗歌主要的功能就是把作者的情感抒发出来,为了使这种情感能感染读者,就比较强调使情感客观化的一些手段,比如移情入景等,至于引起作者情绪反应的事情本身并不是太重要,有时诗人在诗中丝毫都不涉及。新乐府诗的出现改变了这一传统,其实用功能必然要求把陈述事实、讲述道理作为第一位的任务,抒情功能退居其次,实际上带来叙事性甚至说理性,宋诗的理趣也从此起步。

四、通俗诗潮的兴起与影响

元白诗派和新乐府运动是内涵不尽相同的两个概念,从文学史学者的一般使用情况来看,元白诗派这一概念主要强调这一诗派诗人诗歌的通俗性。新乐府诗关注现实社会问题,主题至关社会实际,而语言更是通俗易懂。其实,从总体来说,元、白诗歌都具有通俗性,这种通俗性既表现在诗歌的主题、题材方面,也表现在语言、风格、技巧、艺术风貌方面。早在宋代,苏轼就说过"元轻白俗"(《祭柳子玉文》),而王安石发现白居易诗歌语言的通俗性:"世间俗言语,已经被乐天道尽。"(《苕溪渔隐丛话》前集卷一四《陈辅之诗话》引)

元、白诗歌的通俗性出现的根本原因是,中唐时期开始的社会转型,以及文人精神风貌的重大变化。这是一个时代性的思潮,也是文化前进的方向。文化史学者已经指出,中唐时期的社会生活呈现出非常浓重的市井气息,随着城市的繁荣与市民阶级的壮大,他们的生活欲望、精神要求与审美趣味开始引起社会上层的广泛注意。随着这种五光十色的世俗在人们面前铺展开来,文人的生活和人格建构也出现调整。此时政坛情况比较复杂,文人不能像盛唐文人那样高歌理想、建功立业,他们的生活也比以前舒适得多,世俗得多。陈寅恪先生指出:"唐代科举之盛,肇于高宗之时,成于玄宗之代,而极于德宗之世。"(《元白诗笺证稿》)文人的生活空前地融入市井社会,

这在唐代小说中有鲜明的反映。白居易承接《孟子·尽心上》"穷则独善其身,达则兼善天下"的说法,明确将"穷则独善其身,达则兼济天下"（《与元九书》）作为自身的人生信条,这代表新型士大夫文人的人格特征,这种人生态度和传统的"仕"与"隐"的矛盾不完全一样。孟子强调,不论仕还是隐,都在追求一种理想化的目标,包括政治理想、人格理想,而白居易虽沿用孟子语句,却有一种新的人生立场,其穷、达之说,则是用非常现实的态度对待人生社会,充分承认或者说发现感性事物的价值,从政是为了解决社会问题,不从政就好好地享受人生的欢乐。且读白居易的五绝《问刘十九》:"绿蚁新醅酒,红泥小火炉。晚来天欲雪,能饮一杯无?"诗歌充满人间温情,不过也显示,这一代诗人已经从追求理想政治、自由人生的激情中退下来,他们回归日常生活,回归感性,普通的人间生活在他们眼里才那么实在并富有趣味。

他们的诗歌虽也歌颂理想,却更多地深入现实社会,新乐府诗就是比较直接的表现,此外元稹还写了大量的艳诗,王建的宫词也非常出名,张王乐府的世俗气息已是众所周知。白居易在《与元九书》中把自己的诗分为四类,即讽喻诗、闲适诗、感伤诗、杂律诗,其中都有大量世俗题材。他们本身和世俗社会的兴趣爱好就没有距离,那么,他们的诗歌内容和艺术形式就必然具有通俗性,才有可能获得最广大的市井社会的欢迎。元稹《白氏长庆集序》就说,其"杯酒光景间屡为小碎篇章,以自吟畅……江湖间多有新进小生,不知天下文有宗主,妄相仿效"。尽管元稹本人对别人仿效其诗持批评态度,但事实是,他的诗具有市民的生活趣味,从而才引起市井的喜好。白居易《与元九书》也说:"自长安抵江西,三四千里,凡乡校、佛寺、逆旅、行舟之中,往往有题仆诗者,士庶、僧徒、孀妇、处女之口,每每有咏仆诗者"。传统咏怀性质的政治抒情诗,一般只是在文人之间交流传播,而元、白的文学作品大面积流行,在诗歌的传播史上是空前的,表明这种文学已经和传统的文人文学有所不同,世俗性在加强,也可说是民主性在加强。简单地说,这种世俗气息在他们的文学活动中具体表现为几个方面:一是诗歌艺术（包

_{括新乐府诗})的通俗性,二是文人叙事诗的出现,三是艳情题材的流行。

叙事诗的大量出现就是世俗性的加强所带来的文学上的一个重要变化,叙事诗铺写特定的世俗大众关心的题材,从而相应地采用叙事手法。世俗生活的丰富多彩需要叙事艺术,叙事诗和传统文人的抒情诗不同,不再是个人的抒情,它是以一种爱好、赏玩、沉醉的眼光关注市井生活的五光十色。李绅写过长篇叙事诗《莺莺歌》,津津有味地铺叙民间男女情爱故事,而白居易的《长恨歌》干脆和陈鸿的小说《长恨歌传》相伴而行,广布社会。陈寅恪先生指出,元稹的乐府诗《连昌宫词》"实深受白乐天、陈鸿《长恨歌》及《传》之影响,合并融化唐代小说之史才诗笔议论为一体而成"(_{《元白诗笺证}_{稿》})。作为当时最有影响的诗人,白居易诗歌的世俗性也表现得最为突出。

白居易的《长恨歌》取材于唐玄宗李隆基与贵妃杨玉环的情爱故事。唐玄宗是开创大唐盛世的圣明天子,在唐人的心目中,他是与开元盛世不可分离的。开元盛世的灰飞烟灭激起人们透骨入心的悲凉感,人们对盛世失去的感伤与对唐玄宗的同情交织在一起,杨贵妃之死就被人们情绪复杂地传说、咏唱着。理性的诗人杜甫,在《哀江头》一诗中,就咏叹这一故事:"忆昔霓旌下南苑,苑中万物生颜色。昭阳殿里第一人,同辇随君侍君侧。辇前才人带弓箭,白马嚼啮黄金勒。翻身向天仰射云,一笑正坠双飞翼。明眸皓齿今何在,血污游魂归不得。"从总体态度看,杜甫批判唐玄宗和杨贵妃骄奢淫逸,荒淫误国,最终自食其果,他主要描述唐玄宗与杨贵妃的纵意游乐、不务政事、破坏规矩。如果说杜甫还有所同情的话,那仅仅是对杨贵妃身为美丽女子明眸皓齿而香消玉殒的遭遇的同情,杜甫在诗中并没有渲染李杨之间的缠绵悱恻的爱情生活,或者说杜甫根本没有将唐玄宗与杨贵妃的关系视作一种健康、美好的爱情。同样的这个故事,到了中唐人的眼中,却变成一出凄婉动人的爱情悲剧,一场江山与美人难并的人生遗憾,一曲令中唐人一掬同情之泪的"长恨歌"。且看陈鸿自叙其创作《长恨歌传》的经过云:"元和元年冬十二月,太原白乐天自校书郎尉于盩厔(_{今陕西省周至县})。鸿与琅琊王质夫家于是邑,暇日相携游仙游寺,话及此事,相与感叹。质夫举酒于

乐天前曰：'夫希代之事，非遇出世之才润色之，则与时消没，不闻于世。乐天深于诗、多于情者也，试为歌之，如何？' 乐天因为《长恨歌》。意者不但感其事，亦欲惩尤物，窒乱阶，垂于将来者也。歌既成，使鸿传焉。"值得注意的就是，他们首先是"相与感叹""感其事"，这与杜甫的态度正好相反。尽管还沿袭"惩尤物，窒乱阶，垂于将来"这一思想，但白居易的《长恨歌》却是极力渲染唐玄宗与杨贵妃之间忠贞不渝的爱情、亦生亦死的深情、动人心魄的痴情，情节曲折，情调凄恻，正所谓"似讽实劝"。我们历来比较注意白居易态度的个人性，其实，它的出现显然需要一个深厚的社会基础，这种对爱情尊崇的态度，实际代表市民阶层对个人价值的重视。

此诗的叙事性特点也是文化价值观念转变造成的必然结果。从建安开始到中唐之前，士大夫文人是社会活动的主体，他们关注的是自己以及个人价值的实现，民间的生活会引起他们建功立业、救民于水火的强烈反映，这种生活本身并不是他们所期望经历的，士人们往往以居高临下的态度看待民间生活。他们的抒情诗，实质就是抒发自己在政治活动中引发的感情。比如，杜甫对普通百姓富有同情心，他同情的仅仅是百姓的不幸遭遇，民间百姓的日常生活还不是诗人以平等的眼光看待的对象，最多做到感同身受。到了中唐时期，情况发生变化，士大夫不再把自己当成高高在上的社会管理者，他们降格为社会的一部分，他们和其他社会阶层一样，都在过一种世俗的生活，这时候，个人的生活以及国家大事不再是个人关注的唯一内容，他人的日常生活对他们来说就具有相通性和吸引力，对他人生活的叙述就变得必要，这样就造成叙事诗的大量出现以及诗歌的叙事性特征。就《长恨歌》而言，作者对情节的铺叙实际就是对这种人生遭际的平等体验，就是对爱情、对悲剧人生的体验。另外，城市经济的相对繁荣，市民阶层的休闲生活需要这类消遣性的叙事文学，传奇在中唐的大量涌现，也就是这种社会需求的结果。

《琵琶行》是白居易的又一名篇，以有形写无形，其高超的音乐描写技巧赢得古今学者的一致赞叹，其实，从文学史和文化史的角度来看，这首诗

还具有更重要的意义。诗人"浔阳江头夜送客",碰巧遇到一位琵琶女。她曾经是京城红极一时的著名乐伎,如今年老色衰,不得不嫁做"重利轻离别"的"商人"妇,孤苦伶仃地在浔阳江畔的秋夜里。诗人闻此大为感动,直道"同是天涯沦落人,相逢何必曾相识",聆听了琵琶女的如泣如诉的演奏,情不自禁泪如雨下——"座中泣下谁最多,江州司马青衫湿"。引起作者强烈的情绪反应的,当然在于二人经历的相似性,他们都是落魄僻地,而写商人、写商人妇,这却是文人诗歌史上的第一次。齐梁宫体诗也喜欢吟咏女性,可作者的态度不是平等地审视,而是把女性当成男人生活的一种享受"物",或者是更等而下之的充满色情意味的胡思乱想。也有不少文人诗,以健康的心态描写女性的生活(王昌龄的《闺怨》),不过,也还是旁观者的同情而已。白居易不是仅同情这位商人妇(如闺怨诗),或者仅从她身上联想到自己的不遇(如以美人宠疏比拟君臣关系),而是能够从商人妇那里获得只有传统士大夫之间才会产生的知音之感,白居易从商人妇的经历中感受到作为人的一些共同的感受,这就表明,在他心里"商人妇"是与他人格平等的个人。作为封建士大夫,白居易倒不一定就有这种自觉的意识,不过,在他的态度中确实体现了这个微妙的变化。中外文学史家早就指出,文学的变革历来与社会的变革是密切联系的,一种文学人物的出现必然以相应的文化变革为基础。

中唐是中国古代社会发展中的一个重要转型时期,清人叶燮说:"贞元、元和之际,后人称诗,谓为中唐,不知此中也者,乃古今百代之中,而非有唐之所独,后千百年无不从是以为断。"(《唐百家诗序》)正是在中唐时期,士大大的精神面貌焕然一新,市民在崛起,通俗性是这种趋势在文学上的反映。复杂的社会条件使得元、白等人具有深入社会基层的经历,从而他们的诗歌有幸成为反映这个趋势的作品,他们这个诗派的社会文化意义就在这里。

元白诗歌的通俗性不仅集中体现在叙事诗中,在其他诗歌中也有程度不同的表现。李肇则说:"元和以后,……学浅切于白居易,学淫靡于元稹。"(《唐国史补》卷下)白居易、元稹在传统的政治抒情诗之外开辟了新园地,元稹的艳情诗就是突出表现。元稹《叙诗寄乐天书》云："近世妇人晕眉淡目，绾约头鬟，衣服修广之度及匹配色泽尤剧怪艳，因为艳诗数百首。"他毫不回避，后来自编诗集，其中就有"艳诗"一目。如"相逢相失还如梦，为云为雨今不知。"（《所思》）"半欲天明半未明，醉闻花气睡闻莺。"（《春晓》）等。最艳者当为《会真诗三十韵》，如：

戏调初微拒，柔情已暗通。

低鬟蝉影动，回步玉尘蒙。

转面流花雪，登床抱绮丛。

鸳鸯交颈舞，翡翠合欢笼。

眉黛羞偏聚，朱唇暖更融。

气清兰蕊馥，肤润玉肌丰。

无力慵移腕，多娇爱敛躬。

汗光珠点点，发乱绿葱葱。

方喜千年会，俄闻五夜穷。

留连时有限，缱绻意难终。

元稹著名的"悼亡诗"风格亦同此华艳。尽管元稹自述"艳诗"之作亦有"干教化"（《叙诗寄乐天书》）的作用，实际效果却如同汉大赋"劝百讽一"，甚至所谓"干教化"也只不过是冠冕堂皇的借口，其真实用意还是表达对男女之情的兴趣而已。

元稹这类"纤艳不逞""淫艳媟语"的诗在当时影响很大，"流于民间，疏于屏蔽，子父女母，交口教授"（杜牧《李戡墓志铭》），恰恰说明它迎合了当时的社会风气。如果放大来看，从李贺的艳体诗、王建的《宫词》开始，直到杜牧、李商隐、温庭筠等人爱情题材诗的兴盛，甚至曲子词的兴起，都是这一共同时代文化背景作用的结果。此前思妇诗、闺怨诗，虽然也写及女性生活、华艳衣着乃至情爱心理，创作者之着眼点却在于人物情感活动，创作出发点是同情,而不是把玩与欣赏。如果进一步求源,六朝民歌以及梁陈宫体诗显然是其渊源,梁陈宫体诗是以高门贵族腐朽生活为基础的,而此一时期爱情诗甚至艳情诗的流行是以市民生活趣味为根底,其价值观念是民主、进步的。当然,这些产生背景及其影响问题已经属于思潮讨论的范围,在此不再深论。

唐敬宗宝历(825—826)之后,政治形势的转暗,随之中唐的诗歌运动也逐渐失去其力度和影响,韩孟诗派如此,元白新乐府运动也如此。诗歌中消失了愤怒的情绪,只留下伤感和绝望;诗人们失去了躁动和刚劲,只剩下疲软无力的叹息甚至无可奈何的哀吟,他们甚至在男女情爱之中寻找安慰和精神寄托,爱情诗以及艳情诗的勃兴就是末世标志性气象之一。

第十一章　　夕阳无限好　只是近黄昏

——晚唐三大诗派

一、时移世衰与文人群体分化

中唐两大诗派——元白浅俗诗派和韩孟险怪诗派的兴起与中唐的政治改革形势密切相关,而到了唐宪宗元和(806—820)后期,政治日趋黑暗;到唐文宗朝(826—840),两大诗派的主要人物,如元稹、韩愈、孟郊等,先后去世,而白居易虽德高望重但远离政治核心,寓居洛阳与刘禹锡等诗友唱和,专写闲适生活,两大诗派都逐渐失去作为集团时活动的巨大声势,诗坛与分崩离析的政坛同步跨入晚唐时期。

中唐时期的三大矛盾即藩镇割据、宦官专权、朋党之争消耗了社会元气,各种社会矛盾日益激化,内忧外患最终导致作为社会统一象征的皇权被彻底架空,大唐政权名存实亡,社会逐渐分崩离析。从唐敬宗宝历年间(825—826)到唐宣宗(847—859)时期,统治阶层内的三大矛盾斗争最为尖锐,摧毁着唐政权的基础;从唐懿宗(859—873)到唐末近五十年,各种社会矛盾全面爆发,最后导致民不聊生、官逼民反,是唐政权走向穷途末路、彻底解散的阶段。皇帝残暴骄奢,昏聩无能;宦官专权,甚嚣尘上;武人当道,奸佞横行;战火纷飞,兵连祸结。手无寸铁、只靠思想与文化创造求生的文人们,在如此动荡不安的社会环境里,便理所当然地退避为社会的边缘人,他们失去初唐人的理想与担当、盛唐人的自信与豪迈、中唐人的忧患意识与刚怀激烈，身不由己，辗转迁徙，寄人篱下，苟且偷生，很难形成全局性的大规模应酬、酬唱的诗人群体和诗歌流派。但是，这并不意味此时的诗歌创作风尚没有主导的倾向，因为，这些作家毕竟生活于同一时代，相同的生活环境、相似的生命体验造成诗歌风尚不约而同，大致相同的生活感受必然造成其诗歌具有某些近似性；也不意味此时的作家没有形成集团或群体，恰恰相反，社会的动荡使得作家们避居于一隅，与三五诗友仔细切磋琢磨诗歌艺术，此前诗歌艺术的发展和积累也给晚唐作家提供了丰富的思想和艺术成果，为他们的艺术多样性打下基础。与初、盛、中唐比较，晚唐的诗歌理论研讨显得活跃。罗根泽指出："诗格有两个兴盛的时代，一在初盛唐，一在晚唐五代以至宋代的初年。"[1]保存至今最多的是晚唐"诗格"。晚唐人的诗歌研究确实非常活跃，内容丰富，出现大量"诗格"类著作，如齐己《风骚旨格》、徐衍《风骚要式》等，还出现大量诗选、诗评以及综论性论述，如司空图《与王驾评诗书》、张为《诗人主客图》等[2]。所以，尽管晚唐没有大的诗歌群体，却显示出流派纷呈、百舸争流的形势，出现不少诗人并称，如小李杜、温李、三十六体、鲍谢、皮陆、芳林十哲、咸通十哲、三罗等，这些并称虽不全具有流派的形态，但至少反映出当时崇尚诗歌的社会风气，这种风气间接地有助于诗人诗艺的交流，从而有助于流派的形成。因此，在乍一看琐碎不堪的诗坛上，显然存在着诗歌发展的大致脉络和不少诗人群体。

晚唐人张为《诗人主客图》最早试图根据创作风尚以及师承差异，对中晚唐诗歌流派进行划分。他将其划分为六个系列，其中名列"清奇雅正"和"清奇僻苦"系列的多是晚唐诗人。张为之后的历代学者亦不断提出新说，试图对晚唐诗歌作综合把握。南宋方岳《深雪偶谈》将晚唐诗人皆归于贾岛影响之下。明代杨慎《升庵诗话》则"分为两派"，一派学张籍，一派学贾

---

① 罗根泽：《中国文学批评史》第 2 分册，上海古籍出版社，1983 年。
② 张伯伟：《中国古代文学批评方法研究》第 3 章《诗格论》，中华书局，2000 年。

岛。清人李怀民《重订中晚唐诗主客图》虽承杨慎之说,不过又补充说,"虽称两派,其实一家耳"。受此影响,现代学者闻一多《唐诗杂论·贾岛》一文甚至将晚唐统称为"贾岛的时代"。另一位现代学者苏雪林的《唐诗概论》①则划为五派,一派出于白居易,是通俗派;一派学贾岛,是幽峭僻苦派;一派以清奇为主;一派是学习温、李者,是唯美派;一派是学韩愈者等。郑振铎则说:"从韩、白以后,便来到了温(庭筠)、李(商隐)的时代。""这个时代的诗人们,其风起云涌的气势,大似开元、天宝的全盛时代。但其作风却大不相同。这时代的代表作家们,无疑是李商隐与温庭筠二人。其余诸作家,除杜牧等若干人外,殆皆依附于他们二人的左右者。温、李的作风,甚为相似,是于前代诸家之外独辟一个奇境者。"②前述诸家的不同划分,都贯穿着这样的认识:中晚唐诗坛虽然热闹异常,可是缺少独创,大都承袭前代经验而加以发展③,而我们则考虑诗人主要的创作风格及其渊源,兼顾诗人的艺术成就大小、诗人交往,并根据晚唐八九十年间诗人群体的先后分布,以此将晚唐诗人划分为前后三个流派:前期是绮艳诗派,主要作家有杜牧、李商隐、温庭筠等,他们的主要活动时间在晚唐前期,即从唐敬宗宝历元年(825 年)到唐宣宗(847—859)时期;另外的两个诗派,分别是苦吟隐逸派和浅俗诗派,主要活动于晚唐后期,即从唐懿宗(859—873)时期到唐末(907 年)。

二、伤感萎靡的时代主调

文学艺术虽然具有鼓舞人心、影响社会的作用,主要却是满足人类个体的精神需求。文学是社会生活的反映,社会的治乱、政治的明暗,都会在文学作品中烙下印痕。在中国古代,士人是文学活动的主体,社会的治与乱、

---

① 苏雪林:《唐诗概论》,上海商务印书馆,1934 年。

② 郑振铎:《插图本中国文学史》,人民文学出版社,1957 年,第 392—393 页。

③ 李丰楙:《多彩多姿的中晚唐诗风》,载《中国文化新论·文学篇 二·意象的流变》,台湾联经出版事业公司,1983 年。

政治的明与暗都会直接影响士人的社会处境,从而影响其文化心理。中国古代诗话喜欢使用的一个词"气象",实际上就是用以描述社会环境在文学作品中所造成的精神气度。这种气度,不仅表现为内容层面自觉的思想价值观念,在诗歌意象、诗境格局等比较抽象的诗歌艺术乃至形式层面也有所表现。胡应麟《诗薮》(内编卷四)说:"盛唐句,如'海日生残夜,江春入旧年';中唐句,如'风兼残雪起,河带断冰流';晚唐句,如'鸡声茅店月,人迹板桥霜':皆形容景物,妙绝千古,而盛、中、晚界限斩然。故文章关气运,非人力。"时世颓唐,文人自然很难吟出高亢雄浑、昂扬进取的调子。当晚唐诗人苟活于乱世,自顾无暇,哪有自由飞扬的精神奢求?不论绮艳诗派、苦吟诗派,还是隐逸诗派和浅俗诗派,晚唐诗都不免气度狭小、精神伤感萎靡,这就是晚唐诗歌的总体艺术精神。

　　清人贺贻孙《诗筏》说:"晚唐气格卑弱,神韵又促,即取盛唐人语入其集中,但见斧凿痕,无复前人浑老生动之妙矣。"从精神价值来看,气格卑弱当然比不上盛唐的黄钟大吕,但是,气度狭小,精神伤感萎靡,这与其说是诗人的缺陷,毋宁说是诗人的不幸。任何人都不可能绝对超越具体的时代,晚唐诗人不幸就生活于末世、衰世,末世的衰飒自然反映到诗歌之中。宋人俞文豹《吹剑录》说:"近世诗人好为晚唐体,不知唐祚至此,气脉浸微,士生斯时,无他事业,精神伎俩,悉见于诗,局促于一题,拘挛于律切,风容色泽,轻浅纤微,无复浑涵气象。"俞氏的观点不是单纯的指责,而是比较合理的"了解之同情",指出晚唐诗气格卑弱的社会根源。诗人无可逃避地具有人类共有的悲剧命运,就像任何人都不能选择自己的父母一样,也都不能选择自己生存的时代和生活的环境。我们不能苛求诗人和诗歌脱离生活,歌唱昂扬进取,鼓舞人心甚至促进社会进步,脆弱的文学无法承担如此重要而神圣的使命。晚唐诗人伤感、悲伤甚至有些绝望的歌唱,其价值在于不仅可以慰藉心灵的痛苦,也可以确证他们还没有绝望、颓废以至于沉沦、冷漠,他们继续保有对美好生活的渴望,他们仍然热血沸腾。这就是良心,这就是力量,这就是希望,这就是未来。

诗国花开

——唐诗美感的流变

李商隐(812—858)的名诗《乐游原》:

> 向晚意不适,驱车登古原。
> 夕阳无限好,只是近黄昏。

乐游原位于长安城东南隅,为全城最高点,也是长安古原。它原为秦宜春苑,汉宣帝神爵三年(公元前59年)在此修建乐游苑。武则天长安年间,太平公主在此建亭阁。唐人尚游览,此地便再次成为长安一大游览胜地,每逢正月晦日、三月三、九月九,长安士女云集于此,盛况空前。乐游原上,登高望远,长安城尽收眼底,北望滔滔渭水,南眺巍巍终南,睹故国山河,抚今追昔,尽发思古之幽情。盛唐诗人杜甫曾写有《乐游原歌》,其中有句云:"乐游古园崒森爽,烟绵碧草萋萋长。公子华筵势最高,秦川对酒平如掌。长生木瓢示真率,更调鞍马狂欢赏。"那是盛唐时期乐游原上的热闹景象。李商隐此诗所描写的黄昏登乐游原,也许只是他个人某一天黄昏具体的经验,却反映他个人的审美经验模式,甚至反映整个晚唐诗人的时代文化心理。黄昏是夜的前奏,不管愿意不愿意,黑夜的降临又将结束一天;黄昏也是回家的时候,热闹的乐游原该是人烟散去,一片冷清。而诗人此时"意不适",他要怎样消解心头的郁闷呢?那就是"驱车登古原"。黄昏,引发他的感慨;寂寞,却找不到知音。"夕阳无限好,只是近黄昏",这是怎样深刻的惆怅呢!夕阳西下,余晖满天,美好的一天又不得不结束。这里有对过去的留恋、对失去的无可奈何、对消失过程的敏感和惋惜,还有无法言说、不必言说的寂寞和孤独。

无独有偶,杜牧(803—852)也有一首《登乐游原》,写到相似的经历:

> 长空澹澹孤鸟没,万古销沉向此中。
> 看取汉家何事业,五陵无树起秋风。

作者借古讽今,感慨繁华的消失。杜牧颇有政治才干,他立足于历史的制高点,抚今追昔,不免怆然。此诗着重于历史感叹的构思,与侧重于眼前景的李诗不同;但相同的是,李商隐在一天将尽的黄昏来到乐游原,而杜牧则在一年将尽的秋天来到乐游原,黄昏或秋晚都是结束的时刻,也是令人反思、让人感伤的时间,他们不约而同地选择这种结束性的时刻,表明他们具有相同的惊心于消失的时代文化心理。

大唐王朝就像"泰坦尼克号"巨轮,它曾经的壮美、崇高激起人们无限的热情、想象和期待;当其分崩离析的时候,掀起的就不仅是海中的拍岸惊涛,还有人们心中长久的波澜,惊愕、悲伤,继而迷惘、绝望。李商隐、杜牧不仅亲眼观察到,而且无可奈何地亲身体会到这样一艘巨轮的腐朽与沉没,他们看到的是结束、没落。黄昏逐渐结束一天的光明和喧嚣,迎来黑暗和沉默;秋风吹走一年的繁华,带来萧条、衰飒和凄艳:这样的情景、情调和他们心头的社会感知不是异曲同调吗? 怎能不引起他们特别的爱好和共鸣呢?他们对黄昏之美、秋日之美的发现和偏爱,正是时代的折光,也是一代知识分子心灵的折光。当然,诗人是人类的良心,他们悲凉的慨叹中包含着诗人对生活的殷切渴望、对美好事物的执着和眷恋。他们对孤独、凄清、萧条景象或氛围的沉湎,展示了作为人类良心的知识分子在面临时代与个人的双重苦难之时,所表现出的可贵的人格光彩和精神追求:忧患意识、独立思考,而这正是最珍贵的品质,是人类社会不断前进的力量之所在。

晚唐诗歌提供了一种前所未有的黄昏之美,传承、丰富了我们的文化与文学传统。

三、唯美与艳情

随着时间的推移和政治局势的变化,望重寿高的中唐诗人白居易经历了从积极干政到逐渐疏离政治的过程,他远离政坛,也不再是诗坛领袖。白居易晚年生活的时期就是杜牧、李商隐、温庭筠在诗坛上活跃的阶段。杜牧、李商隐、温庭筠辗转于藩镇幕府,已不再拥有政治发言的机会,却成为文坛上的活跃人物。他们对政治的关心,与其说是表达一种立场和意见,毋宁说是抒发他们的政治热情而已。尽管出于一种惯性,他们仍然创作不少政治抒情诗,但是更能反映他们心理特点的还是个人抒情诗。随着诗人远离政坛,对政治彻底失望,他们便逃入个人的小天地中舔抚受伤的心灵,或者借声色以自娱,或钻研诗歌艺术以寻求精神的寄托,感伤的情调、绮艳的色彩、唯美的倾向便是他们诗歌共同的特征。这些特征在中唐诗人的创作中已有所表露,如白居易晚年的生活诗、李贺的诗歌等,而真正形成声势还是在杜牧、李商隐、温庭筠等人手中。

杜牧和温庭筠(812?—870?)虽都出身名门,但都经历了家道中落之变,而李商隐幼年丧父,更饱经生活艰难。他们都属早慧之才,颇得时人赏识,初入社会即怀有大志,欲有所作为,后在社会上屡遭打击,辗转迁徙,沉沦下僚,不免以男女之情寄托身心。他们之间颇有交往。大中六年(852年),杜牧迁中书舍人,始官居高位,温庭筠上书杜牧云:"岂知沈约扇中,犹题拙句;孙宾车上,欲引凡姿。进不自期,荣非始望"(《上杜舍人启》)。杜牧作《华清宫三十韵》,温庭筠则有《华清宫和杜舍人》诗。温庭筠和李商隐也有交往。《北梦琐言》记载,李商隐说:"近得一联句云:'远比召公,三十六年宰辅。'未得偶句。"温庭筠说:"何不云'近同郭令,二十四考中书'?"可见,二人还有文字交往。因此,当时即有小李杜、温李之称,就不仅是文学成就相近,而且他们确有人际交往和文字往还,在创作上定有相近之处。

作为由中唐向晚唐过渡时期的诗人,他们虽已无法直接参与政治,却和高层政治仍然保持着一定的联系,因此,他们的政治抒情诗内容比较充实,主题是关心政治,感讽抒怀,揭露权贵专权,同情民生疾苦。李商隐这类诗较多,如《行次西郊一百韵》等。且看其名作《安定城楼》:

> 迢递高城百尺楼,绿杨枝外尽汀洲。
> 贾生年少虚垂涕,王粲春来更远游。

永忆江湖归白发，欲回天地入扁舟。
不知腐鼠成滋味，猜意雏鹓竟未休。

岳阳楼图(明·安正文)

　　作者没有明确表达政治观点，我们却能感受到他对国运的关心和远大的抱负。后代学者都认为李商隐比较多地继承杜甫，这不仅表现为李诗如杜诗一样好用典故、七律作得很好，更重要的表现是他们思想上某种程度的

相通,即都具有深沉的政治忧患意识。

杜牧政治才能出众,也具有强烈的参政意识。其《郡斋独酌》诗云:

> 岂为妻子计,未去山林藏。
> 平生五色线,愿补舜衣裳。
> 弦歌救燕赵,兰芷浴河湟。
> 腥膻一扫洒,凶狠皆披攘。
> 生人但眠食,寿域富农桑。

杜牧颇有经邦济世之才,他的一些咏史诗见解独到,显示超卓的见识,深得后代读者首肯。如《过华清宫三绝句》《江南春》《泊秦淮》等。

温庭筠早年也是胸怀大志的,如《过陈琳墓》诗云:

> 曾于青史见遗文,今日飘蓬过此坟。
> 词客有灵应识我,霸才无主独怜君。
> 石麟埋没藏春草,铜雀荒凉对暮云。
> 莫怪临风倍惆怅,欲将书剑学从军。

慷慨义气,绝非吴侬软语。

由于市井的繁荣,此一时期的社会风气偏于淫艳,而落魄文人便醉心于烟花窟以打发光阴。中唐天才诗人李贺的诗歌就出现浮艳的倾向,苏轼所谓"元轻白俗"也指出元、白诗歌的俗艳倾向。杜牧曾经评价李贺诗云:"盖骚之苗裔,理虽不及,辞或过之。"(《李长吉歌诗叙》)他作《李戡墓志铭》引述李戡之言说:"尝痛自元和已来有元、白诗者,纤艳不逞,非庄士雅人,多为其所破坏,流于民间,疏于屏壁,子父女母,交口教授,淫言媟语,冬寒夏热,入人肌骨,不可除去。"其实,杜牧长期流连青楼,对风情绮艳之作很感兴趣,也有不少风情绮艳之作。与杜牧同时代的诗人喻凫,曾以诗谒杜牧却不被赏识,喻凫说:"我诗无罗绮铅粉,宜其不售也。"宋人刘克庄针对杜牧前述之语,说:"牧风情不浅,'青楼薄幸'之句,街吏平安之报,未知去元、白几何? 以燕伐燕,元、白岂肯心服?"(《后村诗话后集》)在个人生活上,杜牧如此,李商隐、温庭筠自是如此,他们都留下不少恋爱甚至狎妓的趣闻逸事。

　　落魄的生活遭遇、淫艳的社会环境,使得他们的诗歌出现绮艳的色彩。当然,绮艳不等于色情,诚如余恕诚先生所指出的,此时的绮艳颇有泛化的趋势,不仅出现大量的爱情主题的诗歌,其他题材的诗歌也带上俗艳的色彩,如写景、咏物也带有脂粉气息,而很多政治抒情诗,也往往借助香草美人的构思方式,写得细美幽约,惝恍迷离,后代学者难以判定它们究竟是爱情诗还是政治抒情诗[1]。如杜牧《赤壁》诗:

赤壁图(局部)(金·元武直)

---

① 余恕诚:《唐诗风貌》,安徽大学出版社,1998 年。

折戟沉沙铁未销，自将磨洗认前朝。

东风不与周郎便，铜雀春深锁二乔。

这首诗曾在后代诗论家中引起过一场有趣的争论。发起人是宋代的许颉，其《彦周诗话》说："杜牧之作《赤壁》诗……意谓赤壁不能纵火，为曹公夺二乔置之铜雀台上也。孙氏霸业系此一战，社稷存亡，生灵涂炭都不问，只恐捉了二乔，可见措大不识好恶。"纪昀《四库全书总目提要》则反驳说："讥杜牧《赤壁》诗不说社稷存亡，惟说二乔，不知大乔乃孙策妇，小乔为周瑜妇，二人入魏即吴亡可知。此诗人不欲质言，故变其词耳。"贺贻孙说："诗家最忌直叙，若竟将彦周所谓社稷存亡、生灵涂炭、孙氏霸业不成等意，在诗中道破，抑何浅而无味！唯借'铜雀春深锁二乔'说来，便觉风华蕴藉，增人百感。此正是风人巧于立言处。"(《诗筏》)清代学者的反驳有一定道理，揭示出其诗歌艺术思维的特点，不过，许颉的意见虽然不确切，杜牧作诗比较注意女性倒是一个确实且值得关注的现象。

李商隐最有名的作品还是爱情诗以及以爱情为主题的无题诗，他的爱情诗广为人所传诵，色彩浓艳，绮丽精工，深情绵邈，密丽蕴藉，空前绝后。由《无题二首》(其一)可见一斑：

昨夜星辰昨夜风，画楼西畔桂堂东。

身无彩凤双飞翼，心有灵犀一点通。

隔座送钩春酒暖，分曹射覆蜡灯红。

嗟余听鼓应官去，走马兰台类转蓬。

如此深情，如此缠绵，堪称千古情诗之绝唱。

又如《锦瑟》诗：

锦瑟无端五十弦，一弦一柱思华年。

庄生晓梦迷蝴蝶，望帝春心托杜鹃。

沧海明月珠有泪，蓝田日暖玉生烟。

此情可待成追忆，只是当时已惘然。

对这首五十六字的七律诗的内涵，后人研究文章的字数是原诗的上万倍，对于此诗的主题是抒写爱情还是感慨人生，还没有达成一致的意见。同样，对他的无题诗的理解也是如此。不过，由此可见，李商隐感受细腻，富有深情，还继承了杜甫对诗歌语言技巧的探索，充分地利用汉语组合的随意性，构造朦胧的诗境，形成诗意的多层次性，这样的诗境在古典诗歌史上可谓无与伦比。

温庭筠和李商隐并称，善于表情，情调深长，著名作品如《商山早行》，其中诗句"鸡声茅店月，人迹板桥霜"被认为是反映晚唐精神风貌的名句。他的词多写妇女容貌，是典型的"侧艳"文学，他的诗当然不会例外。《题柳》有句："香随静婉歌尘起，影伴娇娆舞袖垂。"用舞女来比喻柳丝的婀娜多姿。

从总体上看，这种诗风讲究诗歌艺术，偏重柔美，缺乏阳刚之气，带有女性化倾向，情绪细腻，情调缠绵，诗歌所用的意象也以柔美为主。这类诗人还有段成式、李群玉等。段成式与李商隐、温庭筠并称"三十六体"，其诗《柔卿解籍戏呈飞卿三首》（之一）云："长担犊车初入门，金牙新酝盈深罇。良人为渍木瓜粉，遮却

水阁凭栏（局部）（宋·赵伯驹）

红腮交午痕。"李群玉《伤思》诗云："八月白露浓，芙蓉抱香死。红枯金粉堕，寥落寒塘水。西风团叶下，叠縠参差起。不见榱人歌，空垂绿房子。"冷

芳幽艳。

　　绮艳诗派在晚唐后期还在发展，只不过不如前期那么有声势，内容也偏向色情，代表诗人就是韩偓。他十岁就能诗，其姨父李商隐曾称赞其"雏凤清于老凤声"（《韩冬郎即席为诗相送一座皆惊》），其人充满忠义之气，而其诗却多涉艳词，词致婉丽，其诗集《香奁集》几乎成为后代艳诗的代称。

四、隐逸与骂世

　　公元859年，唐懿宗即位，唐王朝从此进入分崩离析的关键阶段，各种社会矛盾全面爆发，社会陷入全面动荡。作为时代心灵的诗人，连偎红依翠、诗酒流连的生活也无法继续，战争的烟尘和时代的乱离都反映到他们的诗中，末世的哀歌表现为两个极端的倾向：一是归隐求静，在苦吟中寄托身心；另一个则是激烈骂世，聊解社会关怀，前者形成隐逸诗派，后者是浅俗诗派。

　　隐逸诗人直承中唐后期、晚唐前期的诗人贾岛、姚合。南宋方岳《深雪偶谈》说："贾阆仙，燕人，产寒苦地，故立心亦然。同时喻凫、顾非熊，继此张乔、张碧、李频、刘得仁，凡晚唐诸子皆于纸上北面，随其所得深浅，皆足以终其身而名后世。"胡仔《苕溪渔隐丛话》（前集卷十九）引张文潜的话说："唐之晚年，诗人类多穷士，如孟东野、贾阆仙之徒，皆以刻琢穷苦之言为工。"身世艰难，故不得不归隐，但归隐并不意味着肯定能求静，于是又发为穷士的歌唱。他们吟咏人生的不幸，一种绝望的情绪笼罩心头，诗境幽峭。他们流连佛、道以平衡心理，在他们的诗中出现大量的佛道意象，而归隐的咏叹、穷困的哀歌又和艺术的精工雕琢紧密联系，以表现自己的才能，寄托人生追求。这种创作倾向的代表诗人有司空图、郑谷。

　　司空图（837—908）亲身经历了唐朝的灭亡过程，他心情悲观、灰暗。其《浙上》诗云：

> 西北乡关近帝京,烟尘一片正伤情。
>
> 愁看地色连空色,静听歌声似哭声。

战争的烟尘笼罩着天地,而歌声听起来也像哭声,不仅让人伤悲,甚至让人恐怖。诗人唯有逃避到佛道之中寻求心灵的安慰,《退栖》诗:

> 宦游萧索为无能,移位中条最上层。
>
> 得剑乍如添健仆,亡书久似失良朋。
>
> 燕昭不是空怜马,支遁何妨亦爱鹰。
>
> 自此致身绳检外,肯教世路日兢兢。

表现了作者的悲观失望、无可奈何。

郑谷(851—910)颇得司空图赏识。他创有颇多感时伤世、自我哀怜之作,但情调颇为中和冲淡。他把贾岛的寒苦与白居易的浅俗结合起来,多写身边琐事,善于融情入景,诗歌很有意境,形成深入浅出、流丽跳脱的风格。他有些诗以情韵见长,如常为人称道的《淮上与友人别》诗:

> 扬子江头杨柳春,杨花愁杀渡江人。
>
> 数声风笛离亭晚,君向潇湘我向秦。

郑谷有的诗代表诗歌由唐入宋的历史变化,在宋初影响很大,深得宋初士大夫欣赏。如《中年》诗:

> 漠漠秦云淡淡天,新年景象入中年。
>
> 情多最恨花无语,愁破方知酒有权。
>
> 苔色满墙寻故第,雨声一夜忆春田。
>
> 衰迟自喜添诗学,更把前题改数联。

生活疏放,精神颓唐又自足;诗歌也不重在情韵,而是表达一种理趣,这样的生活态度、诗歌韵味简直与宋诗无二。

天下兴,百姓苦;天下亡,百姓更苦。战火连绵,满目疮痍;时局混乱,贪官污吏更加横征暴敛。百姓的灾难自然引起一些有良知人们的关注,这种关注发而为诗,这些关心民生疾苦的歌唱便汇成嫉时骂世的浅俗诗派。

晚唐浅俗诗派代表诗人有皮日休(834—883?)、陆龟蒙(?—881)、罗隐(833—909)、聂夷中(837—?)、杜荀鹤(846—907)。他们继承白居易的诗歌理论,自觉地接受传统儒家诗学思想,用诗歌表达他们对现实社会问题的立场、观点。皮日休《正乐府十篇》小序说:"乐府,盖古圣王采天下之诗,欲以知国之利病,民之休戚也……诗之美也,闻之足以观乎功;诗之刺也,闻之足以戒乎政。""今之乐府者,唯以魏晋之奢丽、梁陈之浮艳,谓之乐府,真不然矣。"他再次要求恢复汉乐府精神,反映民生疾苦。可见其和白居易新乐府诗论一脉之承。虽然"美刺"等概念表明他所依据的理论难免落后,但是,皮日休生逢乱世,他以一个文人的责任感从传统诗学中寻找精神武器,寄托自己的人文关怀,从而使得他的诗论闪烁着可贵的批判锋芒和独特的精神魅力。

社会的动乱使得他们不再寻求进身之阶,他们的诗歌对社会的批判也就毫无顾忌,直有骂世的风采。皮日休《三羞诗》笔墨直白,沉痛之至,如其三云:

> 天子丙戌年,淮右民多饥。
>
> 就中颍之沘,转徙何累累。
>
> 夫妇相顾亡,弃却抱中儿。
>
> 兄弟各自散,出门如大痴。
>
> 一金易芦卜,一缣换凫茈。
>
> 荒村墓鸟树,空屋野花离。

罗隐的《雪》：

> 尽道丰年瑞，丰年事若何？
> 长安有贫者，为瑞不宜多。

聂夷中的《伤田家》诗类似：

> 二月卖新丝，五月粜新谷。
> 医得眼前疮，剜却心头肉。
> 我愿君王心，化作光明烛。
> 不照绮罗筵，只照逃亡屋。

杜荀鹤《再经胡城县》：

> 去年曾经此县城，县民无口不冤声。
> 今来县宰加朱绂，便是生灵血染成。

这些诗都触及社会中的阶级矛盾，其着眼点不再是摇摇欲坠的封建王朝，而是生活在水深火热之中的普通百姓，他们看到贫富不均是造成百姓苦难的根源，揭露统治阶级的骄奢淫逸，具有一定的民主性。这些诗用语朴素，通俗易懂，丝毫没有为诗而诗的影子，虽不太讲究艺术性，却具有很强的艺术感染力。站在传统的立场看，这些诗歌不追求形神兼备的意境之美，可是，它们在选材上却具有艺术匠心，作者熟悉生活，往往选取新鲜的生活场景或细节，通过强烈的对比以达到讽刺效果。

这些诗人在后代唐诗学者眼中历来没有受到重视，他们的作品与最能反映唐代时代精神和文化特点的盛唐诗颇为不侔，我们却不能否定其具有

一定的价值。在国家衰亡、百姓陷入水深火热之时还故作雕饰之文,显然不足取,甚至是应该被批判的,因为那是一种没有血性的文学。相反,这类揭露、批判社会黑暗腐败的作品,虽缺少艺术性,但直至今天仍不失其审美价值、认识价值和启迪作用。从思想史的角度看,文人们已经放弃盛唐那种不切实际的自我实现的伟大理想,承续着中唐人开拓的方向,将目光进一步投向现实人生和现实社会,标志着中国社会向近世的转移以及随之而来士人人格的调整。

总而言之,晚唐这两个诗派,其文化精神以及规模都难与波澜壮阔的盛唐诗歌、激情勃发的中唐诗歌相比,后代个别学者就认为晚唐诗如虫吟草间,这当然也是由末世的时局特点造成的。我们还要注意,随着新兴的诗体——曲子词的出现,文人的注意力已经有所转移,诗歌已不像原来那样为他们所着力,这预示着出一个新的文学时代即将展开。

修订后记

　　这本小书初稿撰写于 1998 年秋冬，2002 年我在韩国丽水大学任教时有所修改，2004 年修改完成交由新华出版社出版。当初写作时，想法精彩纷呈，出版之后也受到不少前辈学者以及读者朋友的鼓励，所以，当获知此书售罄时，自己也打算系统地修订一下再版。可是，由于近年俗务缠身，这个想法一直难以实现，直到今年，承蒙安徽文艺出版社朱寒冬社长的热情关怀，在刘姗姗编辑的热情催促下，又得到研究生齐爾、朱俊俊同学的帮助录入，我才利用这个暑假以及这个国庆 65 周年的长假，将这项工作大致做完，当然，我原先的一些美好想法并没有彻底实现，以后我也不会再修订这本旧著。特别应说明的是，本书之写作吸收了已有研究成果，有些重要观点已经注出，有些囿于篇幅而未出注，在此特予说明并向古今研究者致谢。书中插图是由尚丽姝同学亲手翻查各类古代美术作品集而觅得，最后由吴洁、苏甜甜、孙建芳、黄晨晨、余经晓、许昊伟同学帮助校对，亦在此致谢。在初版后记中，我写下这样一段话："流派丰富是唐诗繁荣的重要标志之一，也是唐代文化创新与创造精神的重要表现，是追求个性自由的大唐盛世风度的文化表征和艺术折光，可是，唐诗的清新、浪漫，唐人的自信、开放，唐人追求超越的理想主义精神、追求自然宁静和谐的审美观念等，还能得到当下生活在工业社会甚至后工业社会、全心全意追求经济效益和物质享受的人们之注意和欣赏吗？这已经不是仅仅关涉一本小书命运的问题了！"最近，我读到

诗国花开
——唐诗美感的流变

闫红的《不以文艺为耻的八十年代》一文,其中引用老作家刘斯奋说过的一个典故,"说是在古代,有个南京小老板跟他的同伴说,他要快点收摊,好赶得上去雨花台看落日"——这个细节令我震撼!阅读唐诗、再现唐诗之美的过程,应该是一个诗意的过程,可是,我在修订这本书的过程中,深切地感受到现代生活与诗美的距离、当代人与唐诗的距离,我们很难再从容地沉潜于唐诗之美!现代科技给我们带来很多的便利和很高的效率,却摧毁了我们生活的诗意,我们不得不思考:科技与艺术如何兼容呢?

2014 年 10 月 2 日

初秋于安徽大学清室

2016 年 4 月 23 日

落花风中再校于望湖居